ALBERT R. BROCCOLI'S EON PRODUCTIONS
présente

un film de
ROGER SPOTTISWOODE

PIERCE BROSNAN
Dans l'œuvre de IAN FLEMING JAMES BOND 007

DEMAIN NE MEURT JAMAIS

JONATHAN PRYCE, MICHELLE YEOH, TERI HATCHER,
RICKY JAY, GOTZ OTTO, JUDI DENCH, DESMOND LLEWELYN

Producteurs	MICHAEL G. WILSON et BARBARA BROCCOLI
Scénario	BRUCE FEIRSTEIN
Producteur délégué	ANTHONY WAYE
Chef décorateur	ALLAN CAMERON
Directeur de la photographie	ROBERT ELSWIT
Chef costumière	LINDY HEMMING
Musique	DAVID ARNOLD
Chanson titre interprétée par	SHERYL CROW

Réalisé par
ROGER SPOTTISWOODE

Produit par MICHAEL G. WILSON et BARBARA BROCCOLI

UN FILM
UNITED ARTISTS An MGM Company

Distribué par
UNITED INTERNATIONAL PICTURES

UNITED
INTERNATIONAL
PICTURES

UNITED
ARTISTS
AN MGM COMPANY

Raymond Benson

D'après un scénario de Bruce Feirstein

IAN FLEMING'S
JAMES BOND 007

DEMAIN NE MEURT JAMAIS

Traduction : Patrick Delperdange

LEFRANCQ
LITTÉRATURE

Titre original : **Tomorrow Never Dies**
Cet ouvrage est publié avec l'accord de GLIDROSE PUBLICATIONS Ltd.

386, chaussée d'Alsemberg – 1180 Bruxelles
Tél. (02) 344 49 34

Imprimé en C.E.
Novembre 1997

ISBN 2-87153-496-9
Dépôt légal : D/1997/4411/100

1

Un marché aux puces en enfer

La neige recouvrait la région et rendait toute circulation difficile, mais cela n'avait pas empêché un important commerce de s'y installer. Les gens étaient arrivés des quatre coins d'Europe et du Moyen-Orient, pour y faire des affaires, du trafic, du marchandage, avec l'espoir de dénicher la bonne occasion avant de rentrer chez eux.

La lande de terre désolée qui occupe le col de Khyber, à l'endroit précis où passe la frontière entre l'Afghanistan et le Pakistan, était le lieu rêvé pour ce genre de commerce. Ce défilé étroit et venteux, entre les montagnes Safid Kuh, au sein de la chaîne de l'Hindu Kush, permet aux voyageurs de franchir les barrières naturelles qui séparent ces deux pays. Le col de Khyber est un lieu richement doté d'histoire. Au quinzième siècle avant Jésus-Christ déjà, le roi Darius Ier de Perse l'avait emprunté pour rejoindre les rives de l'Indus. Rudyard Kipling a évoqué dans ses ouvrages l'étendue de la puissance britannique dans la région. À une altitude d'environ mille mètres, une brèche s'ouvre dans les montagnes, creusée par deux petites rivières qui se sont taillé un chemin entre les collines de schiste et de calcaire. Une piste pour caravanes et une route cabossée ont été aménagées au fil du temps, et une voie de chemin de fer circule, du côté pakistanais, en empruntant quarante-quatre tunnels et quatre-vingt-quatorze ponts.

Un plateau s'étend sur le col au milieu des montagnes, qui peut parfaitement servir de piste d'atterrissage, si bien que de nombreuses factions terroristes se retrouvent à cet endroit chaque mois, pour vendre et pour acheter. C'est le seul moment où une trêve est conclue. La vendetta est suspendue et les suspicions sont reléguées au second plan. C'est une véritable foire qui est mise sur pied, un salon des mercenaires, assassins, fanatiques religieux, réactionnaires et mercantis – un marché aux puces de la terreur. On pouvait y trouver ce jour-là tout ce qu'on cherchait, à condition d'y mettre le prix : missiles Scud, mortiers hongrois, AK-47, grenades, armes chimiques, hélicoptères, et même deux MiG-29 Fulcrums – réservoirs pleins, pourvus de leur arsenal, prêts à prendre l'air. Il ne manquait qu'un plan des lieux offert à tout visiteur, le nom des firmes et leur logo pour qu'on sache qui vendait quoi, de jolies hôtesses d'accueil présentant la marchandise et une navette de bus depuis les emplacements de parking.

Le décompte n'avait pas eu lieu, mais une bonne centaine d'individus au moins participaient à la manifestation. Des invitations avaient été lancées à la ronde et certains des visiteurs avaient emprunté des chemins détournés pour arriver là. Ce salon un peu particulier était organisé par un mystérieux groupe, animé d'un bel esprit d'entreprise et qui, en échange, obtenait sa quote-part de chacun des participants. Des rumeurs prétendaient que ces organisateurs venaient d'Allemagne, mais ce n'était pas avéré et personne ne s'en inquiétait vraiment. Aussi longtemps qu'une protection adéquate était assurée, les invités prenaient plaisir à être là. Dès l'instant où ils avaient vu les gardes en arme et l'installation radar pourvue de mitraillettes Gatling à infrarouges, les participants au salon s'étaient lancés dans un marchandage effréné, sans risque d'être interrompus. L'argent leur offrait la meilleure sécurité qui soit.

Ce que les terroristes ne savaient pas, c'est que ces mesures de sécurité avaient été battues en brèche.

L'ensemble du marché aux puces était surveillé depuis Londres par des membres d'élite des services britanniques, tant militaires que secrets. Un individu présent sur le site disposait d'une caméra vidéo furtive, qui envoyait directement son signal par liaison satellite.

M, directeur du MI6, Bill Tanner, son chef d'état-major, le général russe Boukharine, l'amiral anglais Roebuck, ainsi qu'une poignée de très hauts dignitaires de l'armée, observaient d'un air fasciné les images qu'offraient les écrans installés dans la salle de décision du ministère de la Défense. Le général Boukharine avait été invité dans les locaux des services de renseignements britanniques contre l'avis de l'amiral Roebuck, mais c'est M en personne qui avait tenu à ce qu'il voie ce qui était en train de se passer. Roebuck faisait partie des nombreux militaires qui ne s'étaient pas encore habitués au fait que le directeur du MI6 soit une femme.

La salle de décision était vaste et caverneuse. De forme hexagonale, elle était dotée de murs garnis d'énormes écrans vidéo entourant les hommes et les femmes rassemblés là. Au centre de la pièce étaient disposées des rangées d'ordinateurs, des bureaux, des téléphones, ainsi que toute la panoplie de dispositifs permettant d'entrer en communication avec le monde extérieur. C'est ici même que s'échafaudait la première ligne de défense britannique. Les grandes décisions étaient prises dans cette salle, et s'il survenait un événement de réelle importance, c'est ici que viendrait le ministre de la Défense en personne.

Le marché aux puces terroristes d'Afghanistan ne constituait pas une affaire de cette ampleur, mais justifiait une inquiétude suffisante pour que le général russe ait été admis dans le saint des saints. Dès que l'homme de terrain du MI6 eut transmis la nouvelle que le trafic d'armes allait bien avoir lieu à cet endroit, l'amiral Roebuck avait commandé au H.M.S. *Chester* de patrouiller dans les eaux du golfe d'Oman. Il se tenait prêt à ordonner au navire de lancer un missile de croisière en direction du site, pour mettre un terme final à ce trafic mensuel de joujoux du diable.

Bill Tanner était membre des services secrets depuis bien longtemps. Il était déjà chef d'état-major du temps du précédent M, Sir Miles Messervy. Sir Miles avait pris sa retraite deux années auparavant, et c'est un formidable nouvel M qui lui avait succédé. De petite constitution, mais vif et toujours en alerte, Tanner portait un casque qui le maintenait en liaison directe avec l'homme porteur de la caméra sur le terrain, et se servait d'un faisceau laser pour attirer l'attention de l'auditoire fasciné sur des points précis des images plus grandes que nature.

« Ainsi que nous le soupçonnions, c'est un véritable trafic terroriste qui est organisé dans cette région », déclara-t-il en guise de confirmation. « On voit là un missile Longue Marche chinois, un hélicoptère d'assaut A-17 français, une paire de mortiers russes... »

« Volés ! » le coupa le général Boukharine, avec une indignation manifeste.

«... ainsi que des caisses qui semblent remplies de mitraillettes américaines, de mines chinoises et d'engins explosifs allemands », poursuivit Tanner.

Il se tourna vers M et dressa les sourcils. « Du plaisir en perspective pour toute la famille. »

M plissa les paupières. « Des identités ? »

Tanner se mit à parler dans son casque émetteur. « Tour Noire à Cavalier Blanc. Faites un zoom sur les individus réunis sur la droite, voulez-vous ? »

L'assemblée suivit des yeux l'image qui s'avançait vers l'un des groupes de trafiquants d'armes. Tanner appuya sur un bouton lui permettant d'accentuer plus encore le grossissement et mit en fonction un programme d'identification faciale. Des milliers de visages défilèrent en un instant, avant de s'arrêter sur une mine patibulaire. Un dossier s'afficha en bordure d'image.

Tanner résuma prestement les informations. « Voici Gustav Meinholtz. Ex-agent de la STASI est-allemande. Il s'est installé à son propre compte, dans les environs de Téhéran. » L'homme arborait un visage allongé, des cheveux noirs, des lunettes et de hautes pommettes.

La caméra poursuivit son mouvement et fit le point sur un autre individu. Le programme d'identification faciale se mit en branle et fournit bientôt la réponse.

« Celui-ci s'appelle Satochi Isagura. Ingénieur chimiste. Il est recherché dans le cadre de l'attentat du métro de Tokyo. Présentement à la solde des troupes insurgées du Zaïre. » Isagura possédait le type japonais, était mince, avait les cheveux coupés court et le front haut. Il arborait une moustache à la Fu-Manchu lui conférant un aspect passablement sinistre.

Après quoi, la caméra se braqua sur un groupe de quatre hommes qui menaient des négociations autour d'un bureau de fortune constitué de caisses de bois. Trois de ces individus étaient visiblement originaires d'Europe de l'Est, mais le quatrième – un solide gaillard barbu, à la mine revêche, âgé d'une cinquantaine d'années – devait être indien ou pakistanais. Si un bouledogue avait pu arborer de longs favoris, il aurait ressemblé à l'homme que l'on voyait à présent sur les énormes écrans muraux. Il adressa un signe impatient à ses gardes du corps, pour leur donner l'ordre d'ouvrir une mallette bourrée de billets de banque. Tanner fit fonctionner le programme d'identification faciale et le dossier de l'homme s'afficha sans attendre.

« Henry Gupta. Eh bien, dites donc. Cet homme est pratiquement l'inventeur du technoterrorisme. Il se trouve sur la liste des individus les plus recherchés établie par le FBI, depuis qu'il a presque réussi à anéantir la ville de Berkeley, en Californie, au cours de l'été 1967. Il était d'opinion radicale, avant de devenir anarchiste. Aujourd'hui, il se vend au plus offrant. »

Sur l'écran, Gupta reçut en échange de l'argent une petite boîte oblongue de couleur rouge. Il l'ouvrit, mais le couvercle empêcha les spectateurs londoniens de voir ce que contenait cette boîte.

« Faites un zoom là-dessus, si possible », aboya M.

Tanner manipula son appareil. Par bonheur, Gupta se tourna pour adresser la parole à quelqu'un et, grâce à ce mouvement, le contenu de la boîte se trouva exposé.

« Eh bien, messieurs », déclara M. « Voilà ce dont on nous parle depuis des années. Je meurs d'envie de montrer ça à la CIA. »

L'amiral Roebuck haussa les épaules. Il ne goûtait guère les méthodes des services secrets. Dépourvu de tout ce qui ressemblait de près ou de loin à un sens de l'humour, Roebuck était l'exemple même de la raideur en usage dans la Royal Navy. Il était du genre à vouloir contrôler l'ensemble des opérations, et ne permettait jamais à quiconque de l'oublier. Roebuck était dans la cinquantaine, grand, doté d'une carrure imposante, et arborait un perpétuel rictus qui faisait dire à M que l'amiral donnait l'impression de souffrir de constipation chronique.

L'amiral Roebuck se tourna vers ses pairs officiers. « Vous avez vu ce radar contrôlant ces mitrailleuses Gatling, général ? »

Boukharine hocha la tête. « Oui. Ainsi que les mortiers à courte portée. » Le Russe parlait un anglais remarquable. Le général Boukharine était un bel homme portant beau la soixantaine, et son extraordinaire vitalité le faisait paraître bien plus jeune. Il était également intelligent, et ses observations et ses remarques donnaient toujours l'impression d'être aussi sensées que possible. La veille, M avait déclaré à Tanner que de tous les hommes présents dans la salle de décision, c'était Boukharine qu'elle respectait le plus, en dépit du fait qu'elle sentait pertinemment bien qu'il partageait les vues des autres hommes à son égard. Il était évident qu'il estimait que la salle de décision n'était pas un endroit pour une femme, même s'il s'agissait de la salle de décision de la Défense *britannique*.

« Il y a là un arsenal suffisant pour provoquer une guerre mondiale, ou bien une révolution, où que ce soit dans le monde », ajouta Boukharine.

« Plus qu'il n'en faut en tout cas pour déclencher le plan B, vous ne trouvez pas ? » demanda Roebuck en une question de pure formalité. Il se tourna ensuite vers Tanner, pour déclarer : « Dites à votre homme de se tirer de là. »

« Vous avez raison », reprit Boukharine. « Et mes troupes sont toujours clouées sur place en raison de la brume. Le temps que le brouillard se lève et ce – comment avez-vous dit — « trafic terroriste » – sera terminé depuis longtemps. »

« C'est parfait, dans ce cas », conclut Roebuck. Il avait de toute manière déjà arrêté sa décision. Il était temps pour lui d'exercer son autorité. Il s'empara du téléphone rouge, mais s'obligea à prononcer quelques mots.

« Amiral, j'admets qu'il s'agit d'un domaine militaire… »

« Oui, en effet, M, et croyez-moi… » Roebuck s'interrompit un instant pour parler au téléphone. « H.M.S. *Chester*… »

« Tour Noire à Cavalier Blanc », dit Tanner en parlant dans son casque émetteur. « Le Roi Noir a décidé de suivre l'option navale. »

«… le sort des villages environnants nous inquiète tout autant que vous », reprit Roebuck en s'adressant à nouveau à M, « mais les premières habitations se trouvent à plus de trois kilomètres. Et la précision d'un missile de croisière reste dans un rayon ne dépassant pas les deux mille mètres. »

Amusé, le général Boukharine demanda : « Est-ce la santé de ces terroristes qui vous préoccupe, madame ? »

M lui retourna son regard. « Ce qui m'importe, c'est d'obtenir une vue claire et précise de la situation. C'est pourquoi nous avons envoyé cet agent sur place. »

Roebuck aboya alors dans le téléphone. « Roi Noir à Fou Blanc. Autorisation de feu. »

À quatre mille kilomètres de là environ, le H.M.S. *Chester* reçut les ordres que venait de lancer l'amiral Roebuck. Le *Chester* était une frégate de type 23, classe Duke, équipée de huit batteries lance-missiles Harpoon de chez McDonnell Douglas, pour les missiles sol-sol, ainsi que d'un Seawolf GWS 26, modèle 1 VLS, de la British Aerospace, pour les missiles sol-air. La frégate se trouvait en patrouille dans les eaux de la mer d'Arabie, lorsque quelques heures auparavant, elle avait reçu l'ordre de mettre le cap au nord, en direction du golfe d'Oman. Elle se trouvait pour l'instant en état d'alerte maximale.

Sur le pont, le capitaine saisit le combiné d'interphone et envoya un message des plus clairs à la salle des opérations. « Avons reçu autorisation d'usage des armes. Préparez-vous à tirer. À mon commandement : Cinq. Quatre. Trois. Deux… »

Le lance-missiles installé sur le pont pivota pour adopter la position requise, et le missile de croisière fusa très bientôt vers le ciel, avec une précision redoutable.

« Missile lancé ! » s'écria dans l'interphone l'officier de contrôle de feu depuis la salle des opérations.

Dans la salle du ministère de la Défense, les spectateurs pouvaient contempler un écran vidéo affichant la progression du missile, transmise par images satellites. Ils pouvaient également entendre tout ce qui transitait par l'intermédiaire de l'interphone du *Chester*. Le général Boukharine était impressionné. Il lui faudrait parler au Président de la modernisation de leur propre salle de décision.

« Impact prévu dans quatre minutes, huit secondes », annonça l'officier de feu. La distance séparant la frégate du lieu de négociations du col de Khyber était d'environ treize cents kilomètres.

Bill Tanner se remit à parler d'un ton pressant dans son émetteur. « Cavalier Blanc ! Impact dans quatre minutes ! Quittez le secteur ! »

Une réponse lui parvint par l'intermédiaire de son casque, et Tanner fronça les sourcils. Il fit un pas en direction de l'écran qui montrait les images du marché aux puces terroriste. Bouchant la vue d'un MiG, on apercevait une Jeep au premier plan.

« Oui, bon sang, je sais de quoi il s'agit ! » dit Tanner

dans son émetteur. « C'est une Jeep ! Et maintenant, quittez immédiatement le sect... Non ! Vous n'allez pas attendre un peu, vous ne pouvez plus attendre ! »

M, percevant l'urgence qui faisait frémir la voix de Tanner, s'avança à son tour pour observer la Jeep que l'on apercevait sur l'écran. Les autres étaient pour l'instant trop occupés à suivre la progression du missile pour consacrer la moindre attention à ce qui était en train de se passer à quelques mètres d'eux.

L'officier de feu du *Chester* annonça : « Impact prévu dans quatre minutes. »

L'amiral Roebuck se tourna vers M, le sourire aux lèvres. « Tout est bien qui finit bien, vous n'avez plus à... »

« Taisez-vous », le coupa M d'un ton sec.

Trop surpris pour se mettre en colère, l'amiral se tourna involontairement vers l'écran qu'était en train de scruter M.

La Jeep venait de se mettre en branle, et avait dégagé la vue sur le MiG. À présent, tous pouvaient voir ce que leur agent de terrain voyait également et comprendre la raison pour laquelle il n'avait pas encore quitté précipitamment les lieux.

« Seigneur Dieu ! » s'étrangla l'amiral Roebuck. « Est-ce que ce n'est pas une... ? »

Tanner termina pour lui. «... une torpille nucléaire SB-5 soviétique ! » L'engin était fixé sous l'aile du MiG.

« Dites-leur de faire avorter le missile », lança M.

L'expression horrifiée du général Boukharine vint confirmer l'identification de Tanner. « *Zabag garoshki !* »

Tanner se remit à parler dans son émetteur. « Bien, Cavalier Blanc. Nous avons vu. Joli travail. Et maintenant, tirez-vous de là en vitesse ! Partez ! »

L'amiral Roebuck s'empara à nouveau du téléphone rouge. « H.M.S. *Chester*, urgent ! » dit-il, avant de se tourner vers le général russe. « Le missile ne peut pas le faire exploser, n'est-ce pas ? »

Boukharine haussa les épaules. « Bien sûr que si ! Et

même si ça n'explose pas vraiment, il y a assez de plutonium là-dedans pour que Tchernobyl ressemble à un pique-nique. Des radiations ! Sur toutes les montagnes ! Dans les neiges, les réserves d'eau... »

« Le village ! » leur rappela soudain Tanner. « Est-ce qu'on peut l'évacuer ? »

« En trois minutes ? » fit Boukharine en ouvrant de grands yeux. « Au beau milieu des montagnes ? »

Roebuck se mit à aboyer dans son téléphone. « Roi Noir à Tour Blanche – faites avorter le missile ! Avortez le missile ! »

Sur le pont du *Chester*, le capitaine fit transiter cet ordre par l'intermédiaire de l'interphone. « Faites avorter le missile ! »

L'officier de feu appuya sur le bouton commandant la destruction, sans obtenir aucun résultat. « Sir, le missile se trouve déjà dans les montagnes. On ne peut plus le détruire en vol. »

Brusquement, la salle de décision du ministère de la Défense se transforma en une ruche bourdonnante d'activités frénétiques. Des gens se précipitaient dans tous les sens, en criant et en attrapant des téléphones.

« Essayez encore ! » cria l'amiral dans son combiné rouge. « Essayez encore une fois ! »

Tanner s'adressa à son agent sur place. « Cavalier Blanc ? Pourquoi continuez-vous d'émettre ? »

M restait face à l'écran, au milieu de cette version disciplinée et militaire de la panique échevelée. Elle avait gardé son calme – de manière pour le moins étrange. Car elle et Tanner connaissaient une chose que les autres ignoraient.

Elle se pencha pour parler à l'oreille de son chef d'état-major. « La caméra vient d'être abandonnée. »

« Bien », répliqua Tanner. « Il a fini par s'en aller, au bout du compte. »

« Vous devriez le savoir depuis longtemps – il n'est jamais là où on l'imagine. »

Les deux terroristes qui surveillaient les abords du site se tenaient dans la chaleur d'un feu, totalement inconscients du fait qu'il ne leur restait que quelques minutes à vivre, avant une mort certaine. Ils avaient fait connaissance à l'occasion de ce marché aux armes, après avoir été recrutés dans diverses régions d'Europe. Il était primordial qu'on ne puisse retrouver la trace d'aucun de ceux qui travaillaient pour les mystérieux organisateurs. Sans la présence des engins de mort éparpillés sur le site qu'ils surveillaient, ces deux-là auraient parfaitement pu passer pour deux vagabonds rassemblés autour d'un foyer de fortune.

L'un des gardiens laissa distraitement errer son regard en direction de la chaîne de montagnes qui s'étendait derrière lui, et se ficha une cigarette entre les lèvres. Un briquet Dunhill en or se matérialisa juste devant son visage et alluma obligeamment le bout de sa cigarette. Le garde tira une bouffée avant de lever les yeux pour voir lequel de ses collègues venait ainsi de lui rendre ce petit service. Avant qu'il ait réussi à l'identifier, un coup de poing le terrassa.

Dans un mouvement plein de fluidité, James Bond s'empara de l'arme que venait de lâcher le garde inconscient, pour en frapper aussitôt le visage du second gardien.

« Ce n'est pas bien, de fumer », dit Bond au premier garde qu'il avait étalé pour le compte.

Il ne restait plus beaucoup de temps. S'il tenait à se sortir d'ici vivant, aucune pause n'était permise pour analyser les différentes stratégies possibles. Il lui fallait décider d'un plan d'action et s'y tenir. Il devait éloigner la torpille nucléaire fixée sur le MiG de la zone d'impact du missile de croisière lancé par la marine de sa Royale Majesté.

Bond retourna le briquet Dunhill et appuya sur un interrupteur secret. Un minuscule compteur digital afficha un compte à rebours – 5, 4, 3,...

Bond balança le briquet derrière une rangée de bidons d'huile et se mit à courir. La grenade légère, que Q lui avait fournie et qui était insérée dans le briquet, explosa deux secondes plus tard, et l'ensemble du site fut aussitôt plongé dans le chaos.

Un véhicule porte-missile Scud était justement occupé à dépasser Bond. Il s'agissait d'un camion à huit roues, pourvu d'un long plateau plat, avec un missile solidement attaché dans un angle. Le chauffeur avait rapidement réagi et s'était mis en mouvement pour éloigner son engin des flammes. Bond bondit en direction du véhicule au moment où le radar automatique se mettait en branle. Les mitrailleuses Gatling pivotèrent pour faire face à l'explosion. Une volée de balles fila en direction de l'endroit où Bond venait de créer cette diversion.

Il entendit la voix de Tanner crier dans ses écouteurs. « Quittez le secteur immédiatement, James ! »

À présent, le site entier semblait pris de frénésie. Gardes, acheteurs, et vendeurs se précipitaient pour tirer au hasard sur des agresseurs que personne n'avait encore aperçus. Nul ne remarqua la présence de l'homme qui s'accrochait au flanc du camion porteur de Scud, tandis que le véhicule filait à toute allure se mettre à l'abri.

Henry Gupta, pendant ce temps, serrait dans les mains la petite boîte rouge pour laquelle il avait donné tant d'argent. Il jeta des regards à la ronde en quête de ses gardes du corps. Où diable étaient-ils donc passés ? Il avait attendu si longtemps pour obtenir enfin ce qu'il venait d'acheter. Il ne voulait en aucun cas que toute l'affaire capote subitement.

Bond sortit un autre engin de son sac et le colla au flanc du camion transporteur de Scud. Il s'accrocha au véhicule jusqu'à ce qu'il l'emmène à proximité des MiG, après quoi il sauta pour rouler en boule sur le sol.

Quelques instants plus tard, l'engin explosait, faisant du même coup détoner le missile Scud. Des flammes s'élevèrent aussitôt vers le ciel, et il ne fallut pas longtemps pour que le feu envahisse complètement ce lieu de trafic clandestin.

Deux des gardes du corps de Gupta avaient sauté à bord

d'une Jeep qui passait à proximité et avaient pris les commandes du véhicule, en balançant par-dessus bord conducteur et passager. Après quoi ils firent demi-tour pour retourner chercher leur patron. Gupta, fortement ennuyé du temps qu'il avait fallu à ces deux idiots pour agir, grimpa dans la Jeep.

« Tirons-nous d'ici en vitesse ! » cria Gupta. Le véhicule bondit vers la chaussée, en laissant derrière lui désordre et confusion.

Il ne restait plus que deux minutes à peine avant que le missile de la Navy n'atteigne sa cible. Bond roula sous le MiG le plus proche, celui qui était pourvu de sa bombe atomique. Le pilote, qui se tenait sous son appareil en train d'examiner plusieurs points d'impact de balles, se retourna avec un temps de retard. Bond le frappa à la jambe pour le faire trébucher, à la suite de quoi il bondit pour donner un coup de poing à la tête du pilote. Sans hésiter, il grimpa ensuite à bord du MiG pour prendre place dans le cockpit. Le copilote, installé derrière le siège de Bond, poussa un cri en apercevant cet intrus. Il sortit un pistolet Makarov et appuya aussitôt sur la détente, au moment même où Bond projetait un casque en direction du nez du copilote. La balle s'égara sur la droite. L'homme s'affala sur son siège, et sa tête partit vers l'avant.

Bond mit rapidement le casque sur sa tête et jeta un bref coup d'œil au panneau de commandes, pour se familiariser avec le cockpit d'un MiG-29. Il avait suivi une formation d'entraînement à bord de cet appareil, qu'il avait réussi avec grand éclat, mais cela remontait au début des années quatre-vingt, époque depuis longtemps révolue. Le Fulcrums était doté d'un rayon d'action d'onze cent cinquante kilomètres et pouvait emmener un arsenal complet de missiles, fusées ou bombes, en vue de mener l'assaut sur des cibles au sol. Une mitrailleuse était installée sur l'aile, à l'endroit où elle venait s'attacher au fuselage. Il était également pourvu de ce que les ingénieurs appelaient un radar « look-down/shoot-down », permettant de suivre d'autres appareils ou missiles volant à basse altitude. Sa vitesse maximale avoisinait les 2 300 kilomètres à l'heure et il pouvait atteindre l'altitude de 50 000 pieds en l'espace d'une minute. Bond espérait que ces données étaient toujours d'actualité. Il mit les moteurs en marche et appuya sur un bouton pour fermer la double verrière.

À quinze mètres de là, le pilote du second MiG observait la scène d'un air fasciné. Ce salaud était en train de voler un MiG! Voilà qui promettait d'être amusant... !

Les moteurs du deuxième MiG s'allumèrent à leur tour.

Bond fit rouler son engin en direction de la piste de fortune, tandis qu'un certain nombre de terroristes réalisaient ce qui était en train de se passer. Ils se tournèrent vers le MiG pour l'arroser de leurs projectiles.

Bond fit pivoter son appareil pour faire souffler les réacteurs en direction des terroristes et de leurs véhicules, ce qui les envoya valser comme des mouches. Il se servit ensuite des mitrailleuses placées sous les ailes pour détruire plusieurs dépôts de munitions et de roquettes. Cela donna naissance à un véritable mur de flammes et de fournaise. Cela suffirait à les écarter assez longtemps pour lui permettre de rejoindre la piste d'envol.

Bond fit à nouveau pivoter l'avion, avant de foncer à toute allure sur la piste de fortune. Il jeta un rapide coup d'œil en direction du ciel, en s'estimant capable de repérer le missile en approche à la seconde même où il apparaîtrait.

À cet instant, le missile de croisière sortit des nuages, fonçant droit sur Bond. La synchronisation était capitale. Bond retint les gaz juste assez longtemps pour voir passer le missile au-dessus de sa tête, à lui faire trembler les cheveux, puis fit basculer les commandes vers l'avant. Les roues du MiG quittèrent le sol au moment précis où le missile atteignait sa cible.

Dans la salle de décision, les deux dernières minutes venaient de passer dans un silence tendu. Les spectateurs contemplaient l'écran, en retenant leur souffle. La caméra n'avait pas quitté sa position stationnaire, même lorsque le

MiG était sorti du cadre. N'étant plus capables de suivre des yeux la torpille nucléaire fixée sur l'aile du MiG, les membres d'élite de l'armée et des services secrets britanniques ne pouvaient qu'attendre la suite en formant des vœux. Ils entendirent la voix de l'officier de tir qui décomptait les derniers instants précédant l'impact. Ils virent l'image affichée par l'écran voler brusquement en éclats de manière spectaculaire – après quoi la seule chose que fournirent les moniteurs, ce fut une grisaille neigeuse.

Sur les lieux du désastre, l'impact du missile venait de porter l'enfer sur la terre. La boule de feu rageuse, qui s'éleva tel un dôme dans les cieux au-dessus de la lande, menaça d'avaler le MiG de Bond lui-même, bien qu'il ne cessât de prendre de l'altitude. Il poussa les gaz aussi loin que possible et c'est avec une euphorie sans égale qu'il vit son appareil échapper aux flammes en pointant vers le bleu des nues.

Bond lâcha un soupir de soulagement. Son cœur battait la chamade et l'adrénaline courait dans ses veines. Il y était arrivé. Il avait réussi à emmener cette torpille soviétique hors de portée d'explosion. Fichu amiral... Mais à présent, la grande question était de savoir où aller... L'idée de continuer à voler ainsi jusqu'au H.M.S. *Chester* ne le tentait guère. Il connaissait un bon petit restaurant à Peshawar... Tenu par une dame qui constituait en elle-même un sacré morceau...

Le bruit de balles traçantes percutant son appareil fit que Bond reprit aussitôt conscience de la situation. Le deuxième MiG s'était lancé à sa poursuite et se trouvait pour l'instant dans son sillage. Une pluie de métal jaillit de ses mitrailleuses, à l'instant même où Bond entamait une manœuvre pour prendre la tangente sur la droite. Il vira ensuite sur la gauche, puis encore à droite, esquivant les tirs incroyablement précis du second pilote.

Comme si cela ne suffisait pas encore à distraire Bond, le copilote resté jusque-là inconscient sur le siège arrière donna à ce moment des signes de rétablissement. Il lui fallut quelques instants pour réaliser ce qui était en train de se passer, après quoi il se jeta sur 007 de toute sa puissance. Il fit passer une lanière de métal autour du cou de l'intrus et resserra aussitôt son étreinte. Bond, le souffle coupé, entendit une alarme grêle et aiguë. Cela ne pouvait signifier qu'une chose – le MiG en poursuite venait de tirer ses missiles thermoguidés dans sa direction.

Tout en se débattant pour se débarrasser du garrot qui l'étranglait, Bond donna un coup sur les gaz et ramena le manche de direction vers lui. Le MiG s'élança vers le ciel en un mouvement à vous écraser les vertèbres, alors que les missiles filaient à la vitesse de l'éclair. Et à présent, si seulement il parvenait à emmener l'avion là où il le voulait avant que l'homme dans son dos ne l'étrangle à mort...

Le pilote du MiG qui poursuivait Bond poussa un juron en voyant ses missiles s'écarter de leur cible et filer dans la mauvaise direction. Il cligna des paupières et s'aperçut que l'appareil avait complètement disparu de son champ de vision. Ce voleur n'était plus devant, pas plus que sur la gauche ni sur la droite. Où diable était-il donc passé?

Sans être vu du second pilote, Bond avait réussi à placer son appareil juste au-dessous de son poursuivant et avait adopté une allure similaire. Il était en train de tirer sur l'étau douloureux qui enserrait sa nuque, pour essayer d'atteindre un bouton indiquant « Siège éjectable copilote ». Finalement, après avoir forcé sur sa gorge aussi loin qu'il pouvait le tolérer, il réussit à appuyer sur le bouton.

La moitié arrière de la verrière vola en éclats et le copilote surpris fut éjecté dans l'espace. Il alla s'écraser sur le ventre de l'autre MiG, s'enfonçant dans les entrailles de l'appareil jusqu'à ce que son corps émerge à l'endroit du siège du copilote. Le pilote se retourna, incapable d'en croire ses yeux.

Ce fut la dernière chose qu'il vit, car ce missile humain venait de porter un coup fatal à l'avion. Le MiG explosa en milliers d'éclats.

Bond poussa les gaz de son propre MiG, en murmurant : « Il ne faut jamais déranger le conducteur... »

Il décida du cap à suivre et plaça le MiG en postcombustion, avant de se détendre. Il chercha ensuite les commandes de la radio et se mit à parler dans son émetteur de casque.

« Cavalier Blanc à Tour Noire... »

Dans la salle de décision, Tanner régla un bouton de son propre casque pour que la voix de Bond soit diffusée par haut-parleur et que tous puissent l'entendre.

«... Je rentre au château. Et vous pouvez dire au Roi Noir que le Cavalier Blanc a bien envie de faire valser l'échiquier, à commencer par son fou. »

Le visage de l'amiral Roebuck s'empourpra tandis que les autres étouffaient des rires. M elle-même, qui depuis le début avait gardé son calme et sa contenance, s'autorisa un sourire.

2

UNE OMBRE SUR LA MER

L'espace qui entoure la terre est parcouru d'une foule de satellites, qui circulent autour du globe pour remplir différents offices et fonctions. La plus grande partie est utilisée comme instruments de communication, assistance à la navigation, collecte de renseignements, reconnaissance militaire, ainsi que stations météorologiques. Chacun de ces satellites appartient en propre à une nation, mais il arrive que le propriétaire soit un consortium indépendant qui, à nombre d'égards, peut se révéler plus puissant qu'un pays.

Les affaires du monde et le relais des informations dépendent pour une large part des satellites de communication, dont l'absence signifierait la paralysie de la civilisation moderne. Ils fournissent le réseau mondial de transmissions de radio et de télévision, tout autant que des services téléphoniques. Dès les années cinquante et soixante, époque où furent lancés les premiers satellites, l'International Telecommunications Satellite Organization a été mise sur pied et a permis de rapprocher l'ensemble des habitants de la planète. Sans ces satellites, il n'aurait pas été question de retransmissions en direct d'images de la guerre du Golfe. Il n'y aurait aucune diffusion possible des événements sportifs se déroulant où que ce soit dans le monde. Les nouvelles d'hier seraient toujours les nouvelles d'hier.

Les progrès accomplis en technologie des communications au cours des trente dernières années ont également eu leur influence sur les relations politiques du globe. Grâce aux satellites, les gens d'un pays ont pu apprécier les cultures de nations se trouvant dans l'autre hémisphère. Les murs sont tombés et les barrières ont été franchies. Sans ces satellites, on se trouverait encore dans la crainte de la puissance militaire d'un autre pays, dans la peur de ses intentions politiques, et de son pouvoir à frapper en premier le coup fatal.

Un grand nombre de ces satellites de communication appartiennent à un vaste conglomérat, connu de par le monde sous le sigle CMGN. Le Carver Media Group Network est en réalité le deuxième organisme de communication globale en importance, en concurrence directe avec CNN pour l'obtention de la première place. Tout le monde connaît CMGN – car c'est eux qui, à de nombreuses reprises, ont réussi à transmettre les nouvelles plus rapidement que n'importe qui d'autre. Leur slogan, « Les nouvelles de demain, dès aujourd'hui », semble devenir chaque jour plus vrai, car l'on dirait bien que CMGN se trouve partout, présent dans chaque coin du globe. Même les habitants de pays qui n'éprouvent d'ordinaire aucune sympathie pour l'Occident s'arrêtent pour adresser des signes au passage d'une caméra de CMGN. Ces gens sont heureux de pouvoir transmettre au monde entier leur philosophie de la vie, leurs plaintes à l'égard du capitalisme, ou de formuler leurs revendications au cours de la dernière prise d'otage en date.

C'était l'un de ces satellites de communication de CMGN, en orbite géostationnaire au-dessus de l'Asie du Sud-Est, qui était pour l'heure le témoin du drame en train de se nouer au large des côtes chinoises.

Le clair de lune illuminait le sud de la mer de Chine d'un reflet pâle et fantomatique, qui baignait l'ensemble du paysage de lueurs délavées. Les teintes étaient si contrastées qu'on avait le sentiment de se trouver dans un vieux film en noir et blanc. Il flottait dans l'air une atmosphère ayant un effet apaisant sur la plupart de ceux qui voguaient en mer cette nuit-là. Des amants à bord d'un bateau de croisière, par exemple, étaient à coup sûr allongés sur le pont de leur embarcation, pour admirer la voûte céleste, dans les bras l'un de l'autre. Un pêcheur était en train de s'endormir, la canne en main. Dans les circonstances normales, la plupart des êtres humains se sentaient emmenés dans le monde des rêves, par le calme des eaux et l'absence du moindre souffle de vent.

Malheureusement, les hommes à bord du H.M.S. *Devonshire* n'avaient pas l'occasion d'apprécier la relative tranquillité des flots baignés par le clair de lune. Ils se trouvaient en état d'alerte maximale.

La frégate de type 23, classe Duke, effectuait une patrouille de routine, partant des Philippines et remontant vers Hong Kong, quand deux MiG-21 chinois avaient survolé le navire à toute vitesse. Le message en provenance des Chinois avait plongé le navire dans la perplexité.

Le commandant Richard Day, capitaine du *Devonshire*, s'était précipité sur le pont pour rejoindre son premier officier, le capitaine de corvette Peter Hume.

« Vitesse maximale, placez-vous sur 127 degrés », ordonna le capitaine Day.

« Je ne comprends pas, sir », répliqua Hume. « Ils disent que nous nous trouvons dans les eaux chinoises. Mais on est bien loin des eaux territoriales de la Chine ! »

La circulation des navires en mer dépend d'un autre satellite d'assistance aux déplacements sur les eaux du globe. Les engins de navigation lancés en 1989 par le NAVSTAR Global Positioning System relaient continuellement des indicatifs de temps et de position. Vingt-deux satellites NAVSTAR sont en fonction permanente autour de la terre et possèdent une précision de l'ordre du mètre, en ce qui concerne les usages militaires, et d'une centaine de mètres environ concernant leur utilisation civile. Il n'y avait donc aucun doute possible au sujet de la position exacte occupée par le *Devonshire* sur la carte, grâce au signal envoyé par le satellite NAVSTAR.

Un matelot tendit au capitaine Day un autre message en provenance des Chinois. Il y jeta un coup d'œil avant de déclarer : « Mais ils sont fous ! Ils veulent que nous... Tout le monde aux postes de combat ! »

Hume transmit les ordres. « Postes de combat, sir. » Il appuya sur un bouton et l'alarme correspondant aux postes de combat se mit à retentir.

Day se tourna vers le matelot. « Faites parvenir cette réponse aux autorités chinoises : « Ici la frégate britannique *Devonshire*. Nous n'occupons pas la position que vous prétendez. Nous nous trouvons dans les eaux internationales, à soixante-quinze miles de vos côtes. Nous n'acceptons pas de nous rendre dans un port chinois. Votre demande est en violation des lois internationales. » »

Le matelot disparut aussitôt et Day s'empara du téléphone pour appeler le poste de commandement. « Êtes-vous absolument sûrs de notre position ? »

L'officier principal dans la salle des opérations vérifia un écran affichant la position des trois satellites, en vues large, moyenne et rapprochée. Ces trucs ne se trompaient jamais... n'est-ce pas ?

« Oui, sir », répliqua l'officier. « Position satellite exacte. »

« Nous rendre dans un port chinois », murmura Day. « Mais pour qui se prennent-ils donc, pour nous intimider de la sorte ? Ce n'est pas parce qu'ils viennent de mettre la main sur Hong Kong qu'ils doivent s'imaginer contrôler tout l'hémisphère... »

Le capitaine Day avait quarante-quatre ans dont plus d'une vingtaine passée dans la Royal Navy. Il était donc à son affaire à bord d'un navire, et possédait également une bonne compréhension des complexités politiques régnant en Extrême-Orient. Il parlait plusieurs langues orientales et s'était trouvé en poste à Hong Kong pendant la moitié de sa carrière dans la marine. Les Chinois pouvaient se montrer entêtés, mais il ne les laisserait pas lui marcher sur les pieds.

Le *Devonshire* s'était mis à fendre les flots à toute vitesse, lorsque les deux MiG reparurent une fois encore. Les pilotes chinois avaient reçu des instructions en provenance de leur base. Selon leur point de vue, les Anglais ne devaient raisonnablement pas s'attendre à ce qu'on croie ce qu'ils affirmaient. La British Navy devait assurément être occupée à une espèce de mission d'espionnage.

Sur le pont du *Devonshire*, le matelot qui transmettait le message s'écria : « Sir, le pilote chinois continue de prétendre que nous ne sommes qu'à onze miles seulement de leurs côtes, au sein de leurs eaux territoriales, et il déclare qu'il va faire feu si nous ne faisons pas demi-tour pour nous rendre dans un port chinois. »

Très agacé, le capitaine Day rétorqua : « Faites-leur parvenir ceci : « Nous nous trouvons dans les eaux internationales et nous nous défendrons en cas d'attaque. » Envoyez copie du message à l'amirauté. En urgence. »

Tandis que la frégate filait à toute allure sur les flots, personne n'avait remarqué l'ombre noire qui suivait le navire de guerre britannique. Nul n'y serait arrivé, en tout état de cause, car il s'agissait d'un bâtiment furtif d'une technologie dernier cri. Constitué de deux coques jumelles, d'énormes flotteurs, d'ailes étranges et lisses, totalement peint en noir, ce vaisseau furtif ressemblait à une créature des fonds marins qui restait embusquée jusqu'au moment de fondre sur sa proie. La plus grande partie du navire voguait à quelque distance des eaux, suspendue aux deux flotteurs. La zone entre ces deux flotteurs s'ouvrait pour permettre le passage d'une embarcation plus petite.

Il n'existe pas énormément de navires fondés sur la technologie furtive, et certainement aucun qui ressemblait à celui-là. Doté de la silhouette d'une gigantesque raie manta dépourvue de queue, ce vaisseau au profil large et plat échappait à la détection des radars. Les surfaces apparentes du navire étaient faites de composantes opaques aux radiations et couvertes d'un matériau absorbant les rayons radar. Aucun signal radar n'était donc renvoyé par ce navire, tant qu'une brèche n'était pas ouverte dans sa coque.

Les portes s'ouvrirent au bas du corps suspendu du vaisseau, dans la zone entre les deux flotteurs. Un engin, portant le nom de Sea-Vac, sortit des entrailles du vaisseau furtif et plongea vers les eaux. Après s'être glissé dans les flots, le Sea-Vac fila rapidement en direction du *Devonshire*. Techniquement, il s'agissait d'un engin de forage pourvu d'une série de couteaux rotatifs étincelants en guise de dents et d'une caméra vidéo en guise d'œil. Les couteaux étaient faits de trois têtes imbriquées qui travaillaient à la manière d'un engrenage. Des tuyères directionnelles installées à l'arrière du vaisseau crachaient l'eau propulsée par les turbines situées au centre de l'engin. Le tout était guidé par fil, à la façon d'une torpille moderne. Le Sea-Vac était de forme étrangement phallique, sorte de sonde destinée à envahir et explorer le corps des autres voyageurs des mers.

Sur le pont du vaisseau furtif, un Allemand du nom de Stamper observait des écrans tandis que le Sea-Vac vrombissait en se mettant en mouvement. Les couteaux tournaient et l'eau mugissait en s'engouffrant dans les turbines. L'engin fonça vers le navire britannique, et le fil se déroula dans son sillage. Stamper était content. Jusqu'ici, tout allait bien. Si l'opération se déroulait comme prévu, il obtiendrait une jolie prime, et peut-être aussi un sujet pour la prochaine bande vidéo d'horreur qu'il tournerait. Le patron adorait ses bandes vidéo. La dernière qu'il avait tournée, avec cette fille de Filipino, était devenue à l'instant un classique du genre. Quel dommage que ces bandes ne puissent pas être diffusées à l'attention des amateurs de pornographie violente. Le fait était que la bande qu'il avait réalisée se terminait de manière un petit peu *trop* violente.

Cet Allemand de trente-cinq ans était grand et costaud. Son apparence était inquiétante, non pas en raison de son manque d'attraits physiques. Au contraire, il avait des cheveux blonds, des yeux bleus, de larges épaules, et le genre de corps dont les femmes raffolent. Ce qui dérangeait l'ensemble, c'était l'éclat très particulier émanant de ses yeux bleus, et qui faisait penser qu'un tournevis s'était perdu quelque part dans son crâne.

Stamper était en train de se dire qu'il allait conseiller au patron de remplacer le capitaine du *Sea Dolphin II*. Celui-ci était trop nerveux à son goût. Il aimait les hommes sûrs d'eux et peu sensibles à la peur. Le capitaine, installé aux commandes, se retourna à ce moment pour lui jeter un coup d'œil par-dessus l'épaule, comme s'il craignait que Stamper ne lui colle un pistolet dans la nuque s'il commettait la moindre erreur. Tout le monde avait peur de lui, il le savait bien. L'équipage, constitué d'Allemands, de Chinois, ainsi que de deux Vietnamiens, lui obéissait au doigt et à l'œil.

Stamper appréciait son rôle d'homme fort au sein de l'organisation. Il aimait se salir les mains et jouer les durs. Ce penchant pour la violence l'avait mené en prison, pour un séjour de huit années. Une accusation supplémentaire pour viol lui avait été notifiée alors qu'il se trouvait déjà en prison, et il avait été condamné à vingt années de plus. Si le patron n'avait pas été là, Stamper se trouverait toujours à l'ombre, occupé à pourrir au milieu des perdants. Stamper n'était pas un perdant. Il avait remporté tous les combats qu'il avait menés. Il pouvait sans difficulté supporter la souffrance infligée par qui que ce soit, pour ensuite se lancer à l'assaut avec la puissance d'un tigre. Pour lui, il ne s'agissait pas de douleur et de souffrance. Mieux valait parler d'extase.

Dans la salle des opérations du *Devonshire*, les hommes s'agitaient, l'esprit troublé. Ils avaient repéré l'existence du Sea-Vac sur leurs radars, mais s'étaient trompés concernant son identification.

« Sir ! » s'écria le marin responsable, en voyant se ruer dans la pièce le capitaine Day et son premier officier Hume. « Torpille au cap 114, distance 8000. »

« Cap au 114! » répliqua Day.

L'officier qui scrutait l'écran radar eut l'air déconcerté. « Il n'y a rien en surface, sir. » C'était vrai... car ils ne pouvaient rien déceler sur leurs scanners à des kilomètres à la ronde.

« Ce sont sans doute les MiG qui l'ont lancée », déclara Hume.

Le *Devonshire* effectua un virage serré sur les eaux, mais le Sea-Vac continua de filer sur sa proie, changeant de cap pour rester dans le sillage de la frégate. L'engin fonçait en s'approchant de plus en plus de la coque du vaisseau britannique.

« La torpille a changé de cap pour nous suivre! » annonça le marin.

L'officier s'exclama : « Préparez-vous à l'impact! »

Tous retinrent leur souffle pendant deux secondes.

Le Sea-Vac frappa rudement le navire, et l'impact se fit sentir tout du long du *Devonshire*. Dans la salle du générateur, les ingénieurs furent jetés au sol. Ils levèrent les yeux vers la paroi et la virent qui tremblait. Puis, un cercle fin apparut, laissant filtrer de l'eau jaillissante, juste avant que le Sea-Vac ne pénètre dans la salle suivi par un torrent liquide!

Les ampoules d'alerte s'allumèrent tandis que la source d'énergie principale défaillait dans la salle des opérations. Hume déclara : « Les générateurs sont éteints, sir. Inondation du pont C. »

« Nous nous enfonçons par la poupe, sir », ajouta le chef d'équipe.

Le navire entier parut prendre vie, dans un effort pour rétablir la situation. Des marins s'affairaient à fermer les écoutilles dans le carré, tandis que d'autres membres d'équipage rejoignaient leurs postes de combat. Le carré fut pourtant la salle suivante à se voir détruite, quand le Sea-Vac en creva le plancher, dans un geyser d'eau.

Sur le pont B juste au-dessus, des hommes d'équipage se précipitaient pour sceller les cloisons étanches qui partageaient le long couloir tandis que d'autres grimpaient en toute hâte les escaliers pour échapper au mur liquide qui se ruait vers eux depuis les profondeurs du navire. Mais ce fut en vain, car ce raz-de-marée vint les frapper de toute sa force, les envoyant valser avant d'emporter leurs corps.

Stamper observait la scène depuis le pont du vaisseau furtif, le sourire aux lèvres. Les MiG chinois étaient de retour. Il attendit jusqu'à ce qu'ils occupent la bonne position.

« Numéro un, feu ! » cria-t-il. « Numéro deux, feu ! »

Deux petits missiles thermoguidés fusèrent du pont du vaisseau furtif, en direction des deux avions. Les pilotes chinois lancèrent un appel radio précipité vers leur base, tandis que l'alarme de verrouillage de missile leur vrillait les oreilles. Ils firent de leur mieux pour emmener leurs appareils à l'écart de cette menace, mais les missiles thermoguidés n'en continuèrent pas moins de plonger sur leurs proies. Les deux MiG explosèrent en plein vol, en deux boules de feu qui retombèrent dans la mer obscure.

Pendant ce temps, la salle des opérations du *Devonshire* flamboyait d'ampoules lumineuses, rugissait d'alarmes et d'émissions interphone d'urgence.

« Système de propulsion en panne, sir, la salle des machines ne répond plus », annonça Hume.

« Sir, nous nous inclinons de 14 degrés par la poupe », ajouta le chef d'équipe.

Il ne fallut que deux secondes au capitaine Day pour arrêter sa décision. « Bien. Que les hommes quittent le navire. »

Le vaisseau fit une embardée, mais Day réussit à garder son équilibre. « Radio, transmettez ceci à l'amirauté : « Nous avons été torpillés par MiG chinois. Nous coulons. » Et donnez notre position. »

Le marin hocha la tête. « Compris, sir. » Ses mains volèrent au-dessus de son clavier, tandis que Hume s'écriait : « Nous coulons par le fond ! »

Après quoi les lumières s'éteignirent.

La poupe du *Devonshire* plongea dans les flots, tandis que sa proue émergeait à la surface. Les hommes enfilèrent les gilets de sauvetage et sautèrent dans l'eau froide. Il n'était plus temps de mettre à la mer les canots. Le navire coulait plus vite que nul n'aurait pu l'imaginer.

Le capitaine Day surveilla l'évacuation aussi longtemps que ce fut possible, puis revêtit à son tour un gilet de survie et rejoignit ses hommes dans les flots.

Cinq minutes plus tard, il ne restait plus à la surface des eaux qu'une flaque huileuse et un pitoyable petit groupe de marins de la Royal Navy barbotant en toute impuissance dans la mer. Ils croyaient se trouver seuls au milieu des eaux et redoutaient de subir une mort rapide, à pareille distance de toute côte. La lune jetait sur eux ses rayons blafards, éclairant leurs visages d'un désespoir qui ne faisait que croître à mesure qu'ils prenaient conscience de leur sort.

Lorsque l'ombre noire se profila au-dessus de leurs têtes, en leur cachant la clarté lunaire, ils ne surent plus que penser. Ils levèrent les yeux et faillirent s'étrangler, en apercevant la silhouette, énorme et sombre, qui les surplombait. Le *Sea Dolphin II* s'était placé de telle sorte que les naufragés surnageaient entre ses deux flotteurs.

Stamper avait pris place sur le flotteur tribord du vaisseau furtif. Il fit claquer la culasse d'une mitrailleuse alimentée par une large bande-chargeur. À ses côtés, un membre d'équipage tenait un caméscope et braquait son objectif sur les marins anglais flottant dans la mer. Avant d'appuyer sur la détente, l'Allemand prit un instant pour savourer par avance le plaisir qu'il allait goûter. Il ouvrit alors le feu, et arrosa le secteur se trouvant face au vaisseau. Les naufragés sans défense furent massacrés en moins d'une minute. Le carnage avait été filmé du début à la fin par le caméscope.

Si les marins criblés de balles coulèrent au fond des eaux, ils dépassèrent sans doute les six plongeurs qui venaient de sortir de la coque du vaisseau furtif. Ces hommes transportaient une série d'outils, ainsi que des torches sous-marines. L'un d'eux emmenait une caméra vidéo. Seul un des plongeurs était armé. Ils ne s'attendaient pas à rencontrer quoi que ce soit d'hostile.

Les plongeurs longèrent le fil reliant le Sea-Vac jusqu'au *Devonshire*, qui était allé se poser, dans un bruit sourd, au fond de l'océan, à proximité d'une énorme crevasse. Aucune lumière n'éclairait plus la coque sombre, ni le moindre signe de vie. Il aurait pu s'agir de la crête d'une montagne, enfouie au plus profond des mers. L'un après l'autre, les plongeurs se glissèrent dans la brèche trouant la coque du vaisseau, en se fiant au filin du Sea-Vac pour rejoindre leur destination.

Ils nagèrent au milieu du fouillis de décombres et de ruines, jusqu'à ce que leur chef lève la main. Il adressa un signe à ses hommes pour qu'ils le suivent de l'autre côté d'une porte menant à une vaste pièce emplie d'objets de couleur sombre et de belles dimensions, tant en longueur qu'en largeur. Il fit un nouveau signe de la tête à ses compagnons, pour leur donner l'ordre de se mettre au travail.

Un plongeur alluma un chalumeau à acétylène et se mit à l'œuvre sur l'attache de berceau où reposait l'un des sept missiles de croisière sol-sol que transportait le *Devonshire*. Le chalumeau découpa sans peine le métal.

En quinze minutes, l'opération était terminée. Les six plongeurs quittèrent la coque et nagèrent en direction du vaisseau furtif, en emmenant avec eux les missiles. Dès qu'ils furent rentrés, le fil relié au Sea-Vac se tendit. L'engin recula lentement de lui-même, en empruntant le tunnel qu'il s'était creusé au milieu du navire. Le vaisseau fantôme récupérait sa sonde.

Dans les eaux obscures s'étendant sous le ciel nocturne du sud-est asiatique, l'événement qui venait d'avoir lieu ressemblait fort à un viol – violent acte sexuel entre deux énormes créatures des mers.

Le clair de lune n'éclairait qu'à peine la ville de Hambourg, car la cité émettait des radiations lumineuses en abondance. Ses gratte-ciel illuminés étaient le signe le plus évident du fait qu'au cours des cinquante dernières années, cette ville était devenue le port le plus vaste d'Allemagne, et celui brassant le plus d'affaires. Reconstruite après la Seconde Guerre mondiale sous la forme d'un pôle culturel des plus modernes, Hambourg avait depuis longtemps laissé derrière elle sa réputation de ville à marins et d'endroit où les Beatles avaient fait leurs classes, à la fin des années cinquante et au tout début des années soixante, avant d'acquérir la stature de superstars. Située au nord de l'Elbe et de l'Alster, Hambourg est une cité de beauté, d'histoire et de commerce. Il était donc tout naturel que le Carver Media Group Network ait déplacé son quartier général européen de Londres à Hambourg, et reconstruit son quartier général asiatique à Saigon, après la prise de contrôle de Hong Kong par les Chinois, le premier juillet 1997.

Les nouvelles installations de CMGN n'avaient pas encore été ouvertes au public. La cérémonie d'inauguration était prévue pour le lendemain soir. Depuis des jours, des employés s'étaient affairés à préparer le bâtiment pour cette grande soirée. Tous les médias du monde seraient présents, au milieu de célébrités, de dignitaires et de têtes couronnées. On terminait de polir les parquets, la peinture séchait sur les murs, on préparait le banquet, pendant que les meubles étaient mis en place. L'occasion était d'importance, car derrière la façade du bâtiment de brique en forme de croissant, se trouvait un énorme complexe de communications. C'était le cœur et le cerveau du réseau mondial de CMGN.

Minuit venait juste de sonner, la plupart des ouvriers avaient fini leur journée de travail et étaient rentrés chez eux. Seuls quelques employés consciencieux poursuivaient leur tâche dans différents coins des bâtiments. Nul ne s'était rendu compte de la présence de deux hommes dans la vaste salle de contrôle circulaire qui constituait le joyau du complexe. La salle de rédaction était plongée dans une pénombre presque totale – deux consoles seulement étaient en fonction. De manière incongrue, un énorme ruban rouge traversait la salle, dans l'attente du moment où Elliot Carver déclarerait officiellement ouverts ses nouveaux quartiers généraux, face à ses centaines d'invités.

Carver se tenait pour l'heure face à l'une des consoles, fatigué et à bout de forces suite aux milliers de vérifications qu'il s'était vu obligé d'effectuer en personne, puisqu'il n'accordait sa confiance qu'à un petit nombre de subalternes. Dans le même temps, il éprouvait une certaine anxiété, et c'est parfaitement éveillé qu'il observait les écrans alignés devant lui.

Henry Gupta, un homme qu'il avait secrètement admis dans son personnel, se tenait face à une autre console, manipulant les réglages. La réputation de Gupta le précédait partout – Carver n'avait pas eu besoin des références du bonhomme pour l'engager. Henry Gupta était l'un des technoterroristes les plus efficaces au monde. Rien ne lui résistait en matière d'électronique. Carver aurait souhaité pouvoir l'engager de manière tout à fait légale chez CMGN, si le casier judiciaire de Gupta n'avait été si chargé. Il s'était donc vu forcé de tenir Gupta dans l'ombre, dissimulé en toute sécurité.

Elliot Carver était un individu de grande taille, à l'air distingué. Il venait récemment d'atteindre la cinquantaine, possédait une santé remarquable, et se comportait avec un maintien aristocratique. De corpulence mince, pourvu d'un haut front, Carver était doté d'un charisme qui captivait son entourage. Sa présence était imposante; lorsqu'il parlait, les autres l'écoutaient. Avant la perte progressive de ses cheveux d'un blanc neigeux, Carver était considéré comme un très bel homme. Son apparence restait des plus frappantes, et c'est grâce à elle, ainsi qu'à sa voix de velours, qu'il avait obtenu son premier poste de présentateur télé à l'aube de sa carrière. L'intérêt qu'il portait au milieu des médias s'était accru et, trente ans plus tard, il était devenu le maître de tout cela.

Il était fier de la carrière qui lui avait apporté gloire et fortune, car c'est avec de mauvaises cartes qu'il avait débuté dans la vie, un demi-siècle plus tôt. Fils illégitime d'un lord anglais, Carver n'avait pas connu sa mère, une prostituée allemande. Elle était morte en le mettant au monde. Il avait été élevé par une pauvre famille chinoise établie à Hong Kong. Ce ne fut que grâce à son inflexible détermination qu'il parvint à laisser derrière lui cet humble départ dans l'existence, pour devenir présentateur d'une chaîne de télévision de Hong Kong, se faire un nom en tant que journaliste et hériter en fin de compte du vaste empire de presse édifié par son père. Des rumeurs avaient couru à l'époque, concernant la relation unissant le suicide du lord anglais avec la bonne fortune de Carver, mais nul n'avait pu prouver quoi que ce soit.

Une chose menant à une autre, Carver se révéla homme d'affaires redoutable et entrepreneur avisé. Il avait eu la bonne idée d'investir dans le Global Positioning System de la NAVSTAR, et avait fait fortune lorsque ce système avait été choisi comme standard pour les satellites de navigation. Ses ingénieurs avaient travaillé pour mettre au point de nouvelles technologies en communications satellites, et CMGN se trouvait parmi les quelques nouveaux réseaux qui avaient retransmis en direct les images de la guerre du Golfe. En quelques années seulement, Elliot Carver avait construit un empire qui couvrait le globe.

Et ce n'était que le début.

Son seul problème physique, d'après ce qu'il en savait, était un pénible TMJ – temporomandular joint syndrome, un syndrome qui affectait douloureusement les articulations – et qu'il subissait dès qu'une situation lui procurait une certaine tension. Les muscles de sa mâchoire le faisaient pour l'heure souffrir. Il percevait un cliquetis sonore et éprouvait un fourmillement dans sa chair lorsqu'il ouvrait grande la bouche ou commençait à manger.

Son médecin lui avait appris que ce mal était cause du fait qu'il grinçait des dents dans son sommeil – un autre symptôme de l'excès de stress. Ce médecin lui avait prescrit l'usage d'une bande de plastique protégeant ses dents pour la nuit, mais Carver tenait ce dispositif en horreur. Il s'était toujours quelque peu senti l'âme d'un martyr, et avait donc cessé de consulter ce médecin, pour continuer à vivre avec cette douleur chronique.

Henry Gupta appuya sur les boutons installés sous les trois moniteurs rangés devant lui. Sur l'un d'eux apparut le visage de Stamper, l'Allemand. Il se trouvait à bord du vaisseau furtif, dans les eaux de la mer de Chine.

« C'est fait », déclara Stamper en s'adressant à la caméra. « Je n'ai pas encore vu la bande, mais dans le viseur, c'était fantastique. »

Le second écran présentait l'évolution des six plongeurs en direction de l'épave du *Devonshire*. Elliot Carver était impressionné par la qualité des images. L'éclairage était excellent, presque comme si un studio de cinéma avait capté la scène avec un luxe de matériel de tournage sous-marin. Le troisième moniteur s'alluma à son tour, affichant le début de la séquence au cours de laquelle les marins allaient se faire mitrailler dans l'eau.

« C'est peut-être un peu trop vert », poursuivit Stamper, « mais à part ça, ça donne très bien – Regardez celui-là, qui essaie de s'échapper ! Ah, je l'ai eu ! Hahaha ! »

Carver estimait que Stamper faisait preuve d'un enthousiasme un peu exagéré dans son travail, mais c'était un employé efficace.

Lui et Gupta contemplèrent dans leur entier les scènes apparaissant sur les deux écrans. Ils virent les plongeurs se glisser dans l'épave et s'emparer de l'un des missiles. Ils virent les marins britanniques trouver la mort, l'un après l'autre. C'était parfait.

Carver se mit à parler dans un micro. « Bon travail, Stamper. Nous avons tout vu. Et maintenant, allez vous reposer un peu, si possible. »

Stamper éclata de rire. « Me reposer ? Vous plaisantez ? Après une nuit pareille, je suis d'attaque pour une petite fête ! Hahaha ! »

Carver frémit en songeant à ce que signifiait « petite fête » dans l'esprit de Stamper. On racontait que lorsque Stamper organisait une fête, il laissait la plupart du temps dans son sillage plusieurs cadavres sévèrement mutilés.

« Vous voulez la vidéo de la soirée, patron ? » demanda Stamper.

« Pas cette fois, Stamper », répondit Carver.

Gupta se dirigea vers une autre console intitulée « Satellite Uplink/Downlink ». Il s'assit en face de l'appareil et débrancha avec précaution un dispositif rectangulaire de la taille d'une règle, qui se trouvait sur le panneau de commandes. L'objet était assez petit pour tenir dans la paume d'une main. Il disposa ensuite cet engin dans la boîte rouge de forme oblongue dont il avait fait l'acquisition sur le col de Khyber, lors du marché aux armes clandestin.

Gupta se leva pour s'approcher de Carver. Son patron contemplait les moniteurs vides, songeant aux scènes qu'il venait de voir.

« Eh bien ! » s'exclama jovialement Gupta. « Qu'est-ce que je vous avais dit ? Hein ? Ne suis-je pas génial ? »

Carver indiqua la boîte rouge. « Mettez ça en lieu sûr. Et nettoyez la console. Je ne tiens pas à ce qu'on retrouve trace de la présence de qui que ce soit dans cet endroit. » Gupta venait de poser une boîte de boisson gazeuse et un sachet de chips sur un des postes de travail. Carver commençait à le trouver passablement péquenaud.

« Mais pourquoi ? » dit Gupta. « Je veux dire, si quelqu'un a bien le droit de se trouver là… »

Carver le fit taire d'un regard pénétrant. Gupta connaissait bien ce regard. Elliot Carver était connu parmi ses collaborateurs pour posséder ce « regard ». Lorsqu'Elliot Carver lançait ce regard à quelqu'un, il ne fallait en aucun cas poser de question au patron.

« C'est bon, d'accord », fit Gupta. « Je vais nettoyer. » Quelque peu offusqué, Gupta entreprit de faire ce qu'on lui demandait.

Carver se remit à parler dans son micro, pour s'adresser une fois encore à son homme de terrain.

« Stamper ! Repassez la bande. »

Il observa, fasciné, la mitrailleuse qui arrosait les marins de la Royal Navy. À la suite de quoi, Carver demanda à Stamper d'encore repasser la bande, au ralenti cette fois.

Ce n'est qu'alors que Carver se tourna vers Gupta, pour déclarer : « Vous êtes génial. »

Gupta sourit. Son patron était content.

3

WAI LIN

Quarante-huit heures plus tôt exactement, une Jeep s'était arrêtée aux abords de la guérite des gardiens d'un camp militaire, situé dans la banlieue de Beijing. Un policier militaire chinois avait vérifié l'identité du conducteur et de sa passagère. Tout semblait en ordre. La Jeep reçut l'autorisation d'entrer.

Wai Lin cligna des yeux tandis que le véhicule dépassait les baraquements et le parcours d'entraînement aux obstacles, pour filer vers les bâtiments administratifs du complexe. Le soleil était resplendissant ce jour-là. Elle fouilla son sac à main, pour en sortir une paire de lunettes solaires qu'elle se posa sur le nez.

La Jeep alla rapidement s'arrêter devant le principal bâtiment réservé à l'administration. Wai Lin s'adressa au chauffeur en mandarin, pour lui dire de l'attendre là. Elle parlait couramment la plupart des dialectes chinois. Elle avait grandi en parlant le cantonais, mais à mesure que sa carrière évoluait davantage dans les milieux politiques et militaires, c'était le mandarin qui avait pris le pas sur les autres langues.

Elle descendit de la Jeep. Un M.P. admira son apparence depuis l'entrée, tout en donnant l'air de se tenir au garde-à-vous. Wai Lin savait qu'elle était attirante, même dans l'uniforme empesé de l'armée chinoise. De petite taille, à l'instar de la majorité des femmes chinoises, Wai Lin parvenait à avoir l'air plus grande que nature dans son treillis militaire. Sans doute était-ce dû à l'air autoritaire qu'elle arborait sans même y penser. Ce qui convenait parfaitement au travail auquel elle se consacrait.

Elle possédait de longs cheveux noirs, séparés en deux sur le haut de son crâne, et qui retombaient sur les épaules. Ses yeux bruns taillés en amande étaient légèrement écartés de part et d'autre de l'ovale de son visage. Sa bouche était petite et délicate, mais elle disposait d'un sourire qui faisait fondre les cœurs. Elle était mince, mais bien tournée. Sous son uniforme, elle avait un corps musclé et harmonieux. Ses seins avaient la taille de petites pommes, mais ils étaient fermes et parfaitement proportionnés au reste de sa silhouette. Son ancien fiancé avait toujours déclaré que ses seins étaient « parfaits ».

Wai Lin avait souvent eu l'impression que les hommes la trouvaient trop forte, et quelque peu menaçante. Sa vie amoureuse avait pâti du fait qu'elle était le genre de femme à apprécier le rôle de l'agresseur. En Chine, cela n'était en rien la norme. Les femmes étaient censées être serviles et passives. Pas Wai Lin. La dernière fois où elle avait autorisé un homme à jouer le rôle dominant dans leur relation, elle avait fini par perdre patience et avait humilié son partenaire. Il avait rassemblé ses affaires et avait aussitôt quitté leur petit appartement de Shanghai. Ils étaient censés se marier la semaine suivante. Rétrospectivement, elle se réjouissait de la tournure des événements. Wai Lin ne parvenait plus à s'imaginer mariée. Sa carrière prenait de l'envergure, et elle trouvait plus de satisfactions dans le travail que l'ensemble des autres choses ayant occupé son existence au cours des vingt-huit années de sa vie sur terre.

Wai Lin ôta ses lunettes de soleil, et retourna son salut au policier militaire, avant d'entrer dans le bâtiment. Elle présenta son laissez-passer à l'officier installé derrière le bureau d'accueil, après quoi un autre M.P. l'escorta jusqu'à une porte, puis le long d'un couloir.

Lorsqu'ils eurent franchi une autre porte, il devint évident que quelque chose venait d'avoir lieu dans le bâtiment. Plusieurs policiers militaires stationnaient le long de ce nouveau couloir, et il régnait une activité intense dans le bureau au fond du couloir. Wai Lin fut conduite dans la pièce, où des soldats étaient occupés à démanteler les meubles, ouvrir des dossiers et examiner murs et fenêtres.

Le M.P. s'avança vers un général posté au milieu de la pièce pour surveiller les opérations. Le général se tourna et jeta un regard à Wai Lin. Elle lui adressa un salut tandis que le M.P. faisait les présentations. « Colonel Lin », dit-il en montrant la jeune femme. Quant au général, il s'appelait Koh.

« Bienvenue, colonel », déclara le général en mandarin. « C'est un plaisir de vous revoir. Nous avons beaucoup de choses à nous dire. Comme vous pouvez le constater, nous sommes en train de démanteler le bureau de ce traître. Jusqu'ici, nous n'avons rien trouvé. Venez donc avec moi. »

Elle le suivit alors qu'il quittait la pièce, pour emprunter le couloir en direction d'un bureau provisoire. Le général Koh l'invita à s'asseoir d'un geste.

« Colonel, avez-vous reçu des informations de la part de vos supérieurs à Beijing ? » demanda-t-il.

« Bien sûr, monsieur. »

« Que savez-vous donc ? »

« Le général Chang a disparu. Et l'on croit qu'il a emporté avec lui certains secrets de première importance. »

« Êtes-vous informée des secrets qu'il a, selon nous, dérobés ? »

« Oui », répliqua-t-elle. « La technologie russe de radar à basse fréquence. »

« Comprenez-vous de quoi il s'agit dans les faits ? »

« Il s'agit d'un radar qui émet des ondes à basse fréquence dont peut se servir un avion furtif, sans craindre d'être repéré. Notre gouvernement a réussi à obtenir l'un de ces systèmes il y a un mois de cela, au cours d'une mission de reconnaissance à Irkoutsk. C'est le général Chang qui a été chargé de le mettre sous bonne garde. »

« L'usage d'un tel radar à bord de nos véhicules furtifs aurait donné un coup de fouet à nos capacités militaires. Nous aurions rejoint le niveau des Américains et des Russes. Il est donc important qu'on récupère cette technologie. »

« Avons-nous une idée de l'endroit où pourrait se trouver le général Chang pour l'instant? »

« Pas encore », fit Koh. « Selon les informations que m'ont fournies son équipe – informations que nous avons été contraints d'extorquer à ces hommes –, le général Chang a quitté la base voici deux jours, et a pris un avion à destination du Viêt Nam. Il est possible qu'il y soit toujours, car nos agents ont ratissé les aéroports et les gares de chemin de fer. Il a très bien pu se déguiser, ou bien alors s'est-il caché en attendant des jours meilleurs. »

« Est-ce que le dispositif se trouvait en sa possession au moment de son départ? »

« Non », dit Koh. « Nous croyons qu'il l'a fait partir avant lui, et sans doute pas vers la même destination. Il ne lui aurait pas été possible de voyager en compagnie de ce dispositif. Selon son second, le radar a été rangé dans une caisse emplie de paille, cataloguée comme cargaison de thé, il y a deux ou trois semaines de cela. Nous essayons pour l'heure de retrouver la trace de cette marchandise. »

« Je présume que vous souhaitez que j'aille au Viêt Nam pour le retrouver? » demanda-t-elle.

« Non. Je veux que vous retrouviez la marchandise. Le général Chang n'est pas le plus important dans cette affaire, c'est le radar qui compte le plus. Lorsque nous aurons retrouvé la trace de la cargaison, nous pourrons négocier avec le traître. »

Le général Koh posa une pile de documents sur un coin du bureau. « Voici toutes les informations dont nous disposons. Peut-être réussirez-vous à y dénicher un indice, grâce à votre vue si perçante. »

C'était le premier compliment que le général lui adressait.

« Je ferai de mon mieux, monsieur », répondit-elle.

Le général sourit. « Vous êtes plutôt jolie dans cet uniforme, mademoiselle Lin. Si vous pouviez abandonner les rangs des Forces de sécurité extérieure de la République populaire, pour vous engager dans l'armée ! »

Elle lui lança un regard. « Non, je vous remercie, monsieur. Je me contenterai de porter cet uniforme pour des raisons de couverture. »

« Eh bien, on peut dire qu'il vous va bien. C'est parfait. Nous ne souhaitons pas que les hommes basés ici devinent que les services secrets chinois sont à la poursuite de leur général. Ce ne serait pas bon pour le moral. »

« Ce sera tout ? » s'enquit-elle.

« Pour l'instant. Faites-moi savoir ce que vous aurez trouvé. » Sur ce, le général quitta la pièce. Wai Lin se plongea aussitôt dans l'examen des documents, une pièce après l'autre.

Beijing, anciennement connue en Occident sous le nom de Pékin, est située dans la province de Hebei, mais se trouve sous la juridiction directe du gouvernement central. Seconde ville de Chine en importance (après Shanghai), Beijing jouit de son statut de centre national, dans les domaines politique et financier, aussi bien qu'en éducation et en transports. Depuis la création de la République populaire de Chine, la ville est devenue un secteur industriel de la plus grande importance. Des usines produisent des matériaux lourds et légers, qui vont du fer et de l'acier jusqu'aux machines, en passant par les produits chimiques, les équipements électroniques, le pétrole raffiné et les produits textiles. Une grande partie des industries sont situées dans les banlieues, bien loin des attraits touristiques comme la Cité interdite, le pont de la paix céleste, la place Tiananmen, la bibliothèque nationale ou le zoo célèbre dans le monde entier.

Wai Lin découvrit l'entrepôt Xian dans le secteur réservé au commerce industriel. Elle gara sa modeste

Toyota Camry à l'écart des projecteurs qui inondaient de lumière les emplacements de parking et descendit sur le sol en pavés. Elle portait à présent des vêtements civils – un tailleur-pantalon noir des plus seyants, et un gilet rouge.

Il était déjà très tard, et l'entrepôt était fermé. Les ouvriers s'en étaient retournés chez eux après le travail, mais Wai Lin n'avait rien laissé au hasard. Elle se dirigea avec précaution vers l'arrière du bâtiment, où se trouvait une porte surmontée d'une inscription en caractères chinois annonçant : « Entrée du personnel ». Elle était bien évidemment fermée, mais cela n'arrêta pas Wai Lin. Elle jeta un coup d'œil à la ronde pour s'assurer que personne ne la surveillait, puis se servit d'un passe-partout pour réussir à pénétrer dans le bâtiment.

Le vaste entrepôt était baigné par la pénombre, uniquement éclairé par deux lampes de travail qu'on laissait allumées pour la nuit. L'endroit était plein de ce qui ressemblait à un mélange de pièces d'automobile et de produits agricoles. Elle longea en toute discrétion des empilements de cartons et de caisses, pour se diriger vers le bureau situé en façade. Elle s'immobilisa en entendant deux voix à quelque distance – les gardiens de nuit, plus que probablement.

Wai Lin, cachée derrière une pile de pneus, les aperçut. Ils étaient en train de fumer des cigarettes, postés juste devant le bureau principal. Les deux hommes étaient armés, de ce qui ressemblait à des copies chinoises de pistolets Makarov. Les lumières étaient allumées dans le bureau, dont on apercevait l'intérieur à travers la baie vitrée derrière les deux gardiens.

Elle fit demi-tour pour suivre l'allée dans l'autre sens, avec l'intention de s'approcher des gardes selon un angle différent. En dépassant une nouvelle pile de pneus, elle eut une idée.

Les deux gardiens s'échangeaient des blagues salées, en éclatant de rire. Même s'ils étaient restés sur place un million d'années encore, ils n'auraient jamais pensé servir à quelque chose dans cet entrepôt. Le boulot n'était pas difficile. Ils n'avaient jamais eu à se servir de leurs armes, et ne le feraient sans doute jamais. Qui donc aurait voulu voler quelque chose ici ? Il n'y avait rien que des vieilles pièces de voiture et des fruits pourris.

Les rires s'interrompirent et l'un des gardiens poussa un soupir. Il n'arrivait plus à penser à une autre blague.

« Tu as encore une cigarette? » demanda-t-il à son collègue.

Tandis que l'homme fouillait sa poche, ils entendirent tous deux un bruit fusant d'une des allées sombres du bâtiment.

Ils se figèrent et échangèrent un regard.

« Tu as entendu ça? »

L'autre opina. Ils restèrent immobiles pour tendre l'oreille.

C'est alors que, de manière incongrue, un vieux pneu sortit lentement de la pénombre d'une allée et roula dans leur direction. Ils le suivirent d'un regard étonné, jusqu'à ce que le pneu vienne s'arrêter à cinq ou six mètres d'eux. Il bascula ensuite et tomba sur le sol, tournant toujours sur lui-même, comme une pièce de monnaie après avoir roulé sur une table.

Les gardiens s'emparèrent aussitôt de leurs pistolets avant de s'avancer vers le pneu. L'un d'eux adressa un signe à son collègue pour l'enjoindre à passer par le côté.

Celui-ci prit précautionneusement le chemin de l'allée obscure, dépassant des alignements de caisses empilées et de vieux pneus. La luminosité était très faible dans ce secteur de l'entrepôt. L'homme pointait nerveusement son pistolet devant lui, se demandant qui pouvait bien leur jouer ce mauvais tour. Lorsqu'il se fut éloigné d'une douzaine de mètres du bureau et de son collègue, il parvint à une intersection entre deux allées. Il jeta un coup d'œil de part et d'autre, avant de reprendre sa progression.

Wai Lin agit vite et en toute discrétion. Elle bondit de derrière une pile de caisses et fonça sur le gardien. Un coup foudroyant assené au bas de la nuque, du plat de la main, envoya l'homme sur les genoux. Elle couvrit rapidement la bouche du garde de son autre main, puis le frappa une fois de plus, pour le mettre cette fois hors de combat.

Le premier gardien se mit à crier. « Hé ! Trouvé quelque chose ? »

Le silence était inquiétant.

« Qu'est-ce qui se passe ? » demanda-t-il encore. « Réponds-moi, imbécile ! »

N'obtenant pas de réponse, le gardien sentit croître son inquiétude. Prêt à faire usage de son arme, il commença à remonter une allée, le plus silencieusement possible, à la recherche de son collègue.

Il découvrit vite le gardien inconscient à l'endroit où Wai Lin l'avait abandonné, allongé face contre le sol de béton. Le premier garde se pencha pour jeter un coup d'œil à son collègue. Avant de sentir le museau froid d'un pistolet Makarov se posant sur sa nuque.

« Jette ton arme », dit Wai Lin. Le gardien obtempéra. « Et maintenant, redresse-toi. Mais sans faire de bêtises. »

Le gardien se releva, mais il commit malheureusement une bêtise. Il tenta de pivoter sur lui-même pour attraper l'arme de Wai Lin, et se servit d'un ridicule mouvement de karaté pour la désarmer. L'expérience de la jeune femme dépassait de loin celle du garde, en matière de combat. Non seulement elle bloqua son attaque, mais elle l'envoya valser par-dessus sa tête, droit sur une pile de pneus. Le gardien s'affala sur le sol. Elle s'avança pour braquer à nouveau son arme sur lui.

« Très bien, nous allons essayer une deuxième fois », dit-elle. « Lève-toi lentement. Et si tu tentes encore quelque chose de ce genre, je ne serai plus aussi gentille avec toi. »

Le gardien hocha la tête, en abandonnant complètement la lutte.

Elle l'obligea à ouvrir la porte du bureau à l'aide de ses clés, puis lui demanda la liste des cargaisons qui avaient transité par cet entrepôt au cours du dernier mois.

« À présent, sois sage et assieds-toi par terre, le visage contre le mur. Garde les mains sur la tête pendant que je jette un coup d'œil là-dessus », reprit-elle. « Si tu bouges, je vais être forcée de te faire mal. Ne t'inquiète pas pour ton ami. Il n'a rien de grave. J'ai frappé un centre nerveux. Il va rester évanoui pour une heure, et aura simplement mal au crâne quand il s'éveillera. »

Dès que le gardien eut pris place, Wai Lin commença à examiner les documents. Elle finit par y découvrir mention d'un chargement de thé ayant quitté l'entrepôt deux semaines et demie plus tôt. Les papiers comportaient également une référence croisée permettant de trouver dans un autre livre la destination prise par le thé. Elle essaya de mettre la main sur ce livre, mais sans succès.

« Où sont les documents clients ? » demanda-t-elle au gardien.

Il répondit qu'il n'en savait rien.

Elle s'approcha de lui et lui pinça le lobe de l'oreille droite entre pouce et index.

« Tu es certain ? » demanda-t-elle encore.

Lorsqu'il hocha la tête de manière hésitante, elle comprit qu'il mentait. Elle accentua sa pression. Il gémit, avant de capituler. « D'accord, d'accord ! Le patron... Monsieur Deng, c'est lui qui l'a. Il le garde chez lui dans son appartement. »

« Comment le sais-tu ? »

« Il me l'a dit ! Il prétend qu'il conserve les papiers les plus importants chez lui. »

Sans doute parce qu'il est impliqué dans des activités criminelles, songea-t-elle.

« Parfait. Et où puis-je trouver monsieur Deng ? » s'enquit-elle ensuite.

« Maintenant ? Il ne sera pas chez lui... »

« Où est-il ? »

« Eh bien... » Lorsque le gardien finit par le lui révéler, elle éclata de rire en secouant la tête.

La limousine noire remonta la rue pleine de night-clubs et de promeneurs, avant de s'arrêter à l'endroit où Wai Lin se tenait, appuyée contre un mur, vêtue d'un long *cheongsam* rouge et aguichant, l'une de ses cuisses fuselées dépassant de manière provocante d'une fente du vêtement. La vitre automatique se baissa et le Chinois installé à l'arrière de la voiture lui adressa la parole.

« Combien pour passer la nuit chez moi? » demanda-t-il.

Wai Lin fit mine d'évaluer la proposition. « Huit mille yuans », dit-elle.

L'homme dressa les sourcils.

« C'est cher! »

« Ça les vaut », rétorqua-t-elle. « Tu es intéressé, oui ou non? »

L'homme la jaugea des pieds à la tête. « Tourne-toi », dit-il. Wai Lin pivota sur elle-même en un mouvement gracieux et clôtura son geste là où elle l'avait commencé. Mais à présent, sa cuisse était un peu plus découverte encore.

« Très bien », fit l'homme. « Monte. » La portière s'ouvrit et elle grimpa sur la banquette aux côtés de l'homme.

« Quel est ton nom? » demanda-t-il.

« Anita », dit-elle.

« Et ton nom chinois? »

Wai Lin secoua la tête. « Rien qu'Anita, d'accord? Et toi, comment je t'appelle? »

« Tu peux m'appeler monsieur Deng. »

La voiture roula pendant une dizaine de kilomètres en direction du nord, et termina sa course dans un quartier résidentiel. La limousine alla se ranger dans un parking souterrain occupant les sous-sols d'un immeuble d'appartements, visiblement habités par une clientèle huppée.

Wai Lin suivit Deng, un homme dans la quarantaine, lesté de quelques kilos en trop. Ils empruntèrent un ascenseur qui les conduisit au sixième étage. Il déverrouilla la serrure de son appartement et tint la porte ouverte pour permettre à Wai Lin d'entrer. Dans la lumière plus puissante du hall, elle se rendit compte que Deng portait une perruque.

L'appartement était meublé de façon élégante, mais il s'agissait visiblement d'un logis de célibataire. Les aménagements étaient rudimentaires, à l'exception d'un téléviseur couleur et d'une chaîne stéréo coûteuse. Deng lui dit de s'asseoir pendant qu'il préparait les boissons. En dépit du fait qu'il vivait dans une société communiste, monsieur Deng ne s'en tirait visiblement pas mal. Une fois de plus, Wai Lin mit cela sur le compte de ses activités criminelles.

« Hum, je tiens à recevoir l'argent avant d'aller plus loin », déclara-t-elle.

« Très bien », dit Deng, « attends-moi là. » Il prit la direction de la chambre.

Wai Lin jeta un coup d'œil à la pièce et remarqua la présence de plusieurs photographies sur une étagère. Elle ne fut pas surprise d'y trouver un cliché représentant Deng en compagnie du général Chang. Les deux hommes se tenaient devant le pont de la paix céleste. Ce qui l'étonna par contre, ce fut une photographie de celui qu'on appelait le « prince héritier Hung ». Hung ressemblait à une star du rock, comme une version chinoise de Michael Jackson – avec maquillage criard, cheveux lisses et noirs, et rouge à lèvres. Quelques années auparavant, Hung avait fait sensation en annonçant qu'il était en réalité l'héritier de la dynastie Ming. Il avait même eu l'audace de prédire que le jour viendrait où il prendrait place sur le trône pour ramener la Chine à l'époque glorieuse ayant précédé la révolution. Hung et son entourage étaient pour l'heure en exil, et le dernier rapport des services secrets que Wai Lin avait lu précisait qu'il vivait à Zurich. Wai Lin observa la photo d'un peu plus près et remarqua en arrière-plan la présence de plusieurs individus vêtus d'uniformes de l'armée. Il était impossible de préciser où ce cliché avait été pris, mais elle reconnut formellement le général Chang en train de sourire derrière ce douteux prince héritier. Wai Lin se demanda s'il existait une relation entre Chang et Hung.

Deng l'appela de la chambre. « Viens par ici ! »

Sur le qui-vive, Wai Lin s'avança vers la porte, l'oreille aux aguets. Elle pouvait percevoir le souffle bruyant de l'homme se tenant de l'autre côté. Il avait manifestement décidé de la prendre par surprise et se préparait probablement à commettre un acte désagréable à son encontre.

Wai Lin poussa rudement la porte, qui s'en alla cogner Deng. L'homme laissa échapper un cri. Elle plongea dans la pièce et réussit à éviter le coup que Deng avait prévu de lui donner de la crosse d'un petit revolver. Elle fit volte-face, attrapa la main droite de Deng, et l'envoya valser sur le sol, par-dessus son épaule. Elle se saisit de l'arme et la braqua sur lui. Il ne portait plus que son caleçon.

« Attends, ne tire pas ! » s'écria-t-il. Il avait l'air pitoyablement ridicule, affalé sur le sol.

« Tu comptais me frapper avec ceci, non ? » dit-elle. « Tu n'avais pas l'intention de me payer, n'est-ce pas ? »

« Non... non... » bredouilla Deng. « Je... C'est-à-dire que... Enfin... »

« Très bien », reprit Wai Lin. Elle posa l'une de ses hautes bottes sur la poitrine nue de l'homme, découvrant la peau douce de sa jambe jusque tout en haut de sa cuisse. « Dis-moi simplement ce que je veux savoir et j'oublierai le reste. Où sont les documents clients de ton entrepôt ? »

Deng eut l'air surpris. Il avait cru avoir affaire à une vulgaire prostituée qui allait le voler.

« Là-bas, sur le bureau ! » Il indiquait un angle de la pièce.

Elle lui ordonna de ne pas bouger, puis s'avança vers le bureau en question. Elle feuilleta le livre avant de trouver la référence qu'elle cherchait. Écrits avec soin en caractères chinois, elle lut ces mots : « Trois chargements de thé... Bâtiments du Carver Media Group Network... Hambourg, en Allemagne. »

Wai Lin retourna près de l'homme qui pleurnichait, toujours affalé sur le sol. « Où est le général Chang? » demanda-t-elle.

« Je n'en sais rien ! » fit-il.

Elle arma le revolver et le pointa sur son front.

« C'est vrai ! » s'écria-t-il. « Je ne l'ai pas vu depuis deux semaines. »

« Est-ce qu'il t'a confié des colis à expédier ? »

« Oui ! C'était du thé. »

« C'est la dernière fois que tu l'as rencontré ? » Elle appuya le museau du revolver un peu plus fortement au milieu de son front.

« Je le jure ! »

Wai Lin possédait un jugement sûr, concernant ses semblables. Elle avait obtenu les meilleures notes pour ses cours d'interrogatoires. Deng disait la vérité. Il était trop effrayé pour oser faire le contraire.

« Très bien. Je vais garder ce revolver », reprit-elle. « Quant à toi, tu vas rester encore dix minutes par terre, après mon départ. Nous sommes bien d'accord ? »

« Tu... Tu ne vas pas me tuer ? » demanda-t-il, de la sueur perlant sur le visage.

Wai Lin se contenta de répondre d'un charmant sourire.

« Encore une chose », reprit-elle. « Si tu entends parler du général Chang, tu devras en avertir la police. Si on apprend que tu lui as parlé en cachette, tu seras aussitôt arrêté. Est-ce que je me fais bien comprendre ? »

Deng hocha fébrilement la tête. Il commençait peu à peu à comprendre. Cette fille était une espèce de policier !

Wai Lin se releva et quitta la chambre.

Deng se dressa, pour demander : « J'imagine que ça signifie que je ne te verrai pas toute nue ? »

Le coup de feu vit voler sa perruque. Il poussa un cri en portant la main au sommet de son crâne, avec une expression de pure panique sur le visage. Lorsqu'il réalisa qu'il était toujours en vie, il lui jeta un regard horrifié.

« La prochaine fois, peut-être », dit Wai Lin. Elle souffla sur la fumée qui sortait du canon de son arme, fit volte-face, et quitta rapidement l'appartement.

4
Un devoir à accomplir

James Bond n'avait jamais été très bon élève. Étant enfant, il n'avait mis beaucoup d'enthousiasme à fréquenter l'école. Ce n'était pas qu'il fût dénué des capacités pour réussir parfaitement, mais tout simplement parce que tout cela l'ennuyait beaucoup. D'un naturel remuant, Bond était le genre d'individu qui ne pouvait rester en place très longtemps. La routine quotidiennement répétée de l'école l'avait rapidement fatigué et il avait réclamé du mouvement. C'était un homme d'action.

Son séjour à Eton se révéla des plus quelconques. Il y avait passé deux années, excellant dans le domaine sportif et n'accordant aucune importance aux matières académiques. Après quoi, il avait été surpris dans une position scabreuse, en compagnie de l'une des femmes de chambre. On lui avait alors demandé de quitter l'établissement, ce qui le réjouit. La cravate aux couleurs de l'école, ce n'avait jamais été son genre.

Après Eton, Bond suivit les cours à Fettes, la vieille école qu'avait fréquentée son père. Ce qui l'intéressa là encore, ce furent les domaines athlétiques, en plus de l'histoire et de l'entraînement militaire. Il n'eut plus de formation scolaire à proprement parler, suite à cela. Il s'engagea très vite dans les rangs de la marine, malgré son jeune âge, et son incorporation dans les services secrets britanniques s'ensuivit rapidement.

Bond avait la mauvaise habitude de raconter aux gens qu'il était allé à Cambridge. Il se rappelait avoir essayé d'impressionner Miss Moneypenny en lui apprenant qu'il y avait obtenu la plus haute note en langues orientales. Ce n'était pas vrai. Mais c'était le seul pieux mensonge qu'il lui était jamais arrivé de formuler, songea Bond avec amusement. En y repensant, il se souvint qu'il avait également menti sur son âge lors de son enrôlement dans la Royal Navy. Sans compter les douzaines d'excuses qu'il lui avait fallu inventer pour expliquer à M à quoi il était occupé lorsque son supérieur lui posait la question.

Depuis son incorporation dans le Service, Bond avait mis un point d'honneur à se forger une éducation par lui-même. Ce fut de sa propre initiative qu'il apprit des langues étrangères, en plus de l'allemand et du français qu'il parlait couramment. Il avait appris l'allemand dans sa jeunesse, car il avait passé la majeure partie de son enfance en Allemagne, en compagnie de ses parents, avant que ceux-ci ne trouvent la mort dans un accident d'escalade. Il avait étudié la chimie et la médecine légale grâce aux cours offerts par le MI6. À mesure qu'il prenait de l'âge, il avait contracté l'envie de dévorer tous les livres qui passaient à sa portée. Il absorbait les détails qu'il sentait importants, les engrangeait dans sa mémoire et oubliait le reste. Il était primordial pour un agent, et en particulier pour un double-zéro, d'empêcher son cerveau de se déglinguer. Il lui fallait constamment étudier et analyser le dernier cri en matière de technologie. La connaissance des milieux politiques et des affaires courantes était de la plus haute importance. Et c'est pourquoi, plus il connaissait de langues étrangères, et mieux cela valait.

C'était la raison pour laquelle James Bond s'était éveillé tôt ce matin-là, avec l'intention de filer jusqu'à Oxford au volant de son Aston Martin DB5. Un professeur lui apprenait le danois à Balliol, depuis trois mois déjà. Il était attendu pour une leçon.

Bond prit un petit déjeuner constitué de café très noir,

en provenance de chez De Bry sur New Oxford Street, d'un œuf mollet plongé trois minutes et demie dans l'eau bouillante, ainsi que de deux fines tranches grillées de pain complet. Il s'habilla, lança un au revoir à May, sa vieille gouvernante écossaise, et quitta l'appartement qu'il habitait depuis de nombreuses années. Il lança la DB5 sur King's Road, et prit la direction du nord.

Il savait que l'idée n'était pas très bonne de conduire une voiture aussi précieuse que celle-là sur les autoroutes anglaises, mais tout possesseur d'un tel véhicule aurait fait de même, sans compter le fait qu'il adorait la conduire. Cette voiture avait appartenu au Service pendant de longues années. Lorsque la division Q avait décidé de travailler avec BMW et d'autres constructeurs automobiles, certaines des vieilles Aston Martin avaient été vendues. Bond l'avait emporté sur Bill Tanner, en offrant cinq mille livres. Son mécanicien attitré, Melvin Heckman, la maintenait en parfait état et permettait également à Bond de la ranger dans un garage privé.

La route vers Oxford se terminait toujours plus tôt que prévu. Il surprit son professeur en arrivant avec une heure d'avance sur le rendez-vous fixé. Elle venait de rentrer de son cours du matin et portait encore sa toge de couleur noire. Mais comme d'habitude, le professeur Inga Bergstrom mit bien à profit cette heure supplémentaire. Elle tenait à s'assurer que son élève favori avait retenu ses leçons.

« Je suis très fière de vos progrès, monsieur Bond », dit-elle en danois, après deux heures d'intense activité.

« Tout cela, c'est grâce à vous, professeur », répondit Bond en un danois parfait, comme s'il était né à Copenhague.

« Vous avez un don naturel pour ce genre de choses », soupira-t-elle.

« C'est vous qui m'inspirez », répondit-il, avant de se pencher pour poser un baiser sur ses lèvres.

Le couple avait mis sens dessus dessous le canapé-lit

installé dans le bureau du professeur. Il y avait des draps en bataille un peu partout, au milieu des diplômes encadrés suspendus aux murs, des ouvrages soigneusement disposés sur les étagères, et de la photographie de la belle jeune femme professeur, blonde aux yeux bleus, vêtue de sa toge noire. C'était une forte femme, dotée de la large carrure particulière aux Danois. Bond appréciait tout particulièrement son postérieur callipyge. Sa maturité, son intelligence et ses formes voluptueuses concouraient à faire d'elle un professeur des plus stimulants. Le canapé ne lui servait que dans les cas les plus difficiles. En raison du fait que sa dernière visite remontait à la quinzaine précédente, monsieur Bond avait pas mal de retard à rattraper. Il fit en sorte de lui prouver qu'il était un élève rapide, mais parfaitement consciencieux.

Totalement épuisé, Bond alluma deux cigarettes à l'aide de son briquet aux trois bandes dorées caractéristiques, avant d'en présenter une au professeur Bergstrom. Inga poussa un profond soupir et lui permit de la glisser délicatement entre ses lèvres. Elle s'empara de son poignet avec la main droite, tout en tenant la cigarette de la gauche. Portant les doigts de Bond à sa bouche, elle entreprit de les lécher et de les mordiller.

« Si tu as si faim, nous pourrions peut-être aller déjeuner », suggéra-t-il en anglais.

« Parle danois, James, danois. Tu m'emmènes toujours dans des restaurants ridiculement chic », dit-elle dans sa propre langue. « Pourquoi ne me laisses-tu pas préparer quelques sandwiches? Mais en plus, j'aime le goût de tes doigts. Ils font de parfaits apéritifs. »

Bond ferma les yeux et lui permit de satisfaire son obsession orale, avant d'entendre un léger bourdonnement émanant de la pile de vêtements en désordre à l'autre bout de la pièce.

« Voilà que ça recommence », dit Inga en danois. « Écoute un peu, on dirait qu'il y a une abeille coincée quelque part. »

Bond secoua la tête. « Bon sang. Et ça dure depuis combien de temps ? »

Il bondit de sous le drap et enfila son caleçon. Inga se mit sur son séant, avec un pli dans le sourcil. Bond se précipita vers ses vêtements et fouilla la poche de sa veste.

« De quoi s'agit-il ? » demanda Inga.

« Comment dit-on « téléphone cellulaire » en danois ? » répliqua-t-il en se servant de l'idiome de la jeune femme. Il déploya ensuite l'antenne de l'appareil et se mit à parler en anglais dans le téléphone. « Ici Bond, je passe sur le brouilleur canal quatre. »

À Londres, Miss Moneypenny était installée dans la salle de décision du ministère de la Défense. Pas mal de monde s'était rassemblé là en vue d'une réunion. Les officiers d'état-major réclamaient déjà des rapports. M et Bill Tanner se tenaient derrière elle, attendant impatiemment que Bond se présente pour pouvoir commencer enfin. Ils ne pourraient plus retenir bien longtemps encore le ministre de la Défense, le First Lord de l'amirauté, ainsi que l'amiral-chef de la Marine.

« Mais où étiez-vous donc ? » murmura Miss Moneypenny, en se couvrant l'oreille de manière à entendre Bond. « J'essaie de vous joindre depuis une heure ! Nous sommes en état d'alerte maximale ! Vous n'avez pas suivi les informations à la télévision ? »

Bond fit la grimace. Il pouvait entendre les exclamations des chefs d'état-major en arrière-fond sonore. « Sir, le H.M.S. *Invincible* est parti de Gibraltar... », « Sir, le *Defiant* est sur la piste d'un submersible chinois... »

« Je n'ai pas regardé la télé », dit Bond. « Je me trouve à Oxford, pour un cours. En fait, j'étais sur le point d'étudier une nouvelle langue. »

« Eh bien, on va vous la couper si vous ne vous présentez pas ici immédiatement », ajouta Miss Moneypenny.

« James ! » se lamenta le professeur Bergstrom, d'une voix un peu trop puissante. « Revenez vous étendre près de moi. »

Bond parvint à se figurer le petit sourire narquois qui devait s'afficher sur les lèvres de Moneypenny. « Et je suppose qu'il s'agit de votre professeur », déclara-t-elle froidement.

« Mais oui ! Bien sûr. »

Moneypenny décida de ne pas insister. « Nous nous trouvons au ministère de la Défense. Allumez la radio pendant que vous venez. Il s'agit d'une crise majeure. Nous envoyons la troupe en Chine. Soyez ici dans dix minutes. »

« Je suis à deux heures de route », dit Bond. « Laissez-moi au moins soixante minutes. »

« Mais où êtes-vous ? » demanda une fois de plus Moneypenny.

« Je viens de vous le dire, je suis à Oxford, dans le bureau de mon professeur. »

Après une courte pause, Moneypenny ajouta : « Je ne savais pas que cela portait ce nom. Un vrai bureau des cœurs, n'est-ce pas ? »

Moneypenny était sur le point de glousser de son propre jeu de mots, lorsqu'elle s'aperçut de la présence de M juste dans son dos. Elle blêmit en raccrochant le téléphone.

« Ne me demandez rien », dit-elle.

« Ne me dites rien », ponctua M.

Bond avait légèrement surestimé le laps de temps nécessaire pour rejoindre les bâtiments du ministère de la Défense à Whitehall. L'Aston Martin se faufila dans la petite rue latérale qui longeait le bâtiment exactement une heure et vingt minutes après sa conversation téléphonique avec Moneypenny. Ce ne serait bien sûr pas suffisamment rapide pour apaiser la colère de M, mais c'était le mieux qu'il avait pu faire. Il lui fallut une minute encore pour s'arrêter au portail de sécurité, où une sentinelle vérifia son identité. Il alla se ranger derrière la Rolls-Royce de M et se rua vers une porte de service surveillée par d'autres sentinelles.

La réunion avait commencé sans lui. Le brouhaha était

intense, les chefs d'état-major transmettaient des ordres et recevaient des rapports. Les énormes écrans vidéo muraux étaient emplis d'images de vaisseaux de la Royal Navy se préparant à mettre le cap vers la mer de Chine. L'un des moniteurs affichait la bande vidéo montrant Henry Gupta en train d'acheter la boîte rouge lors du marché aux armes clandestin. Bond ne fut pas surpris de trouver dans cette salle tant de décorations comme à la parade. Il reconnut presque tout le monde – l'amiral-chef de la Marine, et également l'amiral Roebuck, qui se trouvait plongé dans ce qui ressemblait fort à un affrontement avec rien d'autre que M en personne. C'était d'ailleurs bienvenu, car son retard passa de la sorte quelque peu inaperçu.

« Vous prenez fait et cause pour l'Air Force chinoise, contre la Royal Navy ! » s'écria Roebuck, le visage empourpré par l'indignation.

« C'est absurde ! » rétorqua M d'un ton froissé. Elle pouvait se montrer extrêmement rude lorsqu'elle le voulait. L'admiration que Bond vouait à cette femme n'avait fait que croître au fil des mois.

« Ils ont coulé un de nos navires, et vous souhaitez qu'on mette sur pied un « enquête conjointe » ? De toutes les lâchetés que... »

« Que cela vous plaise ou non, si vous prononcez encore une fois le mot de « lâcheté », je vous invite à régler ça dehors », dit-elle froidement.

Bond jeta un coup d'œil à Bill Tanner, resté coi, quand le ministre de la Défense pénétra dans la pièce juste à temps pour entendre les derniers mots de M.

« De quoi s'agit-il ? » demanda le ministre. « M, on dirait bien que vous étiez en train de provoquer l'amiral Roebuck en un... combat singulier. »

« Oui, monsieur le Ministre », répliqua-t-elle. « C'est exactement cela. »

« Voilà des chamailleries que nous ne pouvons pas nous permettre, nous sommes au cœur d'une crise nationale ! » rétorqua-t-il.

L'amiral-chef s'interposa. « L'amiral Kelly dispose de trois frégates sur place à l'heure actuelle, et trois autres les auront rejoints dès demain. »

« Peu importe qu'on en ait trois ou cinquante d'ici demain », objecta M. « Nos navires ne se trouvent de toute manière qu'à dix minutes de la plus grande base aérienne de Chine ! Et les Chinois n'accepteront jamais de laisser notre flotte s'approcher d'aussi près. Ce serait comme de laisser la flotte chinoise patrouiller dans la Manche ! »

L'amiral Roebuck leva les bras en l'air. « Vous affirmez donc que même s'ils coulent un de nos navires, nous devons laisser faire ? »

« Sacré bon sang ! » fit-elle en le fusillant du regard. « Ce n'est pas du tout ce que... »

« Je vous en prie ! » s'exclama le ministre. « M, que voulez-vous donc dire ? »

Roebuck répondit à sa place. « Elle veut dire que les pilotes chinois avaient raison et que notre navire se trouvait bien dérouté, malgré les systèmes satellites de navigation les plus modernes ! »

« Je voulais dire », s'interposa M, « que le système GPS pourrait très bien avoir subi une défaillance. »

« Je croyais que ce n'était pas possible », dit le ministre.

« Tanner ! » s'écria M.

Le chef d'état-major, ami de longue date de Bond, s'avança pour offrir son aide. « Comme vous le savez, sir, les navires en mer, ainsi que les avions et parfois même les voyageurs à pied, lorsqu'ils veulent connaître leur position avec exactitude, se basent sur le GPS, autrement dit Global Positioning Satellite System, un réseau de satellites du département de la Défense américain qui émet un signal continu, fondé sur des horloges atomiques situées en différents points du globe. »

« Je sais tout cela », dit le ministre, « et il me reste cinq minutes. »

Légèrement déconcerté, Tanner pressa l'allure. « Ces signaux sont codés, pour que celui qui les reçoit sache quel satellite émet quel signal. Le système d'encodage du signal des horloges atomiques – que les Américains appellent ACSES, Atomic Clock Signal Encoding System – est l'un des secrets les mieux gardés aux États-Unis. »

Tandis que Tanner parlait, un officier d'état-major se précipita dans la salle, porteur d'une pile de journaux. Il se mit à les distribuer à la ronde. Le ministre jeta un coup d'œil à son exemplaire et frémit d'horreur, alors que Tanner poursuivait. « Il n'existe que vingt-deux engins ACSES de par le monde. »

« Mon Dieu ! » s'écria le ministre. « Mais c'est épouvantable ! » Il se tourna vers M pour lui tendre son journal. « Excusez-moi, mais il faut que vous lisiez ceci. C'est la dernière édition du *Tomorrow*. »

Un gros titre clamait : MARINS BRITANNIQUES ASSASSINÉS – Dix-sept corps criblés de balles repêchés en mer.

« C'est un bateau de pêche vietnamien qui les a retrouvés », lut le ministre. « Certains d'entre eux avaient à peine dix-huit ans. »

Roebuck parcourut rapidement l'article. « Tués par le type de balles qu'utilisent les MiG chinois. »

Le ministre se tourna vers le chef d'état-major et lui dit, d'un ton sardonique : « Poursuivez, Tanner. »

« Il existe néanmoins un vingt-troisième dispositif ACSES, présumé perdu lors de l'explosion d'un appareil de transport de l'U.S. Air Force… »

Bond, qui sentait que Tanner était en train de perdre son auditoire, plus intéressé par les gros titres des journaux, s'avança vers l'écran sur lequel défilait la bande montrant Gupta et appuya sur un bouton. L'image se figea sur Gupta occupé à tenir la boîte rouge.

« Voilà l'engin ACSES manquant », dit-il d'une voix assez forte pour détourner sur lui l'attention générale. « Grâce à ceci, quelqu'un possédant une habileté technique suffisante, comme l'homme que l'on voit là, peut parfaitement faire passer un simple satellite pour un élément du GPS, et faire se dérouter n'importe quel navire. »

Roebuck jeta un regard de haut sur ce nouvel intervenant. « Et vous, qui êtes-vous donc, monsieur? »

« Je suis le Cavalier Blanc », rétorqua Bond. « Vous êtes le Roi Noir, et je vous dois un échiquier. »

« Je vous demande pardon? » fit le ministre, qui n'y comprenait rien.

« Ne vous inquiétez pas, monsieur le Ministre », dit M. « Poursuivez, Tanner. »

« L'un des satellites de CMGN survolant la Chine – un satellite de communications n'ayant jamais reçu l'autorisation d'émettre – a envoyé un signal la nuit de l'incident. »

« Et c'est ce signal qui aurait dérouté notre navire? » demanda le ministre.

« M ne peut pas l'affirmer », déclara Roebuck. « N'est-ce pas? »

« Non », dit M d'un ton effacé. « Nous savons seulement que la chose est possible. » Elle jeta un regard à Bond qui lui fit comprendre qu'il était entièrement d'accord avec elle.

« Mais il n'y a aucune preuve », reprit Roebuck. « D'un autre côté, dès que notre flotte aura retrouvé le *Devonshire*, nous disposerons de la preuve qu'il nous faut! Il n'y a que M pour prétendre que nous ne devons pas envoyer notre flotte, mais au contraire nous présenter chapeau bas devant les Chinois pour leur demander une « enquête conjointe »! »

« Est-ce exact? » lui demanda le ministre.

« Je n'aurais pas employé l'expression « chapeau bas », mais c'est bien ce que j'ai recommandé de faire », répondit M.

« Voyons, M, la chose est impossible », reprit le ministre, en secouant la tête. « Les journaux hurlent au bain de sang! Si nous agissions ainsi, les médias ne se priveraient pas de réclamer notre tête. »

« J'ai simplement été accusée de lâcheté », déclara M. « Mais je serais heureuse de me présenter face aux médias et de leur dire à tous d'aller au diable, plutôt que de mettre ma patrie en danger. »

Les yeux du ministre se plissèrent. « Accompagnez-moi un moment à l'écart, je vous prie, M. »

Il l'emmena hors de portée des oreilles indiscrètes. Bond et Tanner échangèrent un regard et se reculèrent pour se rapprocher l'un de l'autre.

« Elle a raison, mais elle est allée trop loin dans ce cas-ci », murmura Tanner. « Ils vont l'obliger à donner sa démission. »

« Je vous parie qu'ils n'y arriveront pas », dit Bond. « Puis-je avoir vos clés de voiture ? »

« Je ne parie pas ma voiture là-dessus, Bill. »

« Non, non, il ne s'agit pas de ça. Je comptais en prendre soin. Vous allez voyager en notre compagnie. »

M clôtura son entretien privé avec le ministre, puis s'avança dans la pièce, les lèvres pincées. Elle dépassa la brochette d'amiraux, puis Bond et Tanner. Après avoir échangé un nouveau regard, ils la suivirent qui quittait la salle.

Une escorte de police emmena l'énorme et antique Rolls-Royce jusqu'au portail du bâtiment. À l'intérieur, M, Tanner, et Bond se calèrent dans l'habitacle luxueux, tandis que la voiture quittait Whitehall et prenait la direction de Londres. Bond s'était installé sur un strapontin, face à M et à son chef d'état-major, assis sur la banquette.

Bond scrutait l'expression du visage de M, tandis qu'ils roulaient en silence. M ne présentait aucun signe de détresse, après ce qui venait de lui arriver dans les bâtiments du ministère, sous les yeux de son équipe. Elle restait froide et sereine, car elle était certaine d'avoir raison. Bond savait qu'elle aurait pris le dessus sur l'amiral Roebuck s'il avait accepté sa proposition d'aller régler leur différend dehors.

M et Bond avaient renforcé les liens qui les unissaient depuis qu'elle avait pris les rênes du MI6. Au début, leur alliance s'était révélée quelque peu incertaine, mais dès qu'il avait apporté les preuves que, sur le terrain, sa réputation n'était pas surfaite, tout s'était mis à marcher comme sur des roulettes. À l'instar de son prédécesseur, Sir Miles Messervy, elle désapprouvait l'attitude de coureur de jupons de Bond et ses enfantillages, mais elle reconnaissait un bon agent quand elle en voyait un. Elle avait appris à fermer les yeux sur les imperfections, pour ne s'attacher qu'aux qualités.

Tanner servit trois verres de scotch d'une carafe de cristal, tandis que M appuyait sur un bouton. Un panneau à côté de Bond glissa lentement, découvrant un tableau de communications sophistiqué. Elle manipula un autre bouton et la cloison de séparation dans la nuque de Bond glissa à son tour, révélant la présence de Miss Moneypenny, assise aux côtés du chauffeur. Elle avait devant elle plusieurs téléphones, ainsi qu'un ordinateur. Non seulement M disposait-elle d'un bureau mobile, mais Moneypenny avait quant à elle un bureau mobile adjoint.

« Bonjour, James », dit Miss Moneypenny. Ses cheveux roux flamboyaient dans l'éclat du soleil.

« Bonjour, Moneypenny », fit Bond. Il souleva son verre. « *Skaol.* »

« Moneypenny, adressez une fuite à l'*Express* », dit M. « Dites que le gouvernement aimerait beaucoup me saquer, mais qu'ils ont tous peur de ce que contiennent mes dossiers. »

Elle s'adressa ensuite à Bond et Tanner. « Cela nous permettra de gagner quelques jours de plus. D'ici deux jours, peu importe qui sera limogé ou pas, nous serons probablement lancés dans une guerre que nous ne pouvons pas gagner. Ils sont si persuadés d'avoir raison, et ils disposent d'autant de preuves que nécessaire. Nous n'en avons aucune. Juste deux ou trois détails qui ne collent pas avec le reste. »

La Rolls effectua un virage serré pour emprunter un rond-point. Alors que la voiture tanguait, M continua de se comporter comme si le véhicule ne bougeait pas le moins du monde.

« Désolée de vous l'apprendre, mais nous ne disposons plus que de quelques minutes pour vous emmener jusqu'à Heathrow », reprit-elle.

C'était le genre de paroles que Bond adorait entendre.

« Beijing, M? Ou bien encore Hong Kong? »

« Non, Hambourg. Je crois que vous connaissez l'épouse d'Elliot Carver. »

Bond fronça les sourcils. « Oui. Je l'ai fréquentée, lorsqu'elle s'appelait encore Paris McKenna. Mais très peu de gens sont au courant de la chose. »

Il se détourna pour croiser le regard de Moneypenny. Elle haussa les épaules en déclarant : « Au service de la Reine et de la nation, James. »

M observait attentivement Bond. « Vous m'avez jeté un coup d'œil étrange, là-bas, pendant que Tanner parlait de ces satellites. Pour quelle raison? »

« Il a fait mention d'un satellite de Carver Media Group Network, et l'idée m'a soudain frappé que le journal *Tomorrow* appartient également à Elliot Carver. »

« Exactement. » Elle éprouvait de la satisfaction à constater qu'il avait pensé comme elle.

À cet instant, Tanner tendit à Bond un mince dossier. « Elliot Carver, né à Hong Kong, orphelin de source officielle, officieusement fils illégitime de Lord Roverman, magnat de la presse de Hong Kong, et d'une Allemande, morte en couches. Une famille pauvre de Chinois a accepté de prendre l'enfant en charge, pour la somme de cinquante livres. Trente ans plus tard, Carver était d'une manière ou d'une autre capable d'acheter les journaux du groupe Roverman, qu'il refondait pour lancer *Tomorrow*, tandis que son père présumé commettait un suicide. »

« Et l'on prétend que les valeurs familiales sont en baisse de nos jours », railla Bond.

La Rolls fonçait sur la route menant à Heathrow. Ils seraient là dans quelques minutes.

« Vous lirez la suite dans ce dossier. C'est fascinant », ajouta M.

« Vous pensez que Carver est impliqué dans cette histoire? » demanda Bond.

« Un peu avant que ce satellite de CMGN en Asie n'envoie ce signal inconnu, un autre signal étrange a été émis depuis le centre de CMGN à Hambourg », expliqua Tanner. « Un centre qui ne sera inauguré que ce soir. Carver a prévu une immense réception dans ses nouveaux locaux. »

Moneypenny tendit une enveloppe à Bond.

« Votre ticket, vos papiers de couverture, et la réservation d'une voiture de location », dit-elle. « Signez là, je vous prie. »

Alors que Bond prenait officiellement possession des documents, M déclara : « Carver possède des satellites. Vous avez vu vous-même que ce terroriste du nom de Gupta a acheté un dispositif qui ne fonctionne qu'en liaison avec un satellite. Votre travail sera de voir s'il existe un lien. Faites un peu bouger les choses autour de Carver. Servez-vous de vos relations avec madame Carver. »

« Je me demande si elle va seulement me reconnaître », dit Bond.

« Rappelez-vous à son bon souvenir. Après quoi, cuisinez-la pour obtenir l'information. »

Bond retourna le reçu signé à Moneypenny, qui murmura : « Je suppose que ce sera à vous de voir quand elle sera cuite à point. »

« Si seulement nous pouvions un jour faire ça, vous et moi », murmura-t-il en réponse.

Moneypenny sourit doucement, avant de relever la cloison. M se pencha vers Bond et ajouta : « Vous allez lire le dossier. Aux yeux de tous, vous allez simplement vous rendre à une grande soirée. Mais si je ne me suis pas trompée, vous ne serez pas à l'abri d'un terrible danger. »

« Je n'y serais pas allé dans le cas contraire », fit Bond.

Sur ce, la Rolls dépassa le portique de sécurité de l'aéroport de Heathrow, avant de filer sur le tarmac. Un 757 de la British Airways se tenait prêt à décoller. Des membres du personnel installaient une échelle le long du flanc de l'appareil, au moment où la Rolls apparut et s'immobilisa à proximité.

« Soyez prudent, 007 », fut la dernière phrase de M que Bond entendit avant de descendre de voiture.

5

Celui qui reçut les claques

Le 757 de la British Airways se posa à l'heure prévue sur une des pistes du *Flughafen Fuhlsbuttel*, plus connu sous le nom d'aéroport de Hambourg. Le terminal était de conception ultramoderne, ne présentant qu'une seule jetée d'embarquement pour les passagers, dotée d'un toit profilé à la manière d'une énorme aile d'avion. Les arcades abritaient une série de boutiques et d'échoppes intéressantes – dont une succursale des magasins Harrods de Londres – ainsi que de nombreux restaurants.

Hambourg a souvent été comparée à Venise et Amsterdam en raison des canaux qui circulent en plein centre de la ville. En d'autres temps, considérant la fâcheuse réputation de la célèbre Reeperbahn, on lui avait attribué le titre de « ville du péché ». Néanmoins, la cité est dotée d'une longue histoire. Ravagée par les catastrophes, tout au long de ses 1 200 ans d'existence, Hambourg s'est vue reconstruite après la guerre en une métropole plus vaste et plus belle, dotée de parcs spacieux, de gratte-ciel et d'institutions culturelles des plus influentes. Seconde ville d'Allemagne en importance, Hambourg est également considérée comme la plus verte. Cinquante pour cent de sa superficie sont consacrés à l'eau, aux terres cultivées, aux bois et aux quelque 1 400 parcs et jardins.

Bond appréciait Hambourg et y avait passé quelque

temps dans sa jeunesse. Il gardait un affectueux souvenir de sa visite de la Reeperbahn en compagnie de quelques-uns de ses collègues marins de la Royal Navy, avant son incorporation dans les services secrets. Il s'était déjà trouvé dans des quartiers chauds de ce genre, en particulier à Amsterdam, mais ceux-là n'avaient rien de comparable avec ce qu'il avait vu dans la Grosse Freiheit, rue dont le nom signifiait grande liberté. La Herberstrasse, où les tapineuses exposaient leurs appas dans des vitrines et invitaient les passants à les rejoindre pour entamer les négociations, valait vraiment le coup d'œil.

La tête dans ses souvenirs, Bond prit la direction du comptoir Avis, où une jolie fille l'accueillit chaleureusement. « Que puis-je faire pour vous, monsieur ? » demanda-t-elle en allemand.

« Mon bureau a réservé une voiture chez vous », dit Bond dans la même langue, en lui tendant la réservation que lui avait transmise Moneypenny.

« Un moment, je vous prie », dit la fille, avant de disparaître.

Bond se demanda de quel genre de voiture il allait hériter. Il savait que Q avait travaillé sur une Jaguar XK8 au cours des derniers mois, et qu'il cherchait quelqu'un pour effectuer les premiers essais.

L'expérience de 007 prit le dessus sur ces considérations, et un réflexe lui fit scruter les environs, en quête de quelque chose ou de quelqu'un sortant de l'ordinaire. Alors qu'il terminait son coup d'œil circulaire, son regard se posa sur les exemplaires du *Tomorrow* rangés sur un présentoir à journaux. La manchette proclamait : LA CHINE MET EN GARDE LA FLOTTE BRITANNIQUE.

« Voilà, il vous suffit de signer juste à cet endroit, monsieur Bond », dit une voix dans son dos, qu'il reconnut aussitôt.

Il pivota sur lui-même pour contempler l'inimitable Q vêtu de la veste rouge des employés Avis. Il semblait fatigué. Bond faillit mettre à mal ses efforts de déguisement en éclatant de rire.

Q fit claquer la formule de réservation sur le comptoir. « Voici les documents d'assurance de votre splendide nouvelle voiture. »

Bond sentait que cela allait lui plaire. Ce cher major Boothroyd, chef de la branche Q et armurier officiel des services secrets, était sans doute le seul homme qu'il aurait qualifié de génie. Si Bond n'avait pas éprouvé une telle affection à son égard, jamais il ne l'aurait tourmenté comme il le faisait. Q accumulait les années, mais il gardait sa vivacité d'esprit. Leurs échanges étaient devenus aussi familiers que la vodka martini agitée mais pas remuée de Bond.

Au travers de ses dents serrées, Q se mit à poser des questions et à remplir les cases correspondantes sur le formulaire, à mesure que Bond répondait.

« Souhaitez-vous une protection en cas de collision? »

« Oui. »

« Incendie? »

« Sans doute. »

« Destruction de matériel? »

« Certainement. »

« Blessures corporelles? »

« J'espère que non. Mais les accidents sont si vite arrivés. »

Le major se rendit compte que plusieurs personnes attendaient dans la file derrière Bond et pouvaient entendre leur conversation. Il renifla, avant de tendre un stylo à Bond. 007 signa le formulaire.

« Eh bien, voilà qui me protège contre l'usure normale », fit Bond. « Ai-je besoin de protections supplémentaires? »

Q semblait bouillir. « Ça ne dépend que de moi, 007 », murmura-t-il. Il lui adressa force gestes de la tête et des épaules, puis ouvrit une porte derrière le comptoir. Bond s'avança pour le suivre de l'autre côté.

Ils se retrouvèrent dans le secteur des douanes. Deux énormes caisses étaient posées sur le sol.

« À présent, faites bien attention, 007 », reprit Q. « D'abord, votre nouvelle voiture. »

Q fit sauter un loquet, et un pan de la première caisse tomba pour révéler ce qui se trouvait à l'intérieur : un jaguar en colère.

L'animal grogna férocement à l'adresse de Bond, en lui flanquant une frousse bleue.

Q éclata d'un rire tonitruant. « Erreur de rangement ! Désolé ! »

Bond se détendit, et se mit à rire à son tour.

Q se dirigea vers l'autre caisse, mais Bond hésita à bouger, les yeux fixés sur le fauve. Celui-ci se calma très vite sous le regard féroce de 007.

Toujours secoué par le rire, Q emmena Bond jusqu'à l'autre caisse. Il semblait extraordinairement content de sa petite blague. Il ne s'autorisait que rarement à exercer son humour sur Bond, mais les seules fois où il l'avait fait étaient mémorables.

« Essayons encore, voulez-vous ? » dit-il. Il fit sauter le loquet de la seconde caisse. Ce furent les quatre côtés qui tombèrent d'un coup. Bond fut impressionné par ce qu'il vit alors.

« La toute nouvelle BMW 750 », dit Q. « Avec les améliorations habituelles. Mitrailleuses, fusées,... »

« Il y a un lecteur de CD ? » demanda Bond.

Q poursuivit, sans prêter attention à la remarque. «... pistage GPS et... »

Il ouvrit la portière.

«... une chose dont je suis particulièrement fier. »

Une voix, manifestement celle d'une Allemande, s'exprima en anglais, fusant des diffuseurs dissimulés dans l'habitacle. « Bienvenue de la part de la nouvelle voix du système de navigation assistée de chez BMW. »

« Nous nous sommes dit que vous prêteriez davantage attention à une voix féminine », expliqua Q.

« Elle me fait songer à quelqu'un. J'ai l'impression que nous nous sommes déjà rencontrés », ajouta Bond.

« Ce genre de détail ne m'intéresse absolument pas, 007. »

La voiture couleur argent était somptueuse. Bond se sentait conquis.

« Et à présent, donnez-moi votre arme », déclara soudain le major.

« Vous ne pouvez pas me tuer tout de suite », protesta Bond. « Je n'ai encore rien cassé. »

« Nous allons vous confier ceci à la place. »

L'armurier ouvrit une boîte de bois verni. À l'intérieur se trouvait un Walther P99 flambant neuf, allongé sur du velours noir. C'était le tout récent Parabellum 9 mm, présenté par la compagnie Carl Walther GMBH comme « l'arme du siècle prochain ».

« Je pense que vous l'apprécierez, 007 », dit Q. Il sortit l'arme de son étui.

« De quoi s'agit-il ? » demanda Bond.

Q eut l'air exaspéré. Il indiqua plusieurs points de l'arme. « Vous appuyez ici, ça s'appelle la « détente », et des choses qu'on appelle des « balles » sortent alors à toute vitesse du petit trou que vous voyez là ! »

Bond secoua la tête, d'un air moqueur. « Comment pouvez-vous raconter de telles âneries ? »

« Il s'agit d'un pistolet sans chien, à simple ou double action, développé en stricte conformité avec le cahier des charges fourni par la police allemande. »

Il laissa Bond s'en emparer. Bond soupesa son poids, le faisant passer d'une main à l'autre, l'empoigna, jeta un coup d'œil à travers le viseur...

« Ils se servent de polymères de très grande qualité pour fabriquer le corps et les autres pièces. Le magasin a une capacité de seize balles, en plus de celle que contient la chambre. »

Bond lui accorda un regard appréciatif. Il s'agissait d'un petit chef-d'œuvre d'arme de poing.

« Et à présent, quelque chose de tout à fait différent », reprit Q en tendant à Bond un étrange téléphone cellulaire. « Je vous prie de garder à l'esprit... »

« Que ce n'est pas un jouet », termina machinalement Bond.

Q lui indiqua le fonctionnement de l'appareil. « Parlez ici, écoutez là. »

« Ah, mais voilà où je me trompais jusqu'ici ! »

C'était un modèle Ericsson de couleur noire. « Il comporte quelques aménagements qui pourraient vous être utiles : un scanner à infrarouges pour empreintes digitales, un système de sécurité à 20 000 volts, une caméra vidéo amovible, et un pistolet hypodermique. Cela sert également de commande à distance pour votre nouvelle voiture. »

Q appuya sur un bouton du téléphone cellulaire et l'appareil s'ouvrit à la manière d'un livre.

« Nous avons essayé d'en rendre l'usage le plus aisé possible, mais j'avoue qu'il nécessite encore pas mal de pratique. » Il tapota le minuscule écran de contact. « Tapez deux coups... »

Derrière eux, la BMW se mit en marche. Elle emballa deux ou trois fois son moteur, puis le laissa tourner au ralenti, attendant la suite.

Avec une délicatesse extrême, Q fit glisser son doigt sur l'écran de contact. « À présent, avec énormément de prudence, faites bouger votre doigt le long de ce dispositif, pour diriger le véhicule. » Il fit comme il disait, et la BMW se mit à reculer pour s'éloigner lentement. Q fit bouger son doigt dans la direction opposée. Le changement de vitesse s'opéra et la voiture s'avança en une série de virages. Le major écarta son doigt de l'écran et la BMW s'immobilisa. Il tendit ensuite l'appareil à Bond.

« Il est incroyablement difficile de conduire une voiture en se trouvant à l'extérieur, mais avec un peu de pratique... »

« Voyons un peu comment elle répond à mon toucher », dit Bond.

Il y eut un hurlement de pneus. La BMW fonça vers l'avant, fit un cercle autour d'une caisse, effectua un virage en épingle à cheveux et se précipita comme une fusée sur Bond et Q. Elle s'arrêta brusquement, son pare-chocs à quelques centimètres seulement de leurs genoux.

Bond éteignit l'appareil et savoura cet instant de plaisir. Le visage de Q était blême.

« Comme vous le disiez, je crois qu'avec un peu de pratique je pourrai m'en sortir. »

Q murmura, les yeux au ciel : « Devenez adulte, 007. »

Des projecteurs balayaient de leurs faisceaux les abords du nouveau complexe de Carver Media Group Network. Une enfilade de voitures et de limousines serpentait jusqu'à une escouade de valets en gilets rouges, postés à proximité du croissant décorant la splendide façade de briques, pour l'heure spectaculairement illuminée en vue de la soirée. C'était le genre d'événement qui attirait l'élite, les gens riches et célèbres. Professionnels des médias, diplomates, hommes d'affaires et financiers, artistes, et même stars du rock, étaient arrivés du monde entier. CMGN inaugurait son nouveau quartier général à Hambourg.

Bond immobilisa la BMW au côté d'un valet, qui s'avança pour lui ouvrir la portière.

Bond sortit du véhicule et déclara, en allemand : « Ne la laissez pas vous marcher sur les pieds. »

Perplexe, l'homme grimpa dans la voiture et se prépara à l'emmener au garage.

Une voix de femme lança alors : « *Seatbelten, bitte!* »

À l'intérieur du bâtiment, la soirée battait déjà son plein. Bond, vêtu d'un smoking Brioni de couleur noire, avait fière allure. Il présenta son invitation à la dame qui vérifiait les identités, à proximité de l'entrée.

« Bienvenue, monsieur Bond, suivez-moi, je vous prie… » Elle l'emmena dans l'atrium, majestueusement décoré de drapeaux pour la soirée. Celui de gauche arborait le logo du journal *Tomorrow*, tandis que celui de droite présentait le symbole de CMGN. Le visage d'Elliot Carver, cependant, était impossible à ne pas voir, entre ces deux bannières. En réalité, quel que soit l'endroit où il portait son regard, Bond trouvait l'image d'Elliot Carver affichée de diverses manières.

La salle était reliée à deux autres bâtiments, par une série de passerelles métalliques. Tout était du plus grand chic. Bond se dit qu'il s'agissait du type même d'architecture qui suggérait un léger sentiment de suffisance. Elliot Carver était manifestement fier de sa richesse et aimait en faire étalage.

Bond fut conduit jusqu'à un homme de grande taille qui devait être le supérieur de la dame qui l'avait accompagné jusque-là. Il était habillé de la veste beige que l'ensemble des responsables des relations publiques semblent porter de par le monde. L'individu échangeait quelques mots avec une Chinoise resplendissante, vêtue d'une élégante robe longue, couleur argent. Ses yeux bruns croisèrent ceux de Bond avant que la dame de l'entrée ait pu transmettre à son supérieur l'invitation de 007. Cette Chinoise était d'une beauté stupéfiante.

« Oh, bienvenue à Hambourg, monsieur Bond », déclara l'homme après un coup d'œil à l'invitation. « Je suis Jack Trenton, le responsable des relations publiques. » La poignée de main était solide et assurée. Bond estima qu'il devait également occuper une fonction de garde du corps, en plus de celle de responsable des relations publiques.

« Et j'imagine », reprit Trenton, « que vous devez connaître mon interlocutrice, puisque vous êtes en quelque sorte en compétition l'un envers l'autre. »

« Non, je n'ai pas ce plaisir », répliqua Bond. Il regarda la Chinoise et lui accorda un sourire de ses yeux. « Mon nom est Bond. James Bond. »

Ils se serrèrent la main et elle dit : « Mon nom est Lin. Wai Lin. Je travaille pour la Bank of Hong Kong. Et vous ? »

« Pour la Bank of England », répondit-il. Cette couverture n'était pas mauvaise. Par pur hasard, il avait acquis un intérêt personnel des plus aigus dans la finance. Il serait donc capable de se sortir de n'importe quelle conversation roulant sur les questions d'argent.

Bond jaugea la femme qui lui faisait face. De petite stature, elle se comportait néanmoins avec confiance et autorité. Elle semblait avoir une petite trentaine d'années, ou un peu moins. Bond se dit qu'elle était bien trop exotique et attirante pour être banquière. Il perçut un certain danger émanant d'elle. Ce qui ne manqua pas d'attiser sa curiosité.

Wai Lin étudiait Bond de son côté, et en arriva également à la conclusion que le Britannique n'était pas ce qu'il prétendait être. Il y avait un rai glacé de menace émanant de ses yeux bleus. Il possédait des cheveux noirs, coupés courts, avec des traces de gris sur les tempes. Une mèche de cheveux retombait avec insouciance sur son sourcil droit. Il portait une légère cicatrice sur la pommette droite, et un certain air de cruauté tordait sa bouche, qui restait pourtant désirable. Il était trop beau, trop froid, trop sûr de lui pour accomplir un travail aussi futile que celui de banquier. James Bond devait être une espèce de détective, songea-t-elle.

« Permettez-moi de vous présenter monsieur Carver », reprit Trenton. « Il y a longtemps qu'il souhaitait vous rencontrer. »

Il entreprit de leur faire traverser la foule des invités, pour les emmener vers un escalier de l'atrium menant à une mezzanine. À mesure qu'ils pénétraient plus avant dans le bâtiment, Bond remarqua de plus en plus de vestes rouges, portées par des individus à l'air patibulaire, censés jouer le rôle d'agents de sécurité. Mais Bond savait qu'il s'agissait plus que sûrement de gardes du corps – ou pire encore.

« N'est-ce pas formidable? Il y a peu, tout cela était séparé, les bureaux de façade derrière nous, les salles de rédaction sur la gauche, et les locaux du réseau satellite sur la droite. À présent, grâce à cet atrium, nous disposons de l'ensemble du complexe sous un seul et même toit. »

« Même si ce toit n'est qu'une tente », dit Bond.

Sans se démonter, Trenton rétorqua : « Oui, une tente de premier choix! »

Ils atteignirent la mezzanine et y trouvèrent Elliot Carver

au milieu de quelques invités. Il portait une tunique Kenzo noire, au col montant, qui évoquait la tenue d'un mandarin, et jouait son rôle d'hôte à la perfection – charmeur, sophistiqué et distingué. Bond se dit qu'il était difficile de croire que cet homme était responsable de la mort de plusieurs marins britanniques.

« Monsieur Carver », l'interrompit Trenton d'un ton poli, « voici monsieur Bond et mademoiselle Lin. »

Carver fit volte-face pour leur adresser un chaleureux sourire. « Ah, mes nouveaux banquiers ! » L'homme se tourna vers ses autres invités. « J'en possédais déjà quelques centaines », ajouta-t-il en manière de raillerie. Le petit groupe se mit à glousser obséquieusement.

« Êtes-vous arrivés ensemble ? » demanda-t-il ensuite, en s'adressant à nouveau à Bond, pour lui serrer la main.

« Malheureusement, non », dit Bond. « Nous nous sommes rencontrés en bas. » Il remarqua que la poignée de main de Carver était ferme mais moite.

« Dites-moi, monsieur Bond. Comment le marché réagit-il à la crise ? »

« Les cours s'effondrent, mais vos valeurs s'envolent », dit Bond.

Ils furent alors rejoints par une Américaine d'une trentaine d'années, belle et pleine de grâce. Elle avait des cheveux brun sombre retombant sur les épaules, de séduisants yeux noisette et une bouche charnue. Son visage était magnifique. Elle était dotée d'une élégance en accord avec sa courte robe noire et tape-à-l'œil, tout comme Wai Lin possédait un éclat en accord avec son élégante tenue. Sa gorge magnifique était mise en valeur par un tour du cou étincelant de diamants. Jack Trenton fit alors un sourire et une légère courbette, avant de s'en aller reprendre son poste.

« Ah, ma chérie », reprit Carver à l'adresse de la femme. « Viens donc faire la connaissance de nos nouveaux amis. Voici Wai Lin de la Banque de Hong Kong… » La Chinoise serra la main de l'Américaine. Carver s'était tourné vers

Bond, mais avant qu'il ait réussi à le présenter à son épouse, on entendit le claquement retentissant d'une gifle.

L'ensemble des personnes réunies dans les environs fut réduit au silence par ce bruit, et se tourna vers le petit groupe. Paris Carver lançait un regard venimeux à Bond. Celui-ci, légèrement embarrassé, se frottait doucement la joue gauche.

« Vous avez déjà rencontré ma femme, monsieur Bond ? » demanda Carver, l'air perplexe. Son regard passait de Bond à Paris, en quête d'éclaircissements.

« Ne t'inquiète pas, mon chéri », déclara Paris. « C'était déjà de l'histoire ancienne entre James et moi quand nous nous sommes rencontrés. » Elle se tourna vers Wai Lin, pour ajouter : « Excusez-moi d'avoir frappé avant même de vous demander la permission, mais si vous connaissez James depuis plus de dix minutes, vous me comprenez sans doute. »

« En vérité, je le connais depuis *moins* de dix minutes », dit Wai Lin, de plus en plus fascinée par l'Anglais.

« Alors, j'ai quelques histoires à vous raconter, ma chérie. » Madame Carver se tourna vers son mari et déclara : « Nous allons nous repoudrer. » Elle prit Wai Lin par le bras pour l'emmener et fendre la foule en sa compagnie.

Carver posa un regard inquisiteur sur Bond avant de déclarer : « Ma femme possède un joli tempérament. »

« Et une jolie droite », répliqua 007.

« J'ai été tellement désolé d'apprendre la maladie de Winton Beaven. »

« Il va déjà beaucoup mieux », mentit Bond. « Il m'a chargé de vous dire de ne pas vous faire de souci concernant les rumeurs. »

« Les rumeurs ? »

« Les racontars habituels qui courent à la City. Sans intérêt. N'y prêtez aucune attention. »

« Je suis curieux. »

« Eh bien, l'histoire est assez moche », commença Bond, d'un ton nonchalant. « On raconte que vous avez dépensé des millions en frais de déménagement de Londres à Hambourg et de Hong Kong vers Saigon, non pas pour des raisons d'efficacité, mais parce que vous haïssez les Chinois d'avoir repris possession de Hong Kong et les Anglais de le leur avoir remis. »

« Ridicule. »

« On prétend aussi que votre système satellite perd tellement d'argent que vous comptez abandonner les informations. Pour vous concentrer sur la navigation par satellite. »

« La navigation? » Carver sentit l'adrénaline se déverser dans ses veines. Mais de quoi cet homme parlait-il donc?

« C'est absurde, je sais », dit Bond. « Il n'y a pas d'argent à tirer de cela, n'est-ce pas? »

« Je ne tiens pas à le savoir », dit Carver. « Encore d'autres rumeurs, monsieur Bond? »

« Hum... Celle-ci est à coup sûr la plus grotesque... On prétend que la véritable raison pour laquelle vous avez quitté Londres tient au fait que vous vouliez obtenir le titre de baron, mais qu'ils n'ont même pas accepté de faire de vous un « Sir Elliot ». »

Carver fusilla Bond du regard. Il sentait le muscle de sa mâchoire commencer à le faire souffrir. Pour qui diable cet individu se prenait-il?

« Je constate que vous êtes l'un d'eux. »

« L'un d'eux? »

« Un des ces Anglais sortis d'une grande école et qui s'imaginent que leur pathétique petit pays restera ce qu'il est tant qu'ils continueront à regarder de haut les gens moins bien nés qu'eux. »

« Pas le moins du monde », dit Bond. « J'ai été jeté d'Eton. Je serais heureux de vous appeler « Lord Carver » si cela peut vous faire plaisir. Mais dites-moi, Elliot, j'étais en train de me poser des questions au sujet de vos satellites. La manière dont vous les situez, globalement. »

Carver commençait à en avoir plus qu'assez de cette conversation. « Ce ne sont que des outils d'information, monsieur Bond. »

« Ou de désinformation? Dites-moi, et si vous aviez l'idée d'influencer le chemin emprunté par un gouvernement, ou par un peuple – ou par un navire, pourquoi pas? » dit Bond avec une expression parfaitement froide sur les traits.

« Voilà qui est intéressant, monsieur Bond », rétorqua Carver au travers de ses dents serrées. Il était absolument livide et faisait de grands efforts pour garder son calme aux yeux de ses invités. « Vous possédez une vive imagination, pour un banquier. Peut-être pourrais-je faire appel à vous pour m'écrire un roman. »

« J'aurais peur de perdre le cap », répliqua Bond.

Les yeux de Carver se plissèrent. Que savait donc cet homme?

Jack Trenton apparut soudain auprès d'eux, ayant manifestement perçu la tension entre les deux hommes. Il arbora son plus large sourire. « Désolé de vous interrompre, monsieur Carver. Mais on vous demande à l'étage. »

Trenton entreprit d'éloigner Carver de Bond, mais les yeux du magnat de l'information restaient fixés sur celui qui avait osé l'insulter. Trenton fit appel à Paris Carver, qui revenait à cet instant, en compagnie de Wai Lin. « Ah, vous êtes là, madame Carver! Laissez-moi vous emmener, vous et monsieur Carver... »

Alors que Carver se décidait enfin à bouger, sous l'impulsion de son épouse et de Trenton, il lança à l'adresse de Bond : « Souvenez-vous de ce que disait Mark Twain, monsieur Bond. « Ne cherchez jamais la bagarre avec quelqu'un qui achète de l'encre au tonneau. » »

Consciente du fait que les choses étaient en train de mal tourner entre Bond et son mari, Paris Carver leur jeta à tous deux un regard nerveux, puis décida finalement de s'éloigner. Bond se retrouva seul aux côtés de Wai Lin.

« J'espère que vous avez laissé quelque chose pour ma banque », dit-elle.

« Pas mal de choses. Vous avez eu une conversation agréable dans les toilettes pour dames? »

« Fascinante, monsieur Bond », répondit Wai Lin.

« Ah bon ? À quel sujet ? »

« Oh, il ne me viendrait pas à l'idée de vous le répéter. »

« Vous parlez parfaitement l'anglais. Mais votre accent… Nord de la Chine ? »

« Shanghai. »

« Quelles autres langues parlez-vous ? » demanda-t-il.

« Plusieurs, monsieur Bond. Français, allemand, russe, italien, japonais, et quelques dialectes chinois. Et même le danois. »

« Le danois ? » s'exclama Bond. « Mais je parle le danois ! »

« C'est vrai ? »

« Il faudra que nous partagions un smorgasbord, un de ces jours. »

À cet instant, l'intensité lumineuse faiblit tandis qu'un projecteur éclairait la passerelle la plus haute de l'atrium. Elliot Carver et son épouse, de cet endroit, adressèrent des saluts à la foule. Tout le monde applaudit en retour en poussant des acclamations. Nul n'était conscient de la conversation privée échangée par le couple, du coin des lèvres.

« Ce type, Bond », dit Carver, « il était déjà banquier quand tu l'as rencontré ? »

« Oui. » Paris avait hésité une fraction de seconde, juste assez pour faire naître les doutes de Carver.

« Tu es une terrible menteuse, ma chérie. Et pourquoi l'as-tu giflé ? »

« Quelque chose que je lui devais. »

« Eh bien, maintenant, c'est moi qui lui dois quelque chose. »

Jack Trenton fit un signe à Carver pour l'inviter à s'avancer vers le micro installé sur la passerelle. Paris fit un pas en arrière et Carver se retrouva seul sous le feu du projecteur.

Sans plus tenir compte des événements pour le moins désagréables qui venaient d'avoir lieu, Carver reprit son air d'assurance et d'autorité. Sa voix était diffusée dans l'ensemble de l'atrium. Bond devait avouer que l'homme était doté d'un ton fascinant qui captait l'attention.

« Vous connaissez sans doute tous l'expression « Un pont vers le vingt et unième siècle ». Eh bien, il ne s'agit plus seulement d'un slogan politique américain. La chose est devenue réelle, et je m'y tiens à l'instant même ! Sur ma droite, des rotatives tournent vingt-quatre heures sur vingt-quatre, pour imprimer le premier journal à destination du monde entier. Sur ma gauche, nous sommes sur le point d'inaugurer le plus moderne des centres vitaux du monde, relié au premier véritable réseau global de satellites. Je vous invite à jeter un coup d'œil à l'expression ultime de la technologie du dix-huitième siècle, avant de franchir avec moi ce pont, pour entrer dans le vingt et unième siècle ! »

La foule se mit à applaudir. À la suite de quoi, une ligne d'invités serpenta pour quitter l'atrium et se placer sur un balcon surplombant la salle des rotatives. Juste au-dessous était installée une rangée de cinq énormes presses d'imprimerie, dont sortaient des piles de journaux. Bond et Lin s'avancèrent au milieu du groupe pour observer la vaste salle.

« Les banquiers ont l'occasion de visiter tant d'endroits intéressants », dit-elle d'un ton sarcastique.

« Comment vont les affaires à Hong Kong pour l'instant ? »

« Sous le contrôle chinois ? Mieux que jamais ! » répondit-elle avec fierté.

Ils suivirent les invités qui rebroussaient chemin en direction de l'étage supérieur de l'atrium. Ils se trouvaient à présent sur la passerelle que Carver avait baptisée « pont vers le vingt et unième siècle ».

« Cela fait-il longtemps que vous vous occupez des comptes de Carver ? » demanda Wai Lin, tâtant le terrain en douceur.

« Non, cela ne date que d'aujourd'hui. Mon prédécesseur vient de subir une attaque de calcul biliaire. »

« Comme c'est amusant. Je ne m'occupe de cette affaire que depuis hier. Mon propre prédécesseur souffre de calcul rénal. »

« Eh bien, c'est le genre d'affection qui court pour l'instant », dit Bond.

Ils échangèrent un regard, plus certains encore l'un et l'autre que chacun d'eux dissimulait une facette importante de sa personnalité.

Ils suivirent la foule qui s'avançait vers la salle de presse vitrée de CMGN. Des serveurs offraient des verres de champagne tandis que le personnel d'accueil invitait les gens à contourner la reproduction d'un satellite à la taille réelle, pour franchir ensuite une double porte. Bond saisit deux verres sur le plateau d'un serveur et tendit l'un d'eux à Wai Lin.

Choquant son verre au sien, il ajouta : « Aux banquiers, mademoiselle Lin. »

« Aux banquiers, monsieur Bond. »

Ils rejoignirent la foule rassemblée dans la salle de presse, véritable cause de cette soirée. La vaste salle circulaire était toujours coupée par le large ruban rouge, déjà installé là la nuit précédente, lorsque Carver et Gupta avaient clandestinement visionné les images du massacre du *Devonshire*. Les caméras de télévision étaient pour l'heure disposées en cercle autour d'Elliot Carver, debout au centre de la salle. Une maquilleuse effectuait les derniers raccords sur son visage, alors qu'il se préparait à voir son image diffusée de par le monde. Paris, son épouse, se tenait dans un coin de la pièce. Elle observait Carver qui venait de voir entrer Bond en compagnie de Wai Lin. Il adressa un signe à Stamper, pour l'inviter à s'approcher. Paris n'aimait pas Stamper. Il lui donnait la chair de poule.

Carver murmura quelques mots à l'oreille de Stamper, après quoi l'Allemand braqua son regard sur Bond. Il hocha discrètement la tête, avant de s'éloigner. La scène n'avait pas manqué d'attirer l'attention de Paris.

Une voix en provenance de la cabine fusa de l'impeccable système de diffusion. « Mesdames et messieurs, un peu de calme, je vous prie. Antenne dans trente secondes. »

Les yeux de Paris restaient fixés sur Stamper. Il se mit à parler dans un talkie-walkie accroché au niveau de son oreille. Un agent de sécurité en grand uniforme, posté à proximité de Paris, porta soudain la main à son oreille. Elle l'entendit déclarer : « Oui, monsieur Stamper. Je le vois. Smoking noir... Bond, c'est compris... Oui, monsieur, je vais m'occuper de lui. »

Paris s'éloigna, adressant de petits signes de la tête aux autres invités, et se dirigea vers son ancienne « relation ». Un murmure courut dans la salle lorsque l'image de Carver s'afficha brusquement sur tous les écrans.

« Dix secondes », reprit la voix en provenance de la cabine. « Le plus grand silence, je vous prie. Cinq, quatre, trois, deux, un... »

Bond se tourna pour dire quelques mots à Wai Lin, mais elle ne se trouvait plus à ses côtés. Il jeta un rapide coup d'œil à la ronde et s'aperçut qu'elle était en train de franchir la double porte.

« Bonsoir », commença le ponte des médias, en s'adressant à la caméra. « Je suis Elliot Carver. Ce soir, nous célébrons l'inauguration de nos nouvelles installations de diffusion en Occident. De nombreux invités nous ont rejoints, ici même, à Hambourg... »

Une image de la soirée apparut sur l'un des moniteurs. Bond se rendit compte qu'il pouvait se voir sur l'écran.

«... tandis qu'au même moment, nos amis du quartier général asiatique situé à Saigon, ainsi que l'ensemble de nos centres régionaux, de Los Angeles, Nairobi, Buenos Aires, Tel Aviv, Moscou, et New Delhi... »

À mesure que Carver égrenait les noms de ces cités, des vues correspondantes étaient diffusées par les différents moniteurs.

Paris Carver se glissa près de James Bond et murmura : « Que diable as-tu donc dit à mon mari pour le mettre dans un état pareil? Il faut que tu partes d'ici immédiatement. »

« Mais la soirée ne fait que commencer », dit Bond.

« Je suis sérieuse. Tu ne comprends pas. Il a l'intention de te faire casser la figure, ou quelque chose du genre. Dieu sait quoi. Il possède dans son équipe quelques individus plutôt bizarres. Tu vois ce joli garçon, posté dans le coin de la salle ? C'est un Allemand. Un type vraiment inquiétant. »

Bond avait aperçu Stamper un peu plus tôt dans la soirée. De cet homme émanaient un air de menace et une aura suggérant un trouble mental.

« Il est très possible que ton mari soit impliqué dans un terrible crime », murmura Bond en retour. « S'il a décidé de me faire casser la figure, eh bien, cela prouverait simplement que les soupçons sont fondés. »

« Mais de quel crime parles-tu – bon sang ! Il faut que tu t'en ailles ! »

Un gardien s'approchait d'eux.

Carver, pendant ce temps, continuait de débiter imperturbablement son discours, tout en gardant un œil sur Bond et son épouse. « Nous avons été stupéfaits par le développement du conflit. Les Britanniques prétendent que deux MiG chinois ont coulé le H.M.S. *Devonshire* dans le sud de la mer de Chine, et nous avons applaudi les Anglais quand ils ont envoyé leur flotte en quête des traces de ce naufrage. Qu'auraient-ils donc pu faire d'autre, tout en conservant le respect à leurs propres yeux? Dans le même temps, les Chinois prétendent que leurs deux MiG ont été abattus par le *Devonshire,* et c'est pourquoi nous sommes également d'accord avec les Chinois lorsqu'ils mettent sérieusement en garde les Britanniques et les préviennent qu'ils ne tolèreront pas de bâtiments anglais à pareille proximité de leurs côtes… »

Le garde déclara : « Excusez-moi, monsieur Bond. On vous demande au téléphone. »

Paris répondit la première. « Je suis certaine que monsieur Bond ne tient pas à être dérangé pour le moment. »

« Je suis désolé, madame. C'est un appel urgent. »

Paris empoigna le bras de Bond. « N'y va pas. On dirait que ce sont des mauvaises nouvelles. »

« Je le parierais », dit-il. « Mais de toute manière, les mauvaises nouvelles finissent toujours par vous rattraper. » Il lui serra la main pour la rassurer, avant de suivre le gardien en direction de la sortie.

Carver continuait. « C'est une terrible tragédie, bien évidemment, mais également une grande histoire, et je suis fier de vous apprendre que la couverture que nous avons assurée concernant cet événement a battu tous les records, grâce à la diffusion de l'ensemble des faits majeurs du conflit. Le monde est en train de regarder, et vous regardez CMGN ! »

Il y eut de nouveaux applaudissements. Carver les savoura, plus encore après avoir vu le gardien emmener Bond hors de la salle. « Mais, il faut bien l'avouer, tout cela nous a demandé un énorme effort financier. Nous avons déjà dépassé de plus de cinq ans nos projections les plus optimistes. Mais nous ne faisons pas cela pour l'argent. Non. Ce que nous voulons, c'est le pouvoir. Le pouvoir de bien faire, le pouvoir d'informer et d'éduquer et d'apporter notre contribution au monde. Nous restons voués à notre but premier – fournir au monde « dès aujourd'hui les nouvelles de demain » ! »

La salle explosa une fois encore, en un tonnerre d'applaudissements.

À l'extérieur de la salle de rédaction, Bond suivit le gardien qui empruntait la passerelle en direction de la salle des rotatives.

« Il y a un téléphone dans le coin ? » demanda-t-il innocemment.

Le gardien sortit une arme, un Browning 9 mm semi-automatique. « Je crois que nous serons plus tranquilles dans ce bureau. »

6

TROUBLE-FÊTE

Le gardien poussa Bond dans un bureau, dont la porte s'ornait de la mention « Chef de presse », juste après le balcon surplombant la salle des rotatives. 007 parvint tout juste à apercevoir un second gardien à l'intérieur du bureau, occupé à le filmer à l'aide d'un caméscope, quand un troisième individu fit tournoyer une matraque comme s'il s'agissait d'une batte de base-ball et frappa Bond à l'estomac. Le coup le prit complètement au dépourvu, et il se recroquevilla sous la douleur. Le premier gardien, derrière Bond, le fit tomber sur le sol. Pour ajouter l'insulte aux blessures, un quatrième gardien posté dans un coin s'avança pour lui flanquer un coup de pied dans les côtes.

Ce fut cet homme qui déclara : « Monsieur Carver ne pense pas que vous êtes vraiment banquier. Et le type que vous voyez là pense qu'il peut vous faire parler en se servant uniquement de cette matraque. »

Le second gardien, celui qui tenait la caméra, se rapprocha pour braquer son engin sur Bond allongé sur le sol. Vlan ! La matraque s'abattit à nouveau vicieusement sur l'estomac de Bond.

« Ouh », fit le gardien. « On dirait qu'il va y arriver – je n'aurai peut-être plus à me servir des tenailles. »

Tous les autres gardes se mirent à rire.

La souffrance était intolérable, mais Bond fit un effort

suprême pour évaluer la situation. Il remarqua que la pièce était petite, qu'elle contenait un canapé, un bureau de verre, deux chaises, et quelques étagères de rangement. Quatre hommes. Un pistolet braqué. Une matraque. En deux secondes, il avait arrêté un plan d'action.

« Bon, alors, est-ce que tu es banquier? » demanda le gardien.

Bond éprouvait toujours un feu courant dans son abdomen. Avec difficulté, il réussit à articuler : « Non, je suis astronaute. »

Le quatrième homme lança à nouveau son pied en avant, mais cette fois, Bond était sur ses gardes. Il réagit avec la vivacité d'un serpent s'emparant de sa proie. Il empoigna le pied du gardien et le coinça contre son flanc. Il projeta ensuite son propre pied en l'air pour donner un coup au caméscope que tenait le second gardien. L'homme poussa un cri, lâcha la caméra et couvrit de sa main l'œil dans lequel le viseur venait de s'enfoncer. Bond saisit la caméra en plein vol, puis l'envoya en direction du visage du premier garde armé, qui laissa tomber son pistolet, après avoir perdu connaissance.

Bond constituait une cible parfaite pour le troisième gardien, celui qui tenait la matraque. L'homme ne perdit pas un instant. L'engin contondant fila droit vers le visage de Bond, mais 007 roula avec agilité sur sa gauche, en emmenant avec lui le quatrième gardien, dont il coinçait toujours la jambe. L'homme se retrouva sur la trajectoire de la matraque, qui s'écrasa sur le coin de son crâne. Le gardien s'évanouit et tomba sur Bond.

Ses trois collègues hors de combat, le dernier gardien se débarrassa de sa matraque pour s'emparer du pistolet. Bond repoussa l'homme évanoui pour montrer au gardien qu'il braquait un Walther P99 sur son visage. L'individu se figea.

« Vous pensez que monsieur Carver sera fâché si des coups de feu viennent gâcher sa soirée? Mais vous serez mort de toute manière à ce moment-là, alors je crois que vous devriez vous inquiéter de ça. »

Le gardien demeura immobile.

« Je pense que ça signifie que vous comptez vous en inquiéter. Laissez donc gentiment tomber votre arme sur le canapé. »

L'homme fit ce qu'on lui demandait. Bond prit son pistolet dans la main gauche et leva la droite.

« Avez-vous une idée de ce qu'on ressent lorsqu'une matraque vous frappe à l'estomac ? Aidez-moi à me relever. »

Le gardien tendit la main, Bond attrapa son bras, souleva les jambes et prit l'homme sur les semelles de ses chaussures. Il propulsa alors le gardien vers le plafond. L'homme vola dans les airs et retomba le dos au beau milieu du bureau de verre, qui explosa littéralement sous son poids. Bond se mit lentement debout. Son estomac le faisait terriblement souffrir, mais il s'efforça de ne pas le montrer. Le gardien poussait des gémissements au milieu des éclats de verre du bureau.

« Voilà un peu ce qu'on ressent », reprit Bond. « Espèce de trouble-fête. »

Il s'avança vers la sortie, dépassa le premier gardien qui reprenait lentement connaissance. L'homme fit de grands efforts pour soulever son arme, mais Bond lui flanqua un coup de poing au visage. L'arme vola dans la pièce. L'homme sauta en arrière, roula sur lui-même et parvint à se mettre à genoux. Bond fit mine de lui lancer un autre coup de poing, mais cette fois le gardien réussit à bloquer l'attaque, en repoussant violemment Bond, qui s'en alla heurter la porte. Cela donna le temps au garde de se relever. Il fonça sur Bond, les deux poings en avant, touchant une fois, puis deux… avant que Bond ne soulève un genou pour frapper rudement l'entrejambe du gardien. Lorsque l'homme s'effondra tête la première, Bond le rattrapa pour lui balancer un coup qui l'envoya valser à travers la pièce, jusqu'aux débris de verre du bureau en miettes. Le gardien avait à nouveau perdu connaissance. 007 se pencha sur lui – avec précaution – et s'empara de son arme. Il la glissa dans sa poche, puis retira l'écouteur du talkie-walkie que le gardien portait à la ceinture. Les échanges se firent alors entendre de façon plus claire. Ils n'étaient que de routine. Les gardiens n'avaient pas alerté d'autres personnes.

Bond se redressa, et s'en alla ouvrir la porte. Wai Lin, qui se tenait juste derrière, occupée à essayer d'ouvrir la serrure à l'aide d'une carte de crédit glissée dans la fente, trébucha dans la pièce.

« Comment se déroulent vos opérations bancaires? » demanda Bond.

Les yeux de Wai Lin s'écarquillèrent lorsqu'elle aperçut les corps éparpillés dans la pièce.

« De façon moins intéressante que les vôtres », dit-elle.

« Sécurité à bureau du chef de presse », dit une voix fusant du talkie-walkie.

Bond attira Wai Lin vers lui dans la pièce pour pouvoir refermer la porte.

« Regardez ce que vous avez fait », dit-il.

« Ce que *moi*, j'ai fait? »

Bond l'emmena à l'autre bout du bureau, vers une porte communicante, ne faisant qu'une halte assez longue pour s'emparer d'une boîte à cigares tombée au milieu des débris de la table de verre. Dans la pièce adjacente, Bond alluma l'un des cigares à l'aide de son briquet.

« Quelle bonne idée », dit Wai Lin. « Vous comptez fumer pendant que j'essaie de trouver le moyen de sortir d'ici? »

« Je crois qu'on pourrait se mêler à la foule quand elle quittera les lieux. »

« Les gens ne partiront pas avant plusieurs heures. »

« Peut-être que oui, peut-être que non. »

Bond souleva son cigare juste au-dessous d'un détecteur d'incendie et attendit.

Pendant ce temps, dans la salle de rédaction de CMGN, Elliot Carver avait été rejoint face aux caméras par une fille splendide dont les qualités de présentatrice télé avaient été créées de toutes pièces par un chirurgien plastique de Beverly Hills.

« Et maintenant, pour vous faire les honneurs de nos nouvelles installations », disait Carver, « permettez-moi d'appeler notre présentatrice vedette pour l'Europe, mademoiselle Tamara Kelly. »

Tamara s'avança, munie d'une énorme paire de ciseaux. Mademoiselle Kelly était une petite brune piquante, pourvue d'un large sourire étincelant et de pétillants yeux verts. Elle sourit, adressa un signe de la main à la foule, et le silence retomba sur la salle. L'instant était crucial. Carver la suivit des yeux qui ouvrait les ciseaux pour y placer le large ruban rouge, avant de se mettre à le couper. À cet instant précis, les sirènes d'incendie se déclenchèrent et des nuages de poudre blanche se répandirent dans la salle à partir du plafond.

Tous les gens rassemblés là se mirent à tousser et à crier. L'ensemble des écrans de la salle de rédaction se brouilla et le message « Restez à l'écoute, s'il vous plaît » apparut un moment plus tard. Carver jeta des regards à la ronde, d'un air furieux, tandis que la sirène d'alarme était remplacée par une voix mécanique enregistrée. « Le système d'incendie automatique vient d'être activé. Je vous prie de prendre la direction de la sortie la plus proche marquée d'un signal rouge. Vous constatez la présence de poudre retardatrice d'incendie dans l'atmosphère. Ne vous alarmez pas, elle est sans danger pour les êtres humains, les animaux ainsi que pour le matériel électronique. » La voix répéta ensuite ce message en allemand.

L'air rageur, Carver observait le chaos qui venait de naître autour de lui. Cette matière retardatrice tombait sur l'ensemble de ses invités, qui se dirigeaient avec obéissance vers les portes de sortie. Du coin de l'œil, il aperçut sa femme qui traversait la salle. Paris essayait de dissimuler le sourire qui lui retroussait les lèvres.

Bond et Wai Lin entendirent le vacarme de la foule, au travers de la porte du bureau.

« Allons-y », dit-il.

La masse des invités obstruait la mezzanine et les escaliers vers le rez-de-chaussée, et Bond et Wai Lin n'eurent qu'à se mêler à la cohue. La poudre tombait toujours du plafond et la voix enregistrée continuait de se faire entendre.

Bond remarqua la présence de plusieurs agents de sécurité, qui observaient la foule, à différents niveaux de l'atrium. L'Allemand inquiétant, dénommé Stamper, leur donnait des instructions. Bond ne croyait pas qu'ils réussiraient à le repérer au milieu de la bousculade, mais la chose n'était néanmoins pas impossible. Il saisit les pans de son veston et les releva par-dessus sa tête, comme s'il voulait empêcher la poudre de lui salir les cheveux.

Ils doublèrent un gardien qui scrutait les visages de ceux qui passaient devant lui. Alors qu'ils le frôlaient, Wai Lin déclara : « Mon mari est allergique à cette horrible poudre. Vous devriez dire à monsieur Carver d'en changer. »

Le garde hocha la tête et se remit à observer les visages des gens qui se pressaient pour sortir. Bond et Wai Lin finirent par atteindre la porte et se retrouvèrent sur le trottoir.

À l'extérieur du complexe, les membres de l'équipe des relations publiques avaient fort à faire. Ils essayaient d'expliquer que la soirée n'était pas terminée et que ce qui venait d'avoir lieu n'était qu'une fausse alerte, mais la plupart des invités n'étaient pas très contents de voir leurs somptueux vêtements salis par la poudre blanche. Ils faisaient la file pour récupérer leurs voitures. La soirée se terminait en désastre.

Elliot Carver sortit à son tour, et passa d'un groupe d'invités à l'autre, pour les prier de rester. Stamper le rejoignit. « On n'a pas trouvé trace de lui, monsieur. On continue de chercher partout. »

Carver hocha la tête. Il était trop furieux pour parler. Il massait sa mâchoire endolorie quand il vit sa femme parler avec un petit groupe d'invités. Il se rua sur elle et l'emmena avec rudesse derrière une colonne. Il la saisit par le coude, en la rudoyant.

« Tu es certaine que ce monsieur Bond est banquier? » cracha-t-il.

« Mais oui! » fit-elle. « Je te l'ai dit. Arrête! »

Carver la libéra. Paris lui lança un regard glacial, en se frottant le bras.

« Pourquoi est-ce que je n'arrive pas à te croire? » reprit-il.

« Crois ce que tu veux. C'est ce que tu as l'habitude de faire. »

Il faillit la gifler, mais réussit à retrouver le contrôle de lui-même, face à la foule amassée dans les environs.

« Qu'est-ce qui t'est arrivé, Elliot? » demanda-t-elle. « Comment peux-tu t'entourer de gens comme ce Stamper et ces autres brutes? »

Carver prit une profonde respiration. « Parce que ce sont des gens loyaux, très loyaux. Et je place la loyauté par-dessus tout. Tu ferais bien de t'en souvenir. »

Il fit volte-face pour continuer à chercher Bond. Paris Carver le regarda s'éloigner, se demandant comment son mari avait pu changer de manière si radicale en si peu de temps. Il paraissait prendre plaisir à la faire souffrir ces derniers temps. Le fait de pincer son coude n'était rien comparé à ce qu'il pouvait faire, et avait déjà fait. Bond avait déclaré qu'il était impliqué dans une sorte d'affaire criminelle. Elle aurait préféré croire que son mari ne pouvait en aucun cas être mêlé à des activités illégales, quelles qu'elles soient – mais son instinct lui disait que quelque chose avait assurément mal tourné. La preuve l'environnait de toutes parts – ces types horribles à qui il faisait appel comme gardes du corps... ce voyou de Stamper – que se passait-il donc? Quoi qu'il en soit, il était clair qu'Elliot Carver n'hésiterait pas à la frapper dans l'avenir.

Le moment était décisif. En un bref instant, Paris Carver prit une décision au sujet d'un point qu'elle considérait depuis pas mal de temps.

Wai Lin resta collée à Bond jusqu'à ce qu'ils se retrouvent dehors, puis se faufila adroitement dans la foule pour s'éloigner. Elle se déplaçait rapidement au milieu des invités, avec l'espoir que le « banquier » britannique ne la suivrait pas. Elle dépassa le coin du bâtiment et s'arrêta. Elle jeta un coup d'œil en arrière, de sa cachette, et aperçut Bond qui jetait des regards à la ronde, l'air perplexe. Il n'avait probablement pas l'habitude qu'on lui fausse compagnie de la sorte. Wai Lin avait également obtenu le premier prix du cours d'entraînement à la discrétion.

Elle s'éloigna sans attendre du bâtiment de CMGN, traversa la rue, et pénétra dans la cage d'escalier d'un parking. Elle grimpa les marches deux à deux jusqu'au troisième étage. Elle ouvrit la portière d'une Ferrari F550 Maranello de couleur rouge, et s'installa à l'intérieur.

Wai Lin appuya sur un interrupteur disposé sur le tableau de bord, au-dessus de la boîte à gants. Une cloison coulissa, révélant la présence d'un écran d'ordinateur et d'un télécopieur. Un clavier glissa pour se déployer et elle alluma l'ordinateur. Elle dénicha le programme de recherche requis, puis introduisit le nom de « James Bond ». Elle indiqua « Royaume Uni » pour la nationalité. En face de « Signes distinctifs », elle sourit et inscrivit « Beau ».

Tandis que le message « Recherche en cours » s'affichait sur l'écran, elle rédigea un rapport à l'intention de sa hiérarchie. Elle savait qu'il allait lui falloir se glisser à nouveau dans les locaux de CMGN ; discrètement cette fois, lorsque tout le monde aurait quitté les lieux. Le dispositif radar à basse fréquence devait être dissimulé quelque part dans le bâtiment, et plus elle songeait à la personnalité de Carver, plus elle le soupçonnait d'avoir partie liée avec cette affaire. L'homme dégageait un charme affecté, et s'il y avait bien une chose qu'elle ne pouvait supporter, c'était les faux jetons.

La recherche se termina sans apporter de résultat. Wai Lin fronça les sourcils. Si ce Bond était un agent du gouvernement, cela voulait dire que sa couverture était des plus parfaites. Elle ferait une nouvelle tentative lorsqu'elle aurait recueilli davantage d'informations. D'une certaine manière, elle sentait qu'elle aurait l'occasion de revoir cet homme.

Wai Lin éteignit l'ordinateur et referma le compartiment. Elle alluma le moteur et prit la direction de la sortie du parking. Elle longea la façade du bâtiment de CMGN, à présent entouré de deux camions de pompiers, d'une voiture de la police, et de douzaines d'invités contemplant le spectacle.

Elle n'aperçut nulle part James Bond au milieu de la foule.

L'hôtel Kempinski Atlantic de Hambourg est l'un des seuls bâtiments des environs ayant échappé à la destruction qui a ravagé la ville au cours de la Seconde Guerre mondiale. Comptant au nombre des plus luxueux hôtels d'Europe, le Kempinski est situé à proximité de l'Aussenalster, sur un promontoire environné d'arbres et de villas cossues. Sa décoration fin de siècle sur le thème maritime possède un cachet vieillot tout autant qu'élégant. Bond appréciait tout spécialement cet hôtel à cause de son restaurant, nommé l'Atlantic, qu'il estimait comme un des meilleurs établissements de toute l'Allemagne du nord. Il connaissait personnellement dix des vingt-cinq chefs de cuisine et ceux-ci faisaient toujours en sorte qu'il soit traité aussi bien que possible.

Manger était pourtant bien loin de ses pensées, tandis qu'il déposait des cubes de glace sur une serviette de bain, avant de l'enrouler sur elle-même pour fabriquer un sac à glaçons de fortune. Il se tenait dans la salle de bains de sa suite d'hôtel, en train d'examiner l'ecchymose écarlate que la matraque lui avait laissée au niveau de l'estomac. Sa chemise, sa cravate et son veston traînaient négligemment sur le sol.

Il tapota son ventre à l'aide de la serviette humide et froide, et grimaça. Cela faisait un mal de chien, mais il était presque sûr qu'aucun organe vital interne n'avait été touché. Ses muscles restaient pourtant très douloureux. Pas d'abdominaux pendant quelques jours…

Lui et Wai Lin avaient réussi à quitter les bâtiments de CMGN, de manière presque aisée. Et cependant, dès qu'ils s'étaient retrouvés dans la rue, sans avoir été repérés, Bond l'avait perdue de vue. Elle s'était éclipsée sans un mot, comme si elle avait prévu son coup. Bond se dit qu'il en était sans doute ainsi. Mais il ne pensait pas que c'était la dernière fois qu'il voyait Wai Lin.

Bond comptait commander certaines choses au service d'étage, manger rapidement, et se mettre au lit. La journée avait été longue, et il savait que la douleur dans son estomac serait pire encore le lendemain matin. Alors qu'il sortait de la salle de bains en tenant le sac à glaçons à hauteur de son nombril, il entendit un grattement en provenance de la porte. Il se débarrassa prestement de la serviette, sortit le Walther P99 de son étui, accroché au dossier d'une chaise, et éteignit les lumières. Dans la pénombre, il traversa silencieusement la salle de séjour et alla se dissimuler dans un recoin à proximité de la porte. Il attendit, l'oreille aux aguets. La serrure cliqueta, après quoi la porte s'entrouvrit. Bond perçut un léger bruit, tandis que quelqu'un pénétrait dans la chambre. Il s'avança pour poser le canon de son Walther dans le dos de l'intrus.

Paris Carver déclara : « Est-ce que tu traites toujours les femmes de chambre de cette manière, James ? »

Bond ralluma les lumières. Elle se tenait dans l'entrée, avec un chariot de service contenant du champagne. Elle portait toujours sa robe de soirée.

« N'oubliez pas le service », reprit-elle.

Bond glissa l'arme dans sa poche et referma la porte. C'est alors qu'elle aperçut la vilaine blessure sur son ventre. « James ! »

Bond tâta la joue à l'endroit où elle l'avait giflé. « Pas aussi grave que ce coup-ci. Je m'étais souvent demandé ce que j'éprouverais lorsque je te reverrais. Maintenant je sais. Est-ce que j'ai eu une parole malheureuse ? »

« Qu'est-ce que tu penses de : « Je reviens bientôt » ? » fit-elle d'un ton sarcastique.

Il haussa les épaules. « Il est arrivé quelque chose. »

« Il arrive toujours quelque chose. » Paris fit la moue, avant d'ajouter : « Je te devais cette gifle, depuis l'époque où je me prêtais à tous tes caprices sexuels. »

« Tu faisais preuve de quelques caprices, toi aussi. »

« C'est vrai ? À présent que je suis mariée, c'est devenu difficile à croire. » Elle s'avança dans la pièce, comme si elle était chez elle. « Tu sais », reprit-elle, en s'installant sur le lit, « je l'aimais. Je l'ai aimé. Il avait l'air solide et ambitieux, dans le bon sens du terme. Mais au fil des années, il s'est transformé en monstre. Est-ce que tu souffres trop pour déboucher la bouteille de champagne ? »

« J'en sortirai. Que fêtons-nous ? »

« Ma liberté. Je viens de le quitter », dit-elle. « Il s'était déjà montré violent par le passé, mais envers des étrangers uniquement. J'arrivais à me persuader qu'ils l'avaient mérité. Mais ce soir, il a dépassé les bornes. »

« C'est peut-être risqué de le quitter ainsi. » Le bouchon de la bouteille sauta et il emplit rapidement deux verres.

« Sans doute. Mais je n'ai emporté que les vêtements que j'ai sur moi et mon vieux passeport. Ma sœur va me faire parvenir un billet d'avion depuis New York. »

Bond lui tendit un verre et ils entrechoquèrent leurs flûtes pour porter un toast.

« À ta liberté, dans ce cas », dit-il.

Lorsqu'elle eut bu une gorgée de champagne, elle ajouta : « Ainsi, aujourd'hui, tu es banquier. Dis-moi, James, est-ce que tu dors toujours avec un revolver sous ton oreiller ? »

« Il y a un petit avantage à ça. »

« Vraiment ? »

« Oui. Je peux fixer un silencieux au canon. »

Paris gloussa. Elle prit une nouvelle gorgée, avant de demander : « Mais que faisais-tu donc là ce soir ? Et que manigance Elliot ? Tu as parlé d'un crime. J'en déduis que ta présence n'était pas simplement de courtoisie. »

« Ton mari va sans doute avoir de graves ennuis. »

Elle haussa les épaules, comme pour dire – rien de neuf à ça.

« L'Empereur des Ondes ? » rétorqua-t-elle. « Si tu t'imagines que tu vas lui causer des ennuis, c'est toi qui vas récolter les problèmes. »

« Peut-être... Mais c'est soit lui soit un membre de son organisation. »

C'est alors qu'elle saisit ce qu'il avait prévu de faire. « Je vois... Et tu t'imaginais réussir à me tirer les vers du nez. »

« Non. Ce n'était pas ce que j'avais prévu. »

Elle savait qu'il était en train de mentir, mais cela ne la tracassait guère. « Eh bien, monsieur le banquier... » Elle se pencha en avant pour l'embrasser. Le baiser commença de manière plutôt hésitante, après quoi elle ouvrit les lèvres pour l'embrasser avec fougue. Elle murmura : « J'espère que tu as imaginé quelques caprices sexuels supplémentaires, au cours des huit dernières années. Parce que j'ai prévu de les satisfaire, tous autant qu'ils seront. »

Bond l'attira plus près de lui pour l'embrasser à nouveau. Plongeant son regard dans ses yeux noisette, il déclara : « Je crois que je peux te proposer quelques petites choses. »

Il passa la main dans son dos pour dégrafer sa robe. Lorsque ses épaules furent nues, il y déposa de légers baisers. Elle gémit doucement, puis l'attira tout contre elle. Elle avait envie de cela depuis tellement longtemps.

Tandis qu'ils faisaient l'amour, tout au long de la nuit, des images et des souvenirs des escapades vécues en compagnie de Bond passèrent dans l'esprit de Paris, qui se demanda pourquoi elle les avait laissées se terminer de cette manière. Elle avait oublié le plaisir de faire l'amour avec un homme qui se préoccupait de vous, avec un homme qui savait comment caresser une femme, avec un homme qui, tout bonnement, était un homme véritable.

Dans les bâtiments de CMGN, l'accès d'activité avait

pris fin. Les responsables incendie avaient vérifié les installations et annoncé qu'il s'agissait en tout état de cause d'une fausse alerte. Les invités s'en étaient allés. On n'avait pas touché à une grande partie du buffet et du champagne, mais le tout était couvert d'une couche de poudre retardatrice. Les drapeaux arborant le visage d'Elliot Carver et les logos de sa compagnie étaient toujours déployés, mais l'un d'eux s'était décroché et pendait pour l'heure lamentablement sur l'une des passerelles de l'atrium.

Dans la salle de rédaction obscure, Elliot Carver se tenait face à l'une des consoles, l'air grimaçant. Sur l'écran s'affichait une bande prise par une caméra, montrant une vue d'ensemble des invités. Il faisait lentement défiler un passage où l'on apercevait sa femme Paris en conversation avec ce James Bond. Elle donnait l'impression de lui confier quelque chose. Mais que s'était-il donc réellement passé entre ces deux-là ?

Carver se surprit à grincer des dents. Il ouvrit rageusement un tiroir du bureau pour en sortir un flacon d'ibuprofen. Il se jeta trois comprimés au fond de la gorge et avala le tout sans même prendre d'eau.

Stamper était en train de parler en allemand dans le téléphone à l'autre bout de la salle. Ils étaient les deux seules personnes dans l'énorme salle de rédaction. Stamper raccrocha et s'avança vers Carver.

« J'ai appris certaines choses », déclara-t-il.

« Oui ? »

« Monsieur Bond fait partie du Foreign Office britannique. »

« Un espion, en d'autres termes », dit Carver. « Continue. »

« Le reste ne va sûrement pas vous plaire. »

« Ma femme est partie. »

Stamper fut surpris de constater qu'il était déjà au courant. Une fois de plus, le patron avait un temps d'avance sur lui-même. C'était d'ailleurs pour cette raison qu'il était le patron.

« Elle m'a menti. Elle m'a trahi. Tout ça, pour lui », reprit Carver en indiquant l'écran d'un geste de la tête, pour montrer le bel homme en habit noir qui se tenait aux côtés de son épouse. « Rameute tous tes hommes, qu'ils interrogent l'ensemble du personnel d'aéroport et des employés d'hôtel que compte cette ville. »

« Ne vous en faites pas, monsieur. Nous la retrouverons. »

« C'est Bond que nous cherchons. Quand nous l'aurons trouvé, nous n'aurons plus à la chercher. »

« Après quoi, peut-être accepterez-vous de me laisser la... »

« Il est question de ma femme », dit Carver d'un ton lugubre. Il resta un moment songeur, avant d'ajouter : « Appelle le médecin. »

7

Stoppez les rotatives

Elle savait que l'aube finirait bien par arriver, mais lorsque ce fut le cas, elle n'y était pourtant pas préparée. Paris Carver adorait la sensation des draps sur sa peau nue. Elle roula sur elle-même pour se recroqueviller contre l'homme qui lui avait donné tant de plaisir au cours de ces quelques heures nocturnes, mais ce fut pour se rendre compte que l'endroit où il était couché était vide.

Elle se souvint brusquement de la dernière fois où elle l'avait vu. C'était en fait à Paris, sept ans plus tôt. Elle n'était alors que Paris McKenna, l'une des toutes récentes nouvelles stars de la mode. Paris était la fille d'un riche agent de change de Nouvelle-Angleterre, et ce voyage en France suite à l'obtention de son diplôme à l'université de Bryn Mawr n'avait donc posé aucun problème. Elle ne portait guère d'intérêt aux études qu'elle venait de conclure, et n'était allée au collège que pour satisfaire ses parents. Devenir mannequin était en vérité la seule chose qui comptait à ses yeux.

Elle avait fait la connaissance de James Bond lors d'un cocktail. Il s'y trouvait en compagnie d'une autre femme, ce qui aurait dû en quelque sorte servir de mise en garde. Néanmoins, ils s'étaient lancés dans une longue conversation, dont elle était sortie complètement fascinée. Manifestement, il était pour sa part également attiré par elle, car il lui avait téléphoné l'après-midi suivant. Ils avaient entamé une histoire tumultueuse qui avait duré deux mois. Au plus fort de leur amour, Paris s'était dit qu'ils auraient très bien pu se marier. Elle était éperdue d'amour, mais un matin, il avait disparu sans crier gare. Sans doute était-ce lié à l'indésirable publicité causée par l'étalage de leur liaison, révélée par les paparazzi lors de défilés de mode. Il n'appréciait guère de contempler son visage dans les magazines. Paris croyait qu'elle n'accepterait jamais de lui pardonner, mais à présent, après la nuit qu'ils venaient de passer, il semblait bien que c'était le contraire qui avait eu lieu.

Quatre années après la disparition de Bond, elle avait rencontré Elliot Carver. Cette funeste rencontre avait également eu lieu lors d'un cocktail. Carver était un genre de célébrité, l'un des hommes les plus riches de la planète, et joli garçon, à sa manière. Il l'avait courtisée et elle avait succombé à son charme. Ils s'étaient mariés en l'espace de trois mois. Elle n'était plus jamais montée sur un podium de défilé après cela.

Bond apparut dans la pièce, tout habillé. Paris sortit du lit et s'avança vers lui. Elle entoura délicatement son ventre de ses bras.

« Je croyais que tu aurais trop mal pour te lever. »

« Après tout ce que nous avons fait ? Bien sûr que j'ai mal partout. »

« Je veux dire, après les coups qu'ils t'ont donnés. »

« Oh, cela. Non. Je vais bien. » Il se retourna, sourit, et déposa un léger baiser sur sa joue.

Il enfila ensuite son étui à revolver et vérifia la sécurité de son arme. Il glissa quelques chargeurs supplémentaires dans la poche de son veston.

« Je ne savais pas que les banquiers transportaient des revolvers », dit-elle.

« Le métier est plutôt dangereux, de nos jours. On n'est jamais trop prudent. »

« Oh, James, pourquoi suis-je toujours attirée par des

hommes comme toi? Il est clair que tu as beaucoup de choses en commun avec mon mari – impitoyable et distant… sans parler de cet air de mystère qui plane autour de toi… »

« Tu veux dire mystique, n'est-ce pas, et pas mystère? »

« Allons, tu sais très bien ce que je veux dire. » Elle soupira. « Mais tu possèdes également des côtés gentils et doux qui affleurent de temps à autre. Où comptais-tu aller? »

« Jeter un coup d'œil aux installations de ton mari. Un quotidien, c'est très animé à l'aube. C'est le meilleur moment pour le visiter. »

« Tu ne comptes tout de même pas entrer comme ça. Ça grouille d'agents de sécurité. »

Bond fit mine de peser ces mots, puis hocha la tête. « N'empêche, il faut que ça se fasse. »

« Tu veux vraiment que je me sente coupable, de t'avoir dit quelque chose qui pourrait causer ta mort? »

« Pas du tout. Je vais y aller, de toute manière. »

« Tu te souviens de ce hall devant la salle de rédaction? Celui avec le gros satellite? »

« Oui. »

« Il y avait des bureaux de l'autre côté, mais ils les ont condamnés. Il doit y avoir des espèces de laboratoires maintenant là-bas. C'est ce que je crois. Mais je ne connais pas la manière d'y accéder. Je me rappelle que les anciens bureaux se situaient juste au-dessous du niveau où se trouvent aujourd'hui le matériel de maintenance. Un escalier de service reliait les deux niveaux. »

Bond l'embrassa. Elle laissa tomber le drap qu'elle avait emporté, et se retrouva nue. Elle l'entoura de ses bras et se nicha contre lui.

« Tu es sûr que je ne réussirais pas à te convaincre de rester? » murmura-t-elle.

Bond caressa ses épaules puis son dos. Il posa des baisers sur sa nuque, lentement, progressant de centimètre en centimètre. Paris ferma les yeux et gémit doucement. Ils se serrèrent l'un contre l'autre pendant une bonne minute.

Finalement, il déclara : « Je reviens bientôt. » Sur ce, il s'écarta et prit la direction de la sortie.

Lorsqu'il fut parti, elle dit, d'une voix douce : « C'est déjà ce que tu m'as dit la dernière fois. »

La journée avait commencé comme une journée normale de travail, à l'exception du fait que la sécurité semblait omniprésente. Les employés ordinaires de CMGN prirent possession du nouveau quartier général, prêts à s'atteler à leurs tâches routinières et à transmettre les informations. Les rotatives tournaient, tous les écrans étaient occupés, et les satellites relayaient les nouvelles. La seule différence avec les autres jours, c'était la présence des gardes, à peu près partout. Certaines rumeurs couraient au sein des employés affirmant que la fausse alerte de la veille était en quelque sorte un acte hostile à l'encontre d'Elliot Carver.

Les gardes se tenaient postés à tous les étages. Ils effectuaient des contrôles de routine à leur étage respectif, toutes les dix minutes. Ils ne portaient aucune attention au toit, car aucun d'eux n'estimait qu'il pouvait constituer un moyen d'accès au bâtiment. Tandis que des gardiens effectuaient une patrouille de plus, partant de la salle des rotatives pour traverser l'atrium en empruntant le réseau de passerelles, nul ne remarqua la présence d'une silhouette se déplaçant sur le fond de ciel bleu. L'un des gardiens s'arrêta un instant pour allumer une cigarette. Au-dessus de lui, James Bond se glissa avec précaution au bord de l'énorme dôme de verre du toit, sans être aperçu.

Grimper jusque-là s'était révélé plus facile que Bond ne se l'était tout d'abord imaginé. Une grande partie du bâtiment se trouvait encore en construction, et un ascenseur de travail était de ce fait encore fixé à l'un des flancs du bâtiment. À cette heure matinale, et grâce au casque qu'il avait enfilé, il avait réussi à passer pour un contremaître venu inspecter l'avancement des travaux. Il s'était tout simplement installé dans la cage d'ascenseur, avant de monter aussi haut qu'il le désirait. À partir de là, tout ce qu'il avait eu à faire, c'était de grimper sur un balcon et d'escalader ensuite une courte échelle, pour se retrouver sur le toit du bâtiment.

Une autre échelle le conduisit jusqu'au niveau de la maintenance, situé juste au-dessous du toit. Bond s'y engagea, pour se retrouver face à une porte close. Les boutons de commande de cette porte blindée se trouvaient dans un boîtier séparé, verrouillé lui aussi. Bond sortit le téléphone cellulaire de sa poche, et déploya l'antenne. À l'extrémité de cette antenne se trouvait un dispositif faisant office de passe-partout. Il ne lui fallut que sept secondes pour faire se soulever le couvercle du boîtier de commandes. Il appuya alors sur un bouton vert et la porte blindée s'ouvrit aussitôt. Un escalier s'enfonçait dans les profondeurs du bâtiment. La mémoire de Paris Carver n'était pas mauvaise.

Bond descendit l'escalier et se retrouva dans ce qui ressemblait au laboratoire dont lui avait également parlé Paris. Il y avait là des tables à essais, des bureaux à ordinateurs, ainsi qu'une réplique d'un des satellites de Carver. Une autre porte menait à un bureau privé.

Bond jeta un rapide coup d'œil à la pièce, avant d'examiner le satellite. Il devait s'agir d'un modèle destiné aux essais, un engin ayant servi lors des expérimentations. Il avait décidé de regarder d'un peu plus près le panneau de commandes lorsqu'il entendit un bruit de pas. Il se recroquevilla rapidement derrière le satellite, à l'instant même où s'ouvrait la porte du bureau privé.

Henry Gupta apparut, suivi par trois gardes, des individus qui l'avaient accompagné en Afghanistan. Bond les observa au travers d'une ouverture dans un des panneaux solaires du satellite et s'aperçut que Gupta s'était arrêté à quelques mètres seulement.

« Nous en avons terminé avec celui-ci, expédiez-le par bateau jusqu'au site de lancement », dit Gupta à ses hommes. « Comment se fait-il qu'il n'y ait jamais la moindre chose à manger dans ce bâtiment ? Venez, on va prendre un petit déjeuner. »

En grommelant, il prit la direction de la large porte d'acier au fond du laboratoire, avec ses hommes sur les talons.

Bond sortit de derrière le satellite et prit la direction de la porte menant au bureau privé. Elle était protégée par un système de verrouillage à carte électronique. Bond s'empara une fois de plus de son téléphone cellulaire et souleva le fond de l'appareil pour exposer l'endroit où était rangé le pistolet hypodermique. Il prit cette arme et s'en servit pour toucher l'arc électrique de la serrure. Il y eut un grand clac ! Le voyant vert disposé sur la serrure s'alluma un bref instant, avant de s'éteindre complètement. Bond essaya d'ouvrir la porte, mais en vain. Il s'y appuya pour donner une forte poussée – et la porte cliqueta en cédant enfin.

Le bureau personnel de Gupta était vide et net, même si la poubelle débordait de boîtes de soda et de sachets de chips. Bond était entraîné à fouiller une pièce à toute vitesse. Il ouvrit un tiroir et y découvrit des boîtes de disquettes et de programmes informatiques. Dans un autre tiroir étaient rangés des douzaines d'ouvrages de référence en matière de satellite. Il trouva d'épais manuels techniques, consacrés pour la plupart à la technologie de positionnement, ainsi qu'à celle des radars et des résines composites. Bond les feuilleta rapidement et n'y trouva rien de très passionnant. Il referma les tiroirs et aperçut alors une grande photographie d'un des satellites de Carver dans l'espace, encadrée et accrochée au mur. Son œil acéré lui permit de constater que l'un des bords du cadre était légèrement plus épais que les autres. Bond fit glisser les doigts le long de l'encadrement et découvrit une commande secrète. Il l'actionna et le cadre s'écarta du mur.

Le coffre-fort imposant qui se dissimulait derrière le cadre était protégé par un scanner à empreintes digitales. Bond comprit que seules les empreintes de Gupta permettaient d'ouvrir ce coffre en toute sécurité, et c'est pourquoi il lui fallait obtenir une copie de l'empreinte du pouce de Gupta.

Bond alluma le laser installé en façade du téléphone cellulaire et s'en servit pour scanner l'endroit vitré où l'on plaçait le pouce lorsqu'on désirait faire s'ouvrir le coffre. Une image de l'empreinte du pouce de Gupta apparut sur le minuscule écran du téléphone. Q avait imaginé ce dispositif avec l'idée de l'utiliser pour appeler le département information du MI6 et obtenir de la sorte tout renseignement concernant une empreinte repérée par ce scanner sur n'importe quelle surface. Bond estimait qu'il s'agissait là d'un engin conçu avec beaucoup d'imagination, puisqu'il était possible de s'en servir autrement que prévu, et pour des applications autres que ce pour quoi il avait été fabriqué.

Il fit alors pivoter le téléphone et le plaça de telle manière que l'écran se trouve face à l'endroit où devait se placer le pouce. Bond appuya sur le bouton du téléphone intitulé « Safe Scan », l'œil électrique installé sous la petite vitre lut l'empreinte de pouce qui venait d'être scannée, après quoi la serrure du coffre cliqueta automatiquement en s'ouvrant. Bond rangea son téléphone, avant de jeter un coup d'œil à l'intérieur du coffre-fort.

La boîte rouge que Gupta avait achetée en Afghanistan se trouvait là. Bond s'en saisit et l'ouvrit. Bingo. Le dispositif ACSES disparu était rangé dans cette boîte. Il la referma d'un coup sec, avant de la glisser dans l'une de ses poches. Il referma ensuite le coffre.

Bond quitta le bureau et retourna dans le laboratoire. Jusqu'ici, tout allait bien. Il prit la direction des larges portes d'acier qui menaient au reste du bâtiment. Il posa une oreille contre la paroi et écouta. Tout semblait calme. Il ouvrit précautionneusement la porte.

Wai Lin se trouvait juste de l'autre côté, vêtue de noir des pieds à la tête. Elle se préparait manifestement à entrer par effraction. Les sirènes d'alarme se mirent à rugir.

« Regardez ce que vous avez fait ! » s'exclama-t-elle.

« Ce que *moi*, j'ai fait ? » dit Bond.

Elle se précipita pour grimper les escaliers, et échapper aux gardes qui venaient d'apparaître dans le couloir. Bond eut à peine le temps de refermer les portes d'acier et d'installer le verrou. Le vacarme de barres d'acier frappant la porte devint vite assourdissant.

Paris Carver finit de se laver les cheveux, et les enroula dans une serviette. Elle s'enveloppa d'un des peignoirs éponge fournis par l'hôtel. Elle éprouvait à présent des remords d'avoir giflé Bond lors de cette soirée, sous l'œil de son mari. Ce simple geste avait sans doute accru plus que jamais les soupçons d'Elliot Carver, ce qui l'avait amené à se comporter de la manière violente qui lui était devenue coutumière. Il faudrait qu'elle se fasse pardonner aux yeux de James à son retour.

Elle passa dans la salle de séjour, prête à s'habiller. Elle jetait un coup d'œil au journal lorsqu'elle entendit un petit coup frappé à la porte. Elle eut un sourire.

Paris alla ouvrir, en déclarant : « Eh bien, ça n'a pas pris tellement de... »

Son cœur lui remonta dans la gorge. Elliot Carver se tenait sur le seuil, avec Stamper juste derrière lui. Elle fit mine de leur claquer aussitôt la porte au nez, mais les doigts de Stamper se trouvaient déjà dans le chemin. Elle poussa pour les coincer dans l'entrebâillement, mais cet homme ne semblait jamais éprouver la moindre douleur. Avec une force énorme, il repoussa la porte et envoya valser Paris sur le sol. Elle voulut se ruer sur le téléphone, mais l'Allemand la retint avant qu'elle n'y parvienne. Carver pénétra dans la chambre et referma calmement la porte derrière lui. Stamper la tenait sans difficulté, d'une main, et examinait d'un air curieux ses autres doigts blessés. Il lécha les gouttelettes de sang qui perlaient à ses articulations, comme un gamin laperait la sauce au chocolat coulant le long de ses lèvres.

Carver alla se poster face à Paris et lui prit le menton.

« Elliot, je t'en supplie », dit-elle, terrifiée. « Tu ne comprends pas... Ce n'est pas du tout ce que tu penses... »

« Ah bon ? Alors, je suppose que tu vas me dire de quoi il s'agit vraiment. »

« Tu m'as fait peur, hier soir. Je suis venue ici pour prendre un peu de distance. »

« Que t'ai-je dit hier soir ? La seule chose à laquelle je tiens par-dessus tout ? »

Paris déglutit avec peine.

« La loyauté, ma chérie », dit-il. « La loyauté. »

Bond se précipita vers les escaliers, tandis que les portes d'acier explosaient littéralement derrière lui. Les gardes se ruèrent dans la pièce, tirant déjà. 007 s'arrêta juste assez longtemps pour faire rouler le satellite sur lui-même, et bloquer ainsi la route à ses poursuivants. Il escalada prestement les barreaux de l'échelle, atteignit le toit et referma d'un coup sec la porte derrière lui. Il courut vers l'échelle de toit, mais aperçut alors des hommes en arme postés au sommet, manifestement en train de l'attendre. Les balles volèrent aux environs, obligeant Bond à se blottir contre une porte de secours menant à l'intérieur du complexe. N'ayant pas d'autre choix, Bond la fit s'ouvrir d'un coup d'épaule et pénétra dans le bâtiment.

Il se retrouva dans le couloir conduisant à l'atrium. Il le traversa rapidement, pour prendre la direction de la passerelle la plus haute. Wai Lin se trouvait à l'autre bout, le dos appuyé au mur. Elle essayait manifestement de se dissimuler du mieux possible. Le regard qu'elle lui lança lui fit comprendre qu'il courait un grave danger. Il fit un mouvement de côté, juste avant que des balles ne viennent ricocher sur la grille métallique qui courait sous ses pieds. Les gardes avaient entrepris de lui tirer dessus depuis le rez-de-chaussée de l'atrium.

Profitant de ce que leur attention restait concentrée sur Bond, Wai Lin sortit un fil d'un rouleau attaché à sa ceinture, et le fixa à la rambarde. Elle passa ensuite sans hésiter par-dessus le garde-fou, en laissant se dérouler le fil au fur et à mesure. Étonné, Bond la vit lui lancer un petit salut. Elle descendit lentement jusqu'au sol, derrière les gardes, qui n'avaient pas cessé de tirer sur Bond. Après quoi, elle disparut.

Bond prit mentalement note de suggérer un tel dispositif à Q.

Puis il roula sur lui-même, se remit sur pied et courut vers le bout de la passerelle. Les balles le suivaient de près, jusqu'au moment où il fonça sur la porte menant à la vaste salle d'imprimerie. Les rotatives tournaient à plein régime, causant une cacophonie qui donna un avantage à Bond. Il traversa le balcon, avec plusieurs gardes sur les talons, tourna au coin et se retrouva face à un mur d'autres gardiens. Sans y réfléchir à deux fois, Bond sauta par-dessus le balcon et atterrit sur le toit d'une énorme grue aérienne.

C'était une machine pourvue de deux bras parallèles, montés sur des rails fixés au plafond. Bond bondit du premier bras vers le second, tandis que déjà, l'un des gardes sautait du balcon sur le premier bras de la grue pour l'y rejoindre.

Le vacarme des rotatives était assourdissant, si bien que les cris des gardiens pour attirer l'attention des ouvriers se révélèrent vains. Disposée juste au-dessous de la grue se trouvait l'une de ces énormes machines à imprimer. Un ruban de papier blanc se glissait à l'intérieur des rouages.

Le garde sauta sur le second bras de la grue, pour affronter Bond. Il lança le poing en avant, mais Bond bloqua le mouvement par une manœuvre de *Kake-te*. Le poing droit de Bond fusa et alla frapper le menton de son adversaire, mais le gardien était costaud. Il surprit Bond en pivotant complètement, avant de balancer un pied devant lui, pour atteindre avec succès la poitrine de Bond, en un parfait mouvement d'*Ushiro-geri*. Cet homme en connaissait visiblement lui aussi un bout, question karaté. Bond faillit en perdre l'équilibre, mais il réussit à se rattraper d'un pied sur une étroite bande de métal. Sa position était cependant devenue extrêmement précaire.

Le garde s'avança à nouveau. Bond se lança tête baissée, et son crâne s'enfonça dans l'estomac du gardien. Simultanément, il saisit les genoux du garde pour les tirer vers lui. L'homme trébucha sur le dos, mais il ne tomba cependant pas du bras de la grue, ainsi que Bond l'avait espéré. Au lieu de quoi, le gardien réussit à atteindre la jambe gauche de Bond, en frappant par en dessous. Bond s'affala sur le garde, qui lui encercla aussitôt la gorge de ses deux mains. Bond se servit de ses avant-bras pour repousser de côté les mains du gardien et se dégager de son étreinte. Le gardien tenta alors de faire rouler son adversaire par-dessus la grue, mais Bond réussit à empoigner le bord du bras métallique et le serra avec force. Après quoi, d'un mouvement brusque, 007 balança son épaule gauche au beau milieu de la gorge du garde. Celui-ci libéra aussitôt Bond pour se tenir la gorge, hoquetant et manquant d'air.

Dans un mouvement plein de fluidité, Bond tira le pistolet du gardien de son étui, puis poussa l'homme par-dessus la grue. Le vacarme des rotatives noya le cri de la brute qui tombait sur la rame de papier, avant de la suivre à l'intérieur de la machine. Il fut instantanément avalé. Une seconde plus tard, des bandes de papier tachées de sang fusèrent dans la pièce.

« C'est terrible ce qu'on imprime de nos jours », commenta Bond dans un murmure.

Il sauta ensuite de la grue, pour atteindre une plateforme située un niveau plus bas que les autres gardes. Avec la grâce d'un athlète olympique, Bond s'élança vers le niveau suivant, puis vers celui se trouvant au-dessous de celui-là, s'enfonçant toujours davantage dans les profondeurs du bâtiment.

Il se retrouva enfin à l'étage inférieur de la salle d'imprimerie, là où étaient disposées les machines les plus énormes. Chacune d'elles était chargée par trois rouleaux de papier d'une tonne qui alimentaient le fantastique flux de papier montant ensuite en direction des presses. Bond se faufila entre deux machines, au moment où les gardes atteignaient ce même niveau et se déployaient pour se lancer à sa recherche.

Un rail de métal d'à peu près trente centimètres de large courait sur le sol, perpétuellement en mouvement. Il s'agissait du moyen de transport, lent mais puissant, grâce auquel les rouleaux de papier d'une tonne circulaient dans la salle. Bond sauta sur le rail mobile et se dissimula derrière l'un de ces grands rouleaux de papier. Il fit des vœux pour que les gardes ne s'en aperçoivent pas, tandis que le rouleau avançait à une allure d'enterrement le long du rail.

« Salle d'encrage vérifiée », annonça une voix sortant d'un talkie-walkie tout proche. « Vérifiez la salle des clichés. »

Le crachotement d'électricité statique précédant la réponse fut tout ce dont avait besoin Bond. Avant que l'homme ait pu formuler son premier mot, Bond avait fait un saut et tiré dans la direction du talkie-walkie. Un homme se tenait à proximité, le pistolet braqué devant lui. La balle frappa le garde au niveau de la poitrine, mais il réussit à tirer un coup tout en s'effondrant. Le projectile s'en alla ricocher sur le rouleau qui avait abrité Bond. Il songea qu'il était heureux que cet imbécile n'ait pas disposé de casque émetteur.

Les coups de feu avaient cependant attiré l'attention des autres gardes, qui se précipitèrent aussitôt dans cette direction. Bond sauta du rail mobile et fonça vers une large double porte. Tandis que les balles recommençaient à voler autour de lui, il plongea pour franchir cette porte.

Il glissa sur le ventre, dans un entrepôt de la taille d'un hangar à avions. Des tonnes de papier étaient rangées là verticalement, sous la forme de cinq gigantesques rouleaux de papier toilette. Bond se sentit minuscule au sein de cet environnement, tout en se penchant pour éviter les balles qui volaient aux environs. Les gardes l'avaient rejoint dans le hangar.

Plusieurs ouvriers faisaient circuler des chariots élévateurs dans la salle, de rapides Hyster 350. Ils perçurent les coups de feu et se dirent qu'il était sans doute l'heure de la pause-café. Ils sautèrent des élévateurs et se ruèrent vers la sortie.

Bond saisit cette opportunité pour grimper à bord d'un des Hyster. Son chauffeur venait de prendre l'un des énormes rouleaux de papier au-dessus d'une pile. Bond mit l'engin en mouvement et fila aussi vite que possible en direction d'un angle de la salle. Les gardiens, imitant son exemple, sautèrent à bord des autres élévateurs abandonnés pour se lancer à sa poursuite.

Bond contourna l'une des formidables piles de rouleaux de papier, et eut soudain une idée. D'abord, il fit pivoter son élévateur à 180°. Après quoi, il recula pour disposer du maximum d'espace de manœuvre. Finalement, il propulsa l'élévateur en avant, à la vitesse maximale. Il heurta la tour de rouleaux de papier avec celui qu'il transportait, les envoyant valser comme des dominos.

De l'autre côté, les gardiens à pied ou perchés sur les élévateurs tentèrent désespérément de courir hors de portée des rouleaux de papier qui s'écrasaient sur le sol. Ces énormes bobines d'une tonne firent trembler les fondations du bâtiment, avant de rebondir et de se mettre à rouler sauvagement dans toutes les directions. L'une d'elles écrasa au passage le pied d'un garde comme un rouleau compresseur aplanirait une surface de béton. Un élévateur fut envoyé au large et atterrit sur le flanc. Un autre s'en alla au hasard, après que le garde qui le conduisait se fut enfui. L'engin alla heurter un autre empilement d'énormes rouleaux. La pile se mit à basculer en direction de Bond et les premières bobines s'affalèrent sur le sol dans un grand boum. Il jeta un coup d'œil en arrière et aperçut les rouleaux qui rebondissaient vers lui. Il emballa le moteur de son élévateur, mais ce ne fut pas suffisant. Juste avant que les rouleaux ne s'abattent sur l'élévateur, Bond sauta de la cabine, et réussit à attraper un élément d'acier de la structure portante de l'édifice. Il l'empoigna comme s'il s'agissait d'un palmier perdu au milieu d'un ouragan, tandis que les rouleaux écrasaient l'élévateur et le réduisaient en pièces. Un dernier rouleau de papier arriva après tous les autres, à une allure plus raisonnable, si bien que Bond bondit dessus et, comme un bûcheron faisant tourner un tronc d'arbre flottant sur une rivière, se servit de ce moyen de transport pour rejoindre la sortie.

Arrivé dehors, il sauta du rouleau qui poursuivit sa route vers le quai de chargement. Un camion se trouvait à l'arrêt, prêt à être chargé, le long du quai. Bond se glissa discrètement à l'arrière du véhicule, juste avant que le camion ne se mette en branle, l'emmenant vers la sécurité et la liberté.

Wai Lin, qui observait les bâtiments de l'autre côté de la chaussée, avait assisté, le sourire aux lèvres, à la fuite de Bond. Elle avait discrètement quitté les installations au milieu du chaos, sans être vue par les gardes.

Son voyage à Hambourg avait été couronné de succès. Elle n'avait pas retrouvé le dispositif radar disparu, mais elle savait à présent quel en était l'usage. Mais avant de montrer du doigt Carver et CMGN, il allait lui falloir réunir davantage de preuves.

Lorsqu'elle eut regagné la sécurité de sa chambre d'hôtel, Wai Lin prit contact avec le général Koh à Beijing, pour lui transmettre son rapport. Il lui fit part d'informations confidentielles connues des seuls militaires chinois, tout en lui confiant ses nouvelles instructions. La flotte britannique approchait de la Chine, et le temps était compté.

Wai Lin rassembla ses affaires et emprunta un taxi jusqu'à l'aéroport de Hambourg. Tandis qu'elle s'installait à bord d'un appareil à destination de l'Extrême-Orient, elle se remit à songer à James Bond. Une part de la nature chinoise estimait que le sort des êtres est prédestiné, et elle ne pouvait s'empêcher de penser que le sien était d'une manière ou d'une autre lié à cet homme.

8
La mort d'une amie

Stamper se tenait sur le toit du bâtiment situé juste en face de l'hôtel Kempinski Atlantic. Si cet Anglais était idiot, il allait revenir à son hôtel pour y chercher sa nouvelle petite amie. Stamper venait à l'instant d'interrompre la conversation échangée par talkie-walkie avec l'homme qu'il avait lui-même chargé de la sécurité du complexe. Bond avait réussi à leur échapper et se trouvait sans doute pour l'heure sur le chemin du retour.

Il souleva ses jumelles pour observer une fois de plus la chaussée. Toujours rien. Peut-être cet espion n'était-il pas aussi gentleman que l'imaginait Carver. Peut-être Bond allait-il en fin de compte abandonner Paris aux griffes des vautours…

Non, non, une minute… Il arrivait. La BMW s'engouffra dans le parking de six étages de l'hôtel. Stamper s'empara de son talkie-walkie et lança une brève série d'ordres, en allemand.

La BMW grimpa la rampe d'accès pour pénétrer dans le garage et prit la direction d'un emplacement situé sur le toit.

À l'intérieur du véhicule, James Bond ouvrit un panneau secret dans une des portières, révélant un coffre à combinaison. Il fit rapidement tourner le cadran, ouvrit le coffre et y déposa la boîte rouge. Il referma ensuite le coffre, brouilla la combinaison, et fit à nouveau glisser le panneau dans la portière.

Bond quitta rapidement sa voiture, son téléphone cellulaire à la main. Il appuya sur sept boutons, et obtint en réponse sept bips émanant du véhicule. Il se dirigea ensuite tranquillement vers la sortie du garage, en direction de l'hôtel. Tout ce qu'il lui restait à faire, c'était de transmettre un bref rapport au bureau de Londres, passer quelque temps en compagnie de Paris, puis de quitter l'Allemagne avant que les gangsters à la solde de Carver ne le retrouvent.

Stamper aperçut Bond dans ses jumelles, puis jeta un coup d'œil à ses hommes postés de l'autre côté de la rue, à proximité du parking. Ils portaient des vêtements civils pour l'occasion, et n'arboraient plus leurs vestes rouges. Ces hommes sautèrent à bord d'une dépanneuse à plateau, qui prit la direction du garage. Stamper s'empara à nouveau de son talkie-walkie pour leur fournir quelques ordres supplémentaires. Au signal donné, plusieurs groupes d'agents de sécurité de CMGN prirent position à différents endroits autour de l'hôtel. Le bâtiment se retrouva bel et bien encerclé.

Bond s'approchait en toute quiétude de sa suite. Il entendit une voix à l'intérieur et ne parvint pas à mettre un nom dessus. Il frappa quelques petits coups à la porte, mais il n'y eut pas de réponse. Il sortit son Walther et ouvrit précautionneusement la porte.

Le poste de télévision était allumé dans la salle de séjour, et c'est de là que provenait la voix qu'il avait perçue. Tamara Kelly, installée dans le studio de diffusion de CMGN, déclarait : «... et les injonctions du Conseil de Sécurité n'ont eu aucun effet apaisant, pas plus sur Londres que sur Beijing. À présent, voici des nouvelles en provenance... »

« Paris ? » fit-il.

Bond était sur le point d'éteindre le téléviseur lorsqu'il entendit Tamara Kelly ajouter : « La police de Hambourg, en Allemagne, fait état de la découverte du cadavre de Paris Carver, épouse du président du Carver Media Group et propriétaire de cette chaîne, dans une suite d'hôtel à Hambourg, apparemment victime d'un acte criminel. »

Son cœur bondit. Bond se rua dans la chambre, où un second poste diffusait également les nouvelles. Le son résonnait en écho dans toute la suite.

Paris se trouvait allongée sur le lit, immobile. Il s'en approcha pour y trouver confirmation de ce qu'il craignait – elle était morte, étranglée. Il fut bouleversé par l'émotion, la peine, et la colère.

Il n'aurait jamais dû sous-estimer Carver. Jusqu'à leur première rencontre, Bond le soupçonnait plus ou moins d'être partie prenante dans cette affaire. Après quoi, ayant fait connaissance avec l'homme et ayant constaté la fureur qui avait saisi Carver lorsque la conversation avait roulé sur le sujet des satellites de navigation, Bond avait eu la certitude que cet individu était responsable de la disparition du système GPS et du naufrage du *Devonshire* consécutif à son déroutement. La dépravation de cet individu se lisait sur son visage, mais rien n'aurait pu préparer Bond à la démonstration de turpitude qui s'étalait en ce moment sous ses yeux.

Bond s'en voulut de l'avoir impliquée dans cette affaire. Il lui avait menti lorsqu'elle lui avait demandé s'il avait eu l'intention de la séduire pour obtenir d'elle les secrets de son mari. C'était précisément en quoi consistait son plan depuis le début. Il connaissait suffisamment Paris de longue date pour savoir qu'elle serait à nouveau attirée par lui et qu'il ne faudrait pas longtemps pour qu'elle lui retombe dans les bras. Il n'avait pas prévu que son mariage serait en train de craquer. Il ne s'était pas attendu à ce que son intervention joue le rôle de catalyseur, qui allait conduire Paris à quitter son mari.

« J'ai un pistolet braqué sur votre tête », dit une voix en provenance de la salle de bains. « Déposez lentement votre revolver, je vous prie. » La voix était teintée d'accent germanique.

Bond fit ce qu'on lui demandait.

« À présent, couchez-vous sur le lit aux côtés de madame Carver. Regardez les informations. »

Il obtempéra. Une grimage sur les traits, il se tourna vers l'écran de télévision.

Tamara Kelly poursuivait. « Elliot Carver, en route vers le bureau CMGN de Saigon, a été décrit par un porte-parole comme « choqué de façon inexprimable ». »

L'homme dans la salle de bains déclara : « Je suis le docteur Kaufman. Je suis un tireur d'élite. Croyez-moi sur parole. »

Bond n'avait pas le choix. Du coin de l'œil, il réussit à voir que le docteur Kaufman était assis sur une des chaises de la salle de bains et tenait ce qui ressemblait à un pistolet Keckler & Koch K3, muni d'un silencieux. Il paraissait avoir dans la quarantaine, était grand et mince, avec d'épais cheveux noirs et des lunettes. Ses paupières lourdes lui donnaient un regard étrange et sinistre qui confirmait l'impression que le docteur Kaufman était un maniaque homicide, capable de tout. Pendant un instant troublant, Bond se dit que cet homme ressemblait à son dentiste londonien.

Kaufman avait assassiné Paris, et il s'agissait sans doute d'un genre de psychotique qui avait apprécié cet acte. Bond décida séance tenante que le docteur Kaufman ne quitterait pas l'hôtel vivant. Tandis qu'il suivait les nouvelles diffusées par la télévision, il mit ce temps à profit pour examiner les différentes options qui s'offraient à lui. Tel un joueur d'échecs, Bond considéra les mouvements possibles, et les contre-attaques. Le moment venu, il agirait en conséquence.

Les agents de sécurité de CMGN entouraient la BMW de Bond. La dépanneuse se tenait prête, à proximité. Il y avait cependant un problème. Dès qu'un des hommes approchait les doigts de la voiture, il recevait une puissante décharge électrique.

Stamper, observant la manœuvre d'en haut du toit, se

demandait ce qui pouvait donc bien les retarder ainsi. Il fit passer ses jumelles sur la façade de l'hôtel. Des policiers de Hambourg étaient en conversation avec deux de ses hommes, postés à cet endroit. Bon sang, ils étaient arrivés un peu trop tôt sur les lieux ! Il fallait que ses hommes prennent possession de la BMW avant que la police ne pénètre dans la suite.

Stamper cria des instructions dans le talkie-walkie.

L'un des hommes entourant la BMW accusa réception. Il alla chercher un marteau dans la dépanneuse, et en frappa l'une des vitres latérales de la BMW. La vitre ne frémit même pas. L'homme aboya un ordre à un autre garde, qui sortit son pistolet pour tirer sur la vitre. Les balles y ricochèrent, et faillirent atteindre les hommes qui encerclaient le véhicule.

Bond suivait les nouvelles d'un air fasciné. Il s'agissait d'un véritable bulletin d'information, comportant tous les détails d'événements qui n'avaient pas encore eu lieu.

« La police a également découvert le corps d'un homme, considéré comme l'occupant de la suite d'hôtel », déclarait Tamara, « victime d'une blessure par balles qu'il se serait lui-même infligée. La police refuse pour l'instant d'émettre des hypothèses concernant les motifs de ce meurtre ou de ce suicide. L'ensemble des membres de l'équipe de CMGN tient à présenter ses regrets les plus profonds... »

« Les nouvelles de demain, dès aujourd'hui », commenta Bond.

Tout en réfléchissant, il restait sur ses gardes. Il observa la pièce. Ce bon docteur se tenait trop loin pour qu'il ait une chance de lui sauter dessus. Si cet homme tirait aussi bien qu'il l'affirmait...

« Elle donnait l'impression d'être intelligente », reprit le docteur Kaufman. « Mais elle a appelé sa sœur à New York. N'avait-elle pas compris que son mari était propriétaire du satellite de relais intercontinental de communications ? »

« Cela n'aura pas l'air d'un suicide si vous me tirez d'où

vous êtes. » Il lui fallait un peu de temps encore pour réfléchir. Peut-être arriverait-il à faire parler cet homme un peu plus longtemps...

« Monsieur Bond », répondit le docteur Kaufman d'un ton condescendant, « je suis professeur de médecine légale. Croyez-moi, je peux parfaitement faire feu d'où je suis, et créer ensuite les traces de brûlures appropriées sur vos propres mains, ainsi qu'autour du point d'impact. »

« C'est un vrai passe-temps pour vous, dirait-on. »

« Certainement pas », répondit Kaufman. Il semblait offusqué. « Je suis très bien payé. Je me déplace dans le monde entier. Je suis particulièrement efficace dans les overdoses de gens célèbres. Et maintenant... »

Il éleva soudain la voix. « Monsieur Stamper ! Cessez de m'aboyer dans les oreilles ! »

Il fallut une seconde à Bond pour comprendre que Kaufman parlait dans le talkie-walkie qu'il portait sur les oreilles.

« Vous n'êtes pas sérieux ? » ajouta-t-il dans l'émetteur. « Peut-être qu'à l'Automobile club, on pourrait... – Entendu, je vais lui poser la question. »

Kaufman fit une grimace signifiant que le monde était rempli d'idiots et qu'il était sans doute le seul être doté d'un cerveau.

« Voilà qui est embarrassant », reprit-il à l'adresse de Bond. « Il semblerait qu'une boîte rouge se trouve dans votre véhicule, un objet qu'ils veulent à tout prix récupérer. Mais ils ne parviennent pas à faire taire l'alarme de votre véhicule. Ils veulent donc que je vous demande de le faire vous-même. Je ne sais que dire. Je me sens un peu bête. Une alarme de voiture ! »

Parfait ! se dit Bond.

« Pour être exact, c'est un peu compliqué », dit-il.

« Il va falloir que je vous torture, si vous refusez d'obéir. »

« Vous possédez également un doctorat en la matière ? »

« Non », fit Kaufman. Il eut un large sourire. « C'est à ce

sujet que l'on pourrait parler de passe-temps. Mais je suis très doué. »

« Je vous crois. L'alarme est commandée par mon téléphone cellulaire. Je vais... »

Il fit mine de se pencher vers la veste qu'il avait laissée tomber sur le sol.

« Non, non », dit Kaufman, pistolet braqué. « Je vais m'en occuper moi-même. »

Avec d'infinies précautions, maintenant une bonne distance entre lui et Bond, Kaufman s'empara de la veste et en sortit le téléphone. Il laissa retomber la veste, pour observer le combiné.

« Très bien, que dois-je faire ? » demanda-t-il. « Pas de blagues, je vous prie. »

« Tapez « recall », le chiffre trois, et puis « envoi » », dit Bond.

Le docteur Kaufman lui jeta un coup d'œil et décida que la manœuvre n'avait pas l'air très risquée. Il appuya lentement sur les trois boutons et – clac ! – le pistolet hypodermique contenu dans le combiné lui sauta dans les mains. Il sursauta en lâchant l'appareil. Bond se catapulta du lit. Il saisit la main de Kaufman avec laquelle il tenait son pistolet. Les deux hommes tombèrent et roulèrent sur le sol. Kaufman était vif et agile, ce qui lui permit de se remettre sur pied le premier. Bond lui lança un coup de pied qui le fit retomber sur le lit. Après quoi, Bond lui sauta dessus et attrapa à nouveau la main au pistolet. Cette fois, sa prise était solide. Doté d'une force supérieure, Bond obligea la main à sc retourner pour que le pistolet soit braqué sur la propre tête de Kaufman.

« Attendez », dit l'homme. « Ne me faites rien. Je suis un professionnel, rien de plus, je fais mon travail. »

« Moi aussi », dit Bond.

Le coup de feu partit et le crâne du docteur Kaufman explosa en une bouillie sanglante.

Bond se redressa. La plupart du temps, Bond n'aimait pas donner la mort. Il s'était vu forcé de le faire néanmoins, à quelques reprises, au cours de ses missions. Il n'avait eu que très peu l'occasion d'être ainsi obligé de tuer un homme de sang-froid. Bond accomplissait alors toujours sa tâche avec compétence et efficacité, mais n'y prenait pas le moindre plaisir. À quelques reprises au cours de sa longue et brillante carrière, il avait éprouvé une véritable satisfaction à supprimer quelqu'un qui, il en était persuadé, avait mérité son sort. C'était le cas aujourd'hui. Cela n'allait pas ramener Paris à la vie, mais il avait d'une certaine manière partiellement rétabli le score en sa faveur.

Il lâcha le pistolet, essuya le sang qui lui avait giclé au visage, du bout de la veste de Kaufman, puis s'avança vers le lit pour jeter un dernier coup d'œil à Paris. Le cœur lourd, il se pencha sur elle et déposa un doux baiser sur ses lèvres.

Des coups très lourds furent alors assenés sur la porte. Les deux agents de police de Hambourg sur le seuil lui crièrent en allemand d'ouvrir la porte. Le temps qu'ils la fracturent, la suite était vide, à l'exception des deux cadavres.

Bond venait de sauter par-dessus la rambarde du balcon. Il n'eut qu'un bref saut à exécuter pour atterrir sur le balcon de l'étage inférieur, et un autre encore pour rejoindre le toit du garage à l'arrière de l'hôtel.

Stamper, au travers de ses jumelles, suivit la fuite précipitée de Bond. Il se mit rapidement à parler dans son talkie-walkie.

Bond fonça vers l'escalier partant du toit, pour atteindre la rampe qui menait à sa voiture. Il se figea en apercevant les agents de sécurité de CMGN qui tentaient toujours de pénétrer dans la BMW. Il sortit alors son téléphone et appuya sur un des boutons.

Un épais nuage de gaz lacrymogène fusa de la voiture, enveloppant les gardes. Ils hoquetèrent et toussèrent, tout en s'éloignant du véhicule. D'autres hommes de main, postés un peu plus loin, s'aperçurent de la présence de Bond et sortirent leurs armes. Bond appuya sur un autre bouton de son téléphone cellulaire et la BMW fit rugir son moteur.

Tous phares allumés, la voiture dérapa en bondissant de son emplacement de parking, en marche arrière, obligeant les gardes à s'écarter. Elle changea alors de vitesse, pour enclencher la marche avant et se précipita vers Bond à l'instant où les autres ouvraient le feu. Bond plongea pour s'abriter derrière la carrosserie pare-balles du véhicule.

Un projectile vint ricocher dangereusement près de lui. Bond fit volte-face pour découvrir qu'un autre garde approchait, en descendant la rampe que Bond venait d'emprunter. Il ouvrit la portière la plus proche de lui, et sauta sur la banquette arrière, tandis que les balles frappaient la voiture dans un fracas métallique.

En se servant du dispositif de commande à distance, Bond réussissait à voir l'avant de la voiture sur le minuscule écran de contrôle de son téléphone. Il lança la BMW en avant et la fit s'engager sur la rampe, sans bouger de sa place, allongé sur la banquette arrière.

La BMW força les gardes à bondir de côté pour s'écarter de son chemin, tandis qu'elle fonçait sur la rampe. Bond profita de cette opportunité pour prendre place sur le siège avant, alors que le véhicule continuait de rouler à toute vitesse. Il mit en marche le système GPS situé sur le tableau de bord, qui afficha instantanément la route que devait suivre la voiture pour sortir du garage. À l'aide de ce dispositif, il réussit à anticiper les virages et les obstacles avant même de les apercevoir devant lui. La carte électronique lui apprit qu'un véhicule arrivait derrière lui, lancé dans une folle poursuite.

Quelques secondes plus tard, Bond vit la berline noire dans son rétroviseur. Des hommes se penchaient de part et d'autre du véhicule, pour tirer des coups de feu dans sa direction. L'un d'eux brandissait une mitraillette MP5K de 9 mm, crachant ses balles sur la BMW.

Bond emprunta sèchement un virage de la rampe, puis tendit la main pour appuyer sur un interrupteur du tableau de bord. Une petite cloison s'ouvrit à l'arrière de la voiture, d'où sortit un flot de pointes métalliques.

La berline suivit le virage et roula sur les pointes, ce qui d'un seul coup fit éclater les quatre pneus. Cette quadruple explosion eut pour résultat de lancer la berline contre un mur. Son pare-brise se fendilla en une vaste toile d'araignée, sous le coup de tête d'un des occupants.

Bond éprouva une certaine allégresse au volant de sa BMW. Dotée d'un moteur SOHC V12, de 5 litres 4, et d'une puissance de 322 chevaux, cette voiture atteignait les cent kilomètres à l'heure en 6 secondes 6 dixièmes. En plus des modifications particulières apportées par Q, la BMW était équipée de jantes en alliage léger et garnies d'enjoliveurs à rayons, de phares halogènes, de sièges en cuir et de deux airbags.

La BMW poursuivit son chemin jusqu'au niveau inférieur. Une seconde berline apparut alors à l'angle de la rampe, venant du bas et fonçant vers la BMW. Bond fit sauter un autre des interrupteurs du tableau de bord.

Une fusée partit de l'avant de la voiture, écartant la berline du passage en la faisant voler dans les airs. Elle alla cogner le plafond et se retourna, en retombant sur une rangée de voitures garées.

Bond continua jusqu'au rez-de-chaussée, et fila vers la sortie. Soudain, les grilles d'acier commencèrent à se baisser, pour lui barrer la route.

Bond accéléra, en appuyant une seconde fois sur l'interrupteur dont il venait de se servir. Une nouvelle fusée partit frapper les grilles d'acier. Mais l'impact ne fit que les cabosser légèrement !

Il écrasa la pédale de frein et braqua le volant, pour déraper sur 180°. L'arrière de la voiture alla heurter les grilles. Il s'en était fallu de peu. Il ne restait plus d'autre solution que de repartir vers le garage.

Les gardes s'étaient rassemblés derrière les pointes d'acier que Bond avait semées au passage. À présent, ils n'allaient plus le rater, songèrent-ils. Ils braquèrent leurs armes en entendant la BMW qui revenait vers eux.

La voiture fonça à toute allure vers le niveau où ils se

trouvaient, et Bond n'hésita pas à rouler au beau milieu des pointes de métal. Les pneus éclatèrent, mais la voiture continua imperturbablement, car les pneus se regonflèrent automatiquement ! Un autre des petits gadgets de Q venait de lui sauver la vie. Les gardes suivirent la scène d'un air incrédule, avant de réagir en ouvrant le feu dans la direction de Bond.

La voiture fonça pour escalader la rampe, obligeant les gardes à s'écarter une fois de plus.

Stamper se mit à crier dans son talkie-walkie, lorsqu'il entendit ce qui se passait dans le garage. Un de ses hommes, posté au quatrième niveau, accusa réception des ordres et ouvrit rapidement une grande caisse d'acier. Il en sortit un lance-roquettes portable, garni de son projectile, et alla se placer juste derrière la rampe menant au cinquième étage. Il pointa le lance-roquettes vers l'endroit où Bond devait apparaître, prêt à appuyer sur la détente dès qu'il verrait la voiture. Sans se douter de ce qui l'attendait, la BMW continua de grimper la rampe à toute vitesse, et emprunta le virage pour foncer vers le tireur. L'homme régla une dernière fois sa visée avant de faire feu.

Bond aperçut l'homme à l'autre bout de la rampe devant lui. Le dispositif GPS du tableau de bord s'alluma, et une voix électronique annonça, en allemand : « Attaque de roquette. Tournez à droite s'il vous plaît. »

C'est uniquement grâce à ses réflexes que Bond réussit à tourner rapidement le volant dans cette direction. La roquette frôla la voiture avant d'aller faire exploser une Jaguar garée à proximité, tandis que la BMW de Bond disparaissait vers l'étage supérieur, sous le nez du tireur.

Les gardes sautèrent à bord de deux nouvelles berlines pour se lancer à sa poursuite.

Dès que sa voiture eut atteint le cinquième niveau, où ne se trouvait aucun des gardes, Bond ralentit et ouvrit sa portière. Il manipula le cadran du coffre, ouvrit le compartiment secret, et se saisit de la boîte rouge. Après quoi, il sauta du véhicule, effectua un roulé-boulé, et alla se mettre à l'abri derrière deux véhicules rangés à proximité. Il se servit de sa télécommande pour obliger la BMW à poursuivre sa route, le long de la rampe montant vers le toit. Les deux berlines passèrent ensuite, lancées dans leur chasse. Les hommes à bord ne remarquèrent pas qu'il ne se trouvait plus dans la voiture.

Bond appuya sur un bouton de la télécommande, libérant des grenades à flash magnétique, qui tombèrent de l'arrière de la BMW. La première berline explosa de façon spectaculaire, tandis que la seconde lui fonçait dessus dans un grincement de métal tordu.

La BMW se retrouva sur le toit du bâtiment et fila droit vers la rambarde. Bond augmenta la vitesse, puis vit la grisaille envahir l'écran de son téléphone.

La voiture venait de percuter violemment la rambarde avant de voler par-dessus le toit du grand garage. Elle fila dans l'air, dégringola de la hauteur des six étages et alla s'écraser sous les fenêtres du bureau d'Avis Rent-a-car.

La rue fut soudain envahie d'une activité fébrile – des passants poussaient des cris et s'enfuyaient, des voitures s'arrêtaient au beau milieu de la chaussée, et des sirènes se firent bientôt entendre dans le lointain.

Arrivés sur le toit du garage, les gardes de CMGN descendirent rapidement de voiture pour aller se pencher dans la brèche de la rambarde. Ils découvrirent l'épave de la BMW tout en bas. Mais où était donc passé le conducteur ? Que diable était-il arrivé ?

Bond referma son combiné téléphonique, le glissa dans sa poche au côté de la boîte rouge, puis descendit discrètement les escaliers du garage. Il émergeait dans la rue au moment où la police débarquait sur les lieux. Des curieux s'amassaient déjà dans les environs. Une femme portant une veste de chez Avis se tenait parmi eux.

Bond s'avança vers elle et sortit son contrat de location de sa veste. Il le tendit à la femme, en déclarant : « J'ai laissé les clés sur le tableau de bord. »

Puis il s'en alla, la laissant éberluée.

Depuis le sommet de l'immeuble situé de l'autre côté de la chaussée, Stamper, grâce à ses jumelles, aperçut Bond qui quittait les lieux. Il ne pouvait rien faire pour l'en empêcher. Aucun de ses hommes ne répondait aux appels qu'il lançait dans son talkie-walkie.

Merde ! Il allait devoir envoyer un mauvais rapport à son patron, et il détestait ça.

9
CARVER

Elliot Carver se fourra six cents milligrammes d'ibuprofen au fond de la bouche et avala les comprimés à l'aide d'une gorgée de gin. L'ennui avec les voyages en avion, c'était qu'il lui fallait bâiller et mâchonner du chewing-gum pour se dégager les tympans – deux choses qui ne faisaient qu'aggraver la douleur dans ses mâchoires. Il ferma les yeux et se frotta les joues des deux mains. Ses muscles faciaux étaient tendus et aussi durs que de la pierre.

Carver et son entourage immédiat volaient à bord d'un jet privé 125 Corporate 800B de la British Aerospace, dont il se servait d'ordinaire pour relier l'Allemagne à Saigon. Le voyage était affreux, mais il l'avait déjà accompli à de nombreuses reprises. Il comptait habituellement sur l'escale de Bombay pour respirer un peu. L'appareil venait d'entrer dans l'espace aérien indien.

Penché au hublot pour observer les nuages flottant dans le ciel bleu éblouissant, Carver essayait de prendre le dessus sur un certain sentiment de mélancolie qui l'avait envahi. Elle était partie... Sa femme était partie. Il n'éprouvait bizarrement pas grande tristesse, quels que soient ses efforts pour y parvenir. Peut-être en fin de compte avait-elle réussi à le fatiguer. Il n'avait pas eu autant de difficulté qu'il l'avait cru, au moment de prendre la décision de laisser Stamper s'occuper d'elle.

Sans parler du fait qu'il s'agissait d'une salope, d'une menteuse et d'une traîtresse, qui avait couché avec l'ennemi.

Carver écarta froidement Paris de ses pensées et de son cœur. Elle avait été merveilleuse, aux beaux jours de leur relation, mais cette époque n'avait pas duré très longtemps. Il l'avait épousée pour sa beauté et en raison de leurs accointances sexuelles. Il trouverait une autre femme pour la remplacer. Elliot Carver n'avait que l'embarras du choix. Après tout, il était en bon chemin pour devenir l'homme le plus puissant du monde.

Si seulement son père pouvait voir ce qu'il était devenu, songea-t-il. Lord Roverman, ce parfait salaud... Puisse-t-il rôtir en enfer...

De nombreuses années plus tôt, Carver s'était entendu dire par un pédopsychiatre qu'il faisait un complexe au sujet de son père. C'était la raison pour laquelle il se comportait si mal à l'école et martyrisait les plus jeunes enfants. Il avait été privé d'affection. À cette époque, il ne pouvait comprendre ce que cela avait à voir avec son père. Il n'avait même jamais *vu* son père. Son père affirmait que son fils n'existait pas. Carver avait dû obliger le vieil homme à s'intéresser à lui, mais la chose n'était arrivée que beaucoup plus tard.

Carver comprenait à présent l'analyse du psychiatre. Il parvenait à l'appréhender, maintenant qu'il était adulte et avait acquis de l'expérience. Il réussissait à comprendre que le fait de n'avoir jamais connu sa véritable mère avait eu un impact sur son développement émotionnel. Il parvenait à saisir sans problème l'idée que sa soif actuelle de pouvoir, de célébrité et d'argent était une manière pour lui de se venger du père qui l'avait engendré et abandonné tout aussi tôt.

Bon Dieu, songea Carver, cet homme avait tout bonnement confié le petit Elliot à une famille de pauvres Chinois. Il leur avait octroyé la mirifique somme de cinquante livres pour prendre soin de l'enfant indésirable. Et dire que sa femme – feu sa femme – lui demandait à tout bout de champ pourquoi il était si « amer ».

« Pourquoi te montres-tu toujours si grognon? » demandait-elle avec cet accent de la Nouvelle-Angleterre.

« Et toi, pourquoi te montres-tu toujours si salope? » voulait-il rétorquer. Ce qu'il avait fini par faire, en perdant son sang-froid lors d'une certaine nuit. La première fois où il l'avait frappée. Elle ne l'avait ensuite plus jamais traité de « grognon ».

Il en rejetait l'entière faute sur son père. Pourquoi pas? Il jouait à merveille le rôle de bouc émissaire. Pour la première fois depuis longtemps, les pensées d'Elliot Carver remontèrent jusqu'aux funestes événements de l'année 1974.

Il était alors jeune présentateur télé à Hong Kong. Elliot Carver était devenu un genre de célébrité au sein de la colonie britannique. Il était considéré comme quelqu'un de très beau, et il avait reçu le surnom d'empereur des ondes. Quatre années avant de franchir la barre de la trentaine, Carver avait depuis longtemps déjà quitté la famille chinoise qui l'avait élevé, pour se mettre à voler de ses propres ailes. Il habitait alors dans un modeste appartement de l'île, dans le district de Wanchai.

Les femmes n'avaient jamais été un problème, même s'il les trouvait fatigantes au bout d'un certain temps. Il n'avait jamais gardé une petite amie régulière pendant très longtemps, et n'avait aucune envie de se voir marié. Les filles étaient cependant toujours à sa disposition. Sa présence à la télévision et son statut de célébrité naissante le lui garantissaient. Il se servait des femmes, et parfois ne se comportait pas très bien envers elles. Il avait vécu un moment difficile lorsque l'une des filles de l'équipe des secrétaires de la chaîne l'avait accusé de harcèlement sexuel, mais c'était bien longtemps avant que ce genre de charge ne soit pris au sérieux. On obligea la fille à retirer sa plainte, ou bien à se trouver un autre endroit pour travailler. Elle décida de quitter Hong Kong.

Carver avait appris la vérité concernant ses vrais parents à l'âge de quatorze ans. Sa famille adoptive n'abordait jamais le sujet, mais un jour, c'était Elliot lui-même qui leur avait posé la question. Après tout, ils étaient chinois, et pas lui. Ils lui révélèrent en fin de compte que sa mère était morte en le mettant au monde. Son père, incapable d'élever Elliot seul, les avait alors persuadés de l'adopter. Il fallut encore quelques années pour que Carver ne découvre l'entière vérité. Face à son père adoptif, allongé sur son lit de mort, Elliot avait exigé de tout savoir. Le vieil homme lui avait finalement raconté ce qui avait effectivement eu lieu – qu'ils n'avaient reçu que quelque cinquante livres, somme dont ils avaient à l'époque grandement besoin – tout en acceptant de promettre de ne jamais lui révéler qui il était vraiment.

« Qui était mon père ? » avait encore voulu savoir Carver.

Lord Roverman. *Le* Lord Roverman. Propriétaire d'une douzaine de journaux en Angleterre. Lui et Lady Roverman avaient deux grands enfants. Lord Roverman, un membre puissant du parti conservateur.

De plus amples enquêtes concernant sa mère lui apprirent qu'il s'agissait d'une Allemande travaillant comme prostituée dans le district de Wanchai, où Carver logeait à cette époque. La pauvre femme était morte de douleur, en mettant Elliot au monde. Lord Roverman cherchait alors à accroître son empire de presse à Hong Kong et se trouvait dans la colonie depuis une bonne année. Il avait trompé son épouse, couché avec une prostituée, qui s'était retrouvée enceinte de ses œuvres. Roverman se trouvait présent à la naissance d'Elliot et, après la mort de la femme, il avait réglé les détails de l'adoption du nouveau-né.

Le fait d'apprendre tout cela plongea Elliot Carver dans un abîme de dépression. Il avait eu une enfance agitée, considéré comme indiscipliné en classe. Des ennuis avec la justice s'ensuivirent inévitablement, si bien qu'il avait été obligé de se soumettre à un conseil psychopédagogique. La dépression continua de se faire sentir jusqu'à l'âge de vingt et un ans. À cette époque, il terminait, à sa grande surprise, une formation en journalisme télévisé. Il passa une audition pour obtenir un poste dans une chaîne de l'île et fut engagé pour présenter les bulletins météo. Moins d'une année plus tard, il était promu présentateur vedette.

Elliot Carver avait fini par trouver le domaine dans lequel il était bon. Ses cinq premières années de travail s'étaient révélées fructueuses à tous égards, mais il commençait à avoir des fourmis dans les jambes. Il n'était plus satisfait de sa carrière. Il pensait très souvent à son père et aux énormes opportunités de richesse et de travail qu'il représentait de par sa position. Pourquoi ne pourrait-il pas profiter de l'empire édifié par son père? Que ne pourrait-il donc pas faire, lui, Elliot Carver, avec une puissance comme celle-là? Il pouvait parfaitement réussir à donner naissance à quelque chose de plus gros, de plus puissant et de plus important.

Obsédé par l'idée de rencontrer son père et de lui apprendre le succès remporté par le fils qu'il avait choisi d'oublier, Carver s'embarqua pour l'Angleterre en 1974. Il n'avait pas averti le vieil homme de son arrivée, cet homme à qui il n'avait même jamais parlé.

Elliot connaissait un Allemand établi à Hong Kong, du nom de Hans Kriegler. Kriegler, élancé et vif, avec l'apparence d'une belette, travaillait dans un bar fréquenté par les soldats et les marins. Un certain aspect miteux de l'endroit suggérait que ce bar était le lieu d'activités criminelles clandestines. Elliot s'était retrouvé dans ce bar pour diverses raisons, en grande partie liées à ses relations féminines, et y passait de temps à autre pour y prendre un verre. Il avait fait la connaissance de Kriegler, qui travaillait à la « sécurité ». En vérité, Kriegler était un escroc. C'était un voleur et un contrebandier – admirables compétences que l'homme avoua sans problème –, ainsi que sans doute un assassin. Kriegler n'avait jamais admis cette dernière facette de sa personnalité, mais avait laissé entendre qu'il était capable d'actes comme ceux-là. Carver l'avait cru. De son côté, Kriegler appréciait l'idée d'être l'ami d'une célébrité de la télévision.

Avant de s'embarquer pour Londres, Elliot Carver avait demandé de l'aide à Kriegler. Connaissait-il quelqu'un en Angleterre? Était-il possible que, d'une façon ou d'une autre, Kriegler l'aide à retrouver son père? Avait-il une idée concernant la manière d'agir?

Kriegler avait soutiré toute l'histoire de la bouche de Carver, et s'était mis à y réfléchir. « Est-ce que tu as pensé au chantage? » avait-il demandé. L'Allemand avait échafaudé un plan pour Carver et lui avait donné le nom d'une personne sur place.

Lorsque Carver débarqua en Angleterre, il se dit qu'il pouvait tenter de prime abord l'approche directe. Il se présenta dans les bureaux de Lord Roverman et s'annonça. Il demanda à parler à son père, ce à quoi la secrétaire répondit : « Lord Roverman n'a pas de fils. Vous faites sans doute erreur. » Carver griffonna une note où il disait : « Votre fils Elliot de Hong Kong est ici pour vous rencontrer. » Il la remit à la femme, en lui demandant de la transmettre à son patron. Dix minutes plus tard, il se voyait introduit dans le bureau personnel de Lord Roverman.

Son père n'était pas tel que Carver s'y était attendu. Il semblait d'apparence plus frêle que le suggéraient ses photographies. Il était également plus vieux que ne l'imaginait Carver. Il s'avança dans la pièce en s'aidant d'une canne, alla s'asseoir au bord du bureau et demanda : « Que veux-tu? »

Pas de « bonjour ». Pas de « Je suis content de te voir, mon fils. » Rien de tout cela.

« Ce que je veux? » demanda Carver. « J'ai fait tout le voyage jusqu'ici pour vous rencontrer! »

Lord Roverman eut l'air mal à l'aise. « À présent que nous nous sommes rencontrés, que veux-tu? »

« Qu'est-ce qui vous fait penser que je veux quelque chose? » déclara Carver.

Roverman se pencha, avant de dire : « Ma femme et mes filles ne doivent pas être averties de ton existence, est-ce que tu m'entends ? Personne ne doit être au courant. Cela pourrait causer ma ruine. Et maintenant, que dirais-tu de recevoir mille livres de ma part, pour retourner à Hong Kong et ne jamais plus revenir ? »

Carver bouillait de rage. « Vous croyez donc qu'il vous suffirait de balancer un peu d'argent dans l'air pour vous débarrasser de moi une fois encore ? Je suis désolé, *père*, mais ce ne sera pas aussi facile cette fois-ci. »

Carver se leva et quitta aussitôt la pièce. Ce fut la dernière fois où il eut l'occasion de voir l'homme en vie.

Hans Kriegler avait mis Carver en contact avec un autre ressortissant allemand, escroc de son état lui aussi, simplement connu sous le nom de monsieur Schnitzler. La carrière de cet homme comprenait également des épisodes des plus douteux, et son moyen de subsistance était alors vraisemblablement fondé sur le maquillage de bijoux volés. Un jeune garçon, allemand lui aussi, dénommé Stamper, habitait en compagnie de Schnitzler à cette époque. Carver avait immédiatement été frappé par l'étrangeté de ce Stamper. Il n'était pas tout à fait... normal. Ce garçon ne possédait manifestement pas toutes ses facultés ; mais il émanait cependant de lui une sorte d'aura qui effrayait Carver. C'était de la méchanceté pure qui passait dans son regard, et Carver n'avait jamais oublié ça.

Schnitzler avait confié à Stamper la tâche de suivre Lord Roverman pendant quelques jours. Le gamin était revenu porteur d'une information plutôt intéressante. Il semblait que ce bon magnat de la presse possédait une épouse à Mayfair et une maîtresse à Soho. Quelques clichés avaient été pris de Roverman entrant et sortant du domicile de cette autre femme.

Carver se dit que c'était un bon début, mais que, d'une certaine façon, cela n'était pas suffisant. Il voulait obtenir quelque chose de vraiment scandaleux. Pouvaient-ils donc en apprendre davantage, à partir de cette maîtresse ? Est-ce que Roverman faisait preuve de penchants… anormaux?

Schnitzler se mit au travail sur la maîtresse, une barmaid de bas étage, prostituée occasionnelle dont la loyauté envers Roverman possédait ses limites. Il suffit de lui proposer une somme d'argent conséquente, et elle accepta de collaborer sans problème. Pour six cents livres, elle permit à Schnitzler et Stamper d'installer chez elle une caméra cachée. Elle leur assura qu'ils allaient ainsi sans doute surprendre le noble lord dans des occupations qu'il souhaiterait ne jamais voir révélées au grand jour.

Lorsque Lord Roverman se présenta pour sa visite hebdomadaire, le jeune Stamper se trouvait dissimulé dans le placard de la chambre. Il avait déjà eu l'occasion d'assister en direct à quelques actes sexuels dans sa courte vie, mais qui n'étaient rien comparés à la scène qu'il découvrit alors. Lord Roverman aimait revêtir l'uniforme d'une collégienne et se faire administrer la fessée par sa maîtresse obéissante. Non seulement des photographies couleur furent prises à cette occasion, mais dix minutes d'un film 8 mm furent également tournées. À l'époque déjà, Stamper faisait preuve d'un réel talent pour immortaliser sur pellicule les événements singuliers.

Schnitzler téléphona au bureau de Lord Roverman la semaine suivante. Il fallut quelque temps pour entrer en contact avec l'homme lui-même, mais dès l'instant où il eut le magnat de la presse au bout du fil, l'Allemand n'y alla pas par quatre chemins.

« Oh, salut, Roverman », commença Schnitzler, en omettant le titre honorifique. « Je voulais simplement vous faire savoir que nous sommes en possession de quelques photos compromettantes, qui vous montrent en compagnie de cette jeune femme de Soho. Voyons voir, elle a des cheveux roux et un cul beaucoup plus gros que celui de votre chère épouse… Vous voyez de qui je veux parler, non? »

Le cœur de Lord Roverman se mit à battre la chamade. Tout ce qu'il put articuler, ce fut : « Oui. »

« De toute manière, je suis sûr que vous ne tenez pas à

ce que ces photos arrivent dans les mains de votre femme, n'est-ce pas ? »

« Non. »

« Eh bien, alors, nous allons nous assurer qu'une chose pareille n'arrivera pas. Oh, j'oubliais presque – nous avons un petit bout de film, également. Une dizaine de minutes environ. Comment avez-vous réussi à trouver un uniforme de collégienne de cette taille ? Vous avez dû faire fabriquer ça sur mesure, non ? »

Cette fois, le lord ne répondit rien.

« Oh, bon, ce n'est pas très important », reprit Schnitzler. « Écoutez, on reste en contact, d'accord ? »

Il raccrocha aussitôt. Carver se tenait assis devant lui, en attente de la réaction.

« Voilà qui va lui donner à réfléchir », dit Schnitzler. « On va le laisser mariner quelques jours, après quoi nous le rappellerons. »

« Et s'il fait appel à la police ? » s'enquit Carver.

« Il ne le fera pas. »

Ils patientèrent une semaine. Lord Roverman vaquait à ses occupations, mais l'appel téléphonique tourmentait cruellement ses pensées. Il n'arrivait plus qu'à peine à regarder son épouse en face, car il savait que la révélation de ses infidélités lui porterait un coup terrible. Lorsque le coup de fil suivant arriva enfin, Roverman reconnut la voix de celui qui appelait et demanda : « Qu'est-ce que vous voulez ? »

« Ce qu'on veut ? Qu'est-ce qui vous fait croire qu'on veut quelque chose ? » répliqua Schnitzler.

« Vous voulez certainement quelque chose, sans quoi vous n'auriez pas fait tout ça. »

« Mon cher monsieur, ce serait du chantage. »

« Si ce n'en est pas, de quoi parlons-nous ? »

« Il n'est pas question de chantage. Nous tenons simplement à nous assurer que ces photos et ce film ne tomberont pas aux mains de la presse. »

« La presse ? » Lord Roverman éprouva cette fois une

réelle inquiétude. « Je croyais que vous menaciez de les montrer à mon épouse. »

« Mais, sir, si la presse les obtient, votre épouse les verra elle aussi, n'est-ce pas ? »

« Espèce de salaud », dit calmement Roverman.

Aucune demande ne fut formulée, pas plus cette fois que la première. Schnitzler raccrocha et se tourna vers Carver.

« Retournez à Hong Kong. Pour que l'affaire marche, il va falloir attendre un peu. Il est préférable que vous ne soyez plus en Angleterre jusque-là. »

Ainsi donc, Carver reprit le chemin de Hong Kong et son travail de présentateur télé, pendant que Schnitzler et son jeune assistant Stamper travaillaient Lord Roverman, jusqu'à ce que le vieil homme accepte d'hypothéquer son avenir. Des instructions lui parvinrent sous enveloppe, sans adresse ni autre inscription. Lord Roverman était invité à rédiger un nouveau testament. À sa mort, l'unique héritier de l'ensemble de son empire de presse devait être son fils illégitime Elliot Carver. Une preuve de ces nouvelles volontés devait être envoyée à une certaine boîte postale, dans la semaine à venir.

Voilà donc ce qu'il en est, songea Roverman. Son péché de père avait fini par revenir le hanter.

Roverman fit ce qu'on lui demandait. La vérité concernant l'indélicatesse qu'il avait commise à Hong Kong serait sans doute portée au grand jour, mais au moins les autres affaires resteraient-elles secrètes. Le prix n'était pas si exorbitant à payer, au bout du compte, réfléchit-il. Après tout, lorsque le jeune Carver hériterait des affaires, il serait mort, quant à lui ! Pourquoi s'inquiéterait-il de ce qui arriverait alors ?

Schnitzler reçut copie des dernières volontés de Roverman et ferma aussitôt la boîte postale. Il informa Carver à Hong Kong que l'affaire était conclue.

« Très bien. Passez à l'étape suivante », ordonna Carver.

« Vous vous souvenez des accords financiers que nous avons conclus ? » lui demanda Schnitzler.

« Bien évidemment. Mais je ne pourrai pas vous payer ce

que je vous dois tant que je n'aurai pas le contrôle des opérations, vous me comprenez ? »

Schnitzler fit à nouveau travailler le jeune Stamper. Pour la seconde fois, ils soudoyèrent la maîtresse, que Roverman avait cessé de fréquenter. Ils voulaient qu'elle reprenne contact avec le lord pour lui demander de venir la voir une dernière fois. Lord Roverman se montra hésitant, mais la femme lui promit quelque chose de « spécial ». La tentation était si grande que Roverman accepta.

Stamper était caché dans l'appartement lorsque Lord Roverman arriva. La porte d'entrée se trouvait bizarrement entrebâillée. Roverman pénétra dans le logis, en appelant la femme. Il n'obtint aucune réponse. Il prit le chemin de la chambre et découvrit le corps de sa maîtresse étranglée, allongé sur le lit.

Avant qu'il ait pu s'enfuir, horrifié, Stamper avait surgi derrière lui, pour lui appuyer un revolver dans le dos.

« Retournez-vous », dit le garçon.

Roverman ne pouvait articuler un mot. Il fit ce qu'on lui demandait.

Stamper déposa son arme sur le lit derrière le vieil homme et déclara : « Le patron pense qu'il ne serait pas bon pour votre réputation que vous soyez impliqué dans le meurtre de cette femme. Vous avez déjà laissé vos empreintes sur la porte d'entrée. Nous détenons la preuve que vous aviez l'habitude de la fréquenter. On pourrait faire savoir à la police qu'elle avait l'intention de vous faire chanter à l'aide de photos et de films compromettants. Si vous pensez qu'il valait mieux que le monde n'apprenne pas que vous aimez vous déguiser en collégienne, qu'est-ce que vous croyez qu'il se passera lorsque tout le monde saura que vous êtes un assassin ? »

« Que comptez-vous faire ? » demanda Roverman.

« Je vais laisser l'arme ici, à votre intention », dit Stamper. À cet âge, il faisait déjà preuve d'un professionnalisme sans faille. « Elle contient une seule balle. Je vais attendre dans la pièce d'à côté. »

Stamper se détourna, avant d'ajouter : « Oh, n'essayez pas de me tirer dessus. Cela ne ferait qu'ajouter un meurtre à la liste de vos crimes. »

Stamper passa dans le salon, ôta ses gants, et s'installa dans un fauteuil en ouvrant un magazine masculin. Dix minutes plus tard, il entendait le bruit d'un coup de feu dans la chambre.

Les officiers de police à qui fut confiée l'enquête étaient des amis personnels de Roverman, si bien qu'ils réussirent à empêcher certains détails de filtrer dans la presse. Tout ce qui fut annoncé, c'était que Lord Roverman s'était donné la mort dans un appartement occupé par une femme ayant « disparu ». La maîtresse s'avéra être une prostituée dépourvue de famille, si bien que son assassinat ne fit aucune vague.

Elliot Carver fut averti de son héritage dans le mois qui suivit. Il s'embarqua pour Londres et, tout en exprimant sa douleur et son désarroi, reçut l'ensemble des documents légaux et la responsabilité de sa nouvelle fortune de la main des avocats de Roverman. Il rencontra brièvement sa belle-mère et ses demi-sœurs. Elles ne comprenaient pas le moins du monde pourquoi Roverman avait modifié ses dernières volontés et confié l'ensemble de sa fortune à un fils qu'il n'avait jamais évoqué jusque-là. Elles contestèrent cette décision, mais les tribunaux statuèrent en faveur de Carver.

Elliot Carver devint ainsi l'un des plus riches magnats de la presse avant l'âge de trente ans. Ce ne fut plus qu'une question de temps pour qu'il jette alors les bases d'une entreprise globale de communications et de médias, et fonde ainsi le Carver Media Group Network.

Il s'était rendu compte, suite à cela, que le pouvoir était ce qu'il appréciait par-dessus tout. Ce n'était que récemment qu'il avait compris que la meilleure manière d'obtenir cette toute-puissance consistait à manipuler les informations. C'était le moyen idéal qui allait lui permettre d'accroître les bénéfices de sa société et sa fortune personnelle. Catastrophes, émeutes et affrontements politiques constituaient les gros titres des journaux du groupe Carver et les plus forts taux d'écoute de Carver Television. Grâce aux intenses efforts de promotion du nouveau dessin animé de la Carver Film, au travers de l'ensemble des médias du groupe, plus aucun parent sur la terre n'était épargné par la culpabilité s'il n'emmenait ses enfants dans les magasins de jouets et les parcs de loisirs Carver. La société informatique Micro-Carver fournissait des produits chargés de virus qui obligeaient les utilisateurs à acheter les versions plus récentes de ces mêmes produits. Quant à la Carver Publishing, son fonds de commerce était constitué des meurtres de gens célèbres et d'overdoses de drogue.

Cela avait demandé un certain temps, mais Carver avait fini par démontrer que l'habileté à créer des informations, et à influencer ensuite la perception que le monde en avait, lui avait conféré la puissance d'un dieu.

L'avion entama sa descente vers Bombay, en vue d'une courte halte et d'un plein de carburant.

Carver se tourna pour observer Stamper. Ce crétin ronflait, affalé sur son siège. Sacré veinard, songea Carver. Il n'avait quant à lui jamais réussi à dormir en avion. Il enviait ceux qui y parvenaient, même les brutes aux cerveaux gros comme des petits pois qu'il avait engagées pour s'occuper des opérations de sécurité dix ans après les événements londoniens. Stamper s'était révélé utile dans pas mal d'occasions, même s'il n'était pas doté d'un Q.I. des plus respectables. Mais il fallait avouer que les talents plutôt particuliers de Stamper s'étaient montrés efficaces.

Stamper avait pourtant gâché les choses dans une large mesure, concernant l'affaire en cours. Cet espion, Bond, s'était immiscé dans les bureaux de la société, avait séduit sa femme et, plus grave encore, avait réussi à s'enfuir. Bond s'était tout simplement montré plus malin, voilà tout. C'était grâce à ça qu'il s'était échappé. Eh bien, songea-t-il, Elliot Carver est plus malin encore. Il aurait toujours un pas d'avance sur l'agent du MI6.

« Stamper ! » cria-t-il.

L'Allemand s'éveilla d'un bond. « Hein ? Quoi ? »

« Je sais exactement où va se rendre Bond », dit Carver. « Je veux que tu sois là pour l'accueillir. »

"TOMORROW NEVER DIES"
SCENE
329
SLATE
2
TAKE

10

DU CIEL À LA MER

L'hélicoptère Sea King SH-3 de l'U.S. Air Force dessina des cercles dans le ciel jusqu'à ce que le pilote reçoive l'autorisation d'atterrir. Cet engin, assemblé en Grande-Bretagne, obtient un succès considérable en tant que véhicule de transport d'équipes de secours et de hauts gradés. Il effectua une lente descente, pour aller finalement se poser sur une piste d'atterrissage mobile située à l'écart de la sphère d'activités principale de la base. Une escouade de M.P. de l'U.S. Air Force, ainsi que deux civils, se tenaient au garde-à-vous, dans l'attente du VIP se trouvant à bord de l'hélicoptère.

James Bond n'avait plus eu l'occasion de visiter le Japon depuis fort longtemps, et n'avait vu Okinawa qu'à une seule reprise. Il sauta du Sea King, vêtu d'un uniforme de la Royal Navy. Il possédait toujours le grade de capitaine de frégate, même s'il faisait officiellement partie des forces de réserve. Il rendit leur salut aux M.P., tout en tenant la boîte rouge de Gupta dans la main gauche.

Le sergent s'écria : « Repos ! »

L'un des civils, un grand type vêtu d'un costume qui hurlait son appartenance à la CIA, fit un pas en avant.

« Hé, Jim ! Ça fait une paie, mon vieux », dit-il, avec un solide accent du Sud américain.

Bond serra la main de Jack Wade. Ils avaient eu l'occasion de travailler ensemble dans le passé, en Russie. En dépit de l'idée répandue que le MI6 et la CIA ne s'accordent jamais très bien, Bond avait apprécié la collaboration avec son homologue américain. Son meilleur ami, Felix Leiter, avait lui aussi fait partie de la CIA. Ils avaient constitué une solide équipe, et Bond avait pu compter sur l'aide de Leiter même après son départ de la CIA pour s'engager dans l'agence de détective Pinkerton. Cela faisait un bon bout de temps que Bond ne l'avait vu, depuis que Leiter s'était plus ou moins retiré, pour se lancer en indépendant, quelque part au Texas.

Jack Wade, Texan lui aussi, sortait d'un moule différent de celui de Leiter. Grand et costaud, il ressemblait davantage au stéréotype du « bon vieux copain », ce qui avait le don d'énerver Bond de temps à autre. Ce qui était particulièrement agaçant, c'était l'insistance que mettait le bonhomme à l'appeler « Jim ». C'était un bon agent, cependant, et il possédait un épais carnet de relations. À une occasion bien précise, Wade était parvenu à le tirer d'une situation épineuse.

« Tu as réussi à l'amener jusqu'ici ? » lui demanda Bond.

« M m'a appelé en personne chez moi », dit-il avec le sourire. « J'étais honoré de lui rendre ce service. »

Il se tourna vers l'autre civil, un homme dans la quarantaine, et d'apparence délicate.

« Jim, je te présente le docteur Dave Greenwalt. C'est le chef du labo qui a mis tout ce machin au point. » Bond songea qu'il s'agissait de l'antithèse parfaite du docteur Kaufman de Hambourg. Le docteur Greenwalt n'aurait pas pu blesser une mouche, même s'il l'avait voulu. Ils échangèrent une poignée de mains.

« O.K., Dave, déballez-nous ça », déclara Wade en guise de commandement poli.

Dave lui jeta un regard comme si l'homme était fou. « Le déballer ? Ici ? Dehors ? »

Wade fit rouler ses yeux. « On est au beau milieu d'une base de l'U.S. Air Force et il y a vingt gardes armés autour de nous. Alors, je crois que ça ira. »

Le docteur hocha la tête, avant de se diriger vers le sergent. Celui-ci aboya quelques ordres et ses hommes se précipitèrent pour sortir un grand chariot d'un véhicule blindé rangé à proximité. Wade attira Bond à l'écart.

« Bon, Jim, je ne tiens pas à me montrer irrespectueux envers nos vaillants alliés britanniques », dit-il. « Mais qu'est-ce qui vous est passé par le crâne ? Vous n'avez pas réalisé que la Chine vous surpasse en nombre ? D'environ un milliard de personnes ? Et votre Navy, elle s'imagine qu'on est encore en 1863 ? Vous êtes allés flanquer six de vos petits rafiots riquiqui juste à côté de la base des MiG chinois ! »

« M a bien failli être virée quand elle a dit la même chose », fit Bond.

« Ah, voilà qui explique tout. » Wade eut un sourire plus large encore. « C'est vos propres dirigeants qui s'imaginent que vous êtes des menteurs et des idiots, et c'est pour ça qu'il faut que vous fassiez tout par vous-mêmes. Bon Dieu, c'est ce qui se passe tous les jours à la CIA. »

« Dis-moi, Jack... » reprit Bond.

« Ouais, Jim ? »

« Tu possèdes toujours ce tatouage sur le cul ? »

Wade lui lança un coup d'œil. Il n'était pas particulièrement fier de cette rose blanche tatouée sur sa fesse gauche, au-dessus du nom de sa troisième épouse, Muffy.

Le docteur Greenwalt s'adressa à eux. « Voilà, c'est prêt. »

Installé sur le chariot se trouvait un engin GPS, semblable à celui qui se trouvait à bord du *Devonshire*. À ses côtés, on voyait un coffre-fort. Le docteur Greenwalt ouvrit ce coffre et en sortit le dispositif ACSES, Atomic Clock Signal Encoding System. Il le déposa sur le chariot.

« Désolé de me montrer paranoïaque, mais il s'agit d'un de nos secrets les mieux gardés », dit le docteur Greenwalt. « Il n'en existe que vingt-deux au monde et... – AAAHHH ! »

Il avait crié comme s'il venait brusquement de voir un

serpent. Bond avait sorti son propre dispositif ACSES de la boîte rouge et l'avait balancé négligemment à côté de celui qui venait d'être tiré du coffre-fort.

« Seigneur, Jim ! » s'exclama Wade.

« Je vous présente le numéro Vingt-trois », fit Bond. « Cadeau de notre part à la CIA. Vous pouvez le garder, si tu arrêtes de m'appeler Jim. »

Après avoir encaissé le choc, le docteur Greenwalt installa les deux dispositifs ACSES sur l'engin GPS. Les deux autres jetèrent un regard par-dessus l'épaule au moment où s'allumait un écran vidéo. Deux cercles apparurent sur le moniteur, qui se recouvraient partiellement, mais qui ne concordaient pas exactement.

« Quelqu'un a trafiqué celui-ci. Regardez. »

« Est-ce que ça pourrait dérouter un navire ? » demanda Bond.

« Oui », dit Greenwalt. « Si ce signal était envoyé depuis un satellite. »

« Si je vous indique l'endroit où le navire croyait se trouver, lorsque le signal lui est parvenu, pourriez-vous me dire où il l'a effectivement reçu ? »

« Sans problème. »

« La marge d'erreur serait des plus réduites dans ce cas-ci. Disons, d'ici à l'extrémité de la piste d'envol. »

Cela faisait une quinzaine de kilomètres. Le docteur Greenwalt leva les mains en les écartant, comme quelqu'un qui voudrait indiquer la taille d'un poisson.

« Je peux vous garantir une distance entre là et là. »

« Voilà qui serait charmant », dit Bond. Il se tourna vers Wade. « Je... Comment dire ? J'aimerais vous demander encore une petite faveur. »

Le C-130 de l'U.S. Air Force cherchait à gagner de l'altitude dans le peu d'air dont il disposait encore juste sous le plafond. Il avait décollé d'Okinawa le matin et, dans la mi-journée, avait atteint l'espace aérien au-dessus du sud-est asiatique.

James Bond portait une combinaison de plongée, avec des palmes fixées sur la poitrine et un parachute sur le dos. Il était également équipé de deux appareils volumineux attachés à chacun de ses poignets – un altimètre et un récepteur GPS.

Un sergent de l'Air Force vérifia une nouvelle fois l'équipement de Bond, et hocha la tête, sous les yeux de Jack Wade, qui observait la scène les sourcils froncés.

« Seigneur », dit-il. « Comment as-tu réussi à m'embarquer là-dedans ? »

Le sergent déclara : « Ai-je oublié de vous faire savoir que la température est de trois degrés là dehors ? »

« Non, en vérité, vous n'avez pas oublié », fit Bond.

Le pilote annonça dans l'interphone : « Deux minutes ! »

« Et ai-je mentionné le fait que vous allez faire une chute de huit mille mètres ? » demanda encore le sergent. « Et qu'avec votre parachute s'ouvrant aux soixante mètres, vous allez heurter la surface comme un sac de ciment ? »

« Oui. En réalité, vous m'avez déjà dit tout cela plus d'une fois », répondit Bond.

« Je dois être cinglé », dit Wade. « Tu vas te tuer et je vais passer le reste de mon existence à témoigner devant le Congrès. Bon sang, il doit y avoir une meilleure solution. »

« Malheureusement non. Je dois éviter les radars des Chinois aussi bien que des Britanniques, et atteindre la mer juste entre leurs deux flottes. Un saut HALO est la seule manière d'y arriver. »

« Est-ce exact ? »

« Bien peur que oui », confirma le sergent. « Vous sautez au-dessus des radars et vous n'ouvrez pas votre parachute avant de vous retrouver au-dessous des radars. Le saut HALO – High Altitude Low Opening – a été imaginé pour ça. »

« Tu vois ? » dit Bond. Il adressa un sourire à Wade.

« Ce que je voudrais ajouter », reprit le sergent, « c'est que personne ne tenterait une manœuvre pareille, qui comporte quarante pour cent de chance de blessure grave, si ce n'était pas la seule solution. »

Le pilote déclara : « Une minute. »

« Et tu n'as jamais fait ça avant aujourd'hui ? » reprit Wade.

« Il faut une première à tout », fit Bond. Il ajusta son masque sur son visage et vérifia le détendeur.

« Et il y en a très peu qui tentent le coup une seconde fois », ajouta le sergent. « Même s'ils ne se noient pas ou ne se cassent pas la nuque à la première tentative. »

« J'ai un fichu mauvais pressentiment sur ce coup-là », se lamenta Wade. « Tu ne nous intenteras pas de procès, n'est-ce pas ? »

Le docteur Dave Greenwalt était occupé à régler l'engin GPS, à quelque distance. Il lança tout à coup : « Eh, je viens de trouver quelque chose. »

« D'accord ! Mauvaise position ! On rentre à la base ! » s'exclama Wade avec espoir.

« Non », reprit Greenwalt, en indiquant le moniteur. « La position est bonne. Voilà où le navire pense se trouver et voilà où il se trouve en réalité. Non, c'est juste une petite chose bizarre. »

« Trente secondes ! Mettez-vous en position de saut ! » annonça le pilote.

Le sergent aida Bond à prendre place près de la porte de saut, alors que Wade commençait à paniquer. « Alors, quoi ? De quoi s'agit-il ? »

« Eh bien, vous voyez cette petite île ? » demanda Greenwalt en pointant l'écran.

« Ouais ? »

« C'est là qu'il va sauter, entre la flotte britannique et la flotte chinoise... »

« Dix secondes ! » s'écria le pilote.

La grande porte arrière s'ouvrit, découvrant une stupéfiante vue de la terre. Ils se trouvaient à une altitude telle qu'on pouvait se rendre compte de la courbure du globe. Wade n'accorda aucune attention à cet incroyable spectacle.

« Crachez le morceau, nom de Dieu ! »

« Eh bien, techniquement parlant, ce sont des eaux territoriales. Mais pas chinoises. Vietnamiennes. »

« Le Viêt Nam ? » s'exclama Wade. « Il va sauter au Viêt Nam ? Est-ce qu'il y a des marques de l'armée américaine sur lui ? »

« Seulement sur le parachute », dit le sergent. Puis il réfléchit à la question. « Et sur les bouteilles. Oh, et aussi sur les palmes, et sur la combinaison sèche... » Ses paroles se muèrent en murmure, à mesure que son front se plissait tout autant que celui de Wade.

« Tu ne peux pas sauter ! » cria ce dernier à l'adresse de Bond. « Les Vietnamiens sont cinglés ! Pas besoin de dire de quoi ils sont capables !! Ils s'imaginent que Staline est toujours vivant ! Ils vont te capturer, te torturer, te rééduquer, t'obliger à expier tes crimes ! »

Le pilote terminait son compte à rebours. «... Deux... Un... Zéro ! »

Bond adressa un petit signe de la main à Jack Wade avant de sauter dans le vide. Wade ferma les yeux et se prit la tête dans les mains.

« Je parie que je vais me retrouver en prison pour ça », marmonna-t-il.

La manière habituelle de larguer des troupes aéroportées sur un site choisi se passe à basse altitude. Les parachutes s'ouvrent automatiquement, grâce à des filins, et ce à environ trois cents mètres du sol, si bien que les soldats tombent alors en étant complètement exposés, à la merci du feu de l'ennemi. Si l'appareil se présente à plus haute altitude, les sauteurs dérivent trop loin du point d'impact prévu. Le saut HALO est la réponse à ces problèmes. En volant à 20 000 pieds au-dessus de l'objectif, ou plus encore, les avions transporteurs évitent les faisceaux radars. Les parachutistes font appel à la technique de la chute libre pour assurer leur stabilité et pour se guider d'eux-mêmes jusqu'au moment d'ouvrir leurs parachutes. La corolle est déployée à une altitude dangereusement basse, et le sauteur prend contact très vite avec le sol.

Bond serra les bras contre la poitrine, tandis qu'il tombait comme une pierre à travers la mésosphère. La sensation était terriblement grisante. Il avait effectué de nombreux sauts au cours de son existence, mais rien de comparable à celui-ci. Il était parfaitement conscient des dangers encourus. Ainsi que l'avait mentionné le sergent à plusieurs reprises, Bond pouvait très bien se retrouver gelé à mort avant même de toucher l'eau. Ou bien se briser les jambes ou le cou en heurtant la surface des flots. Le minutage était crucial. Le parachute devait être ouvert à un moment bien précis. Sans quoi, s'il commandait le déploiement trop tôt, les radars le repéreraient aussitôt. S'il agissait trop tard, il faillirait à ses engagements envers le gouvernement de Sa Royale Majesté, et n'aurait pas de seconde chance – jamais plus.

Il portait une combinaison sèche DUI200 faite de Néoprène hautement résistant, prévu pour des conditions de température extrêmement froides. Mais même dans cette tenue, on aurait dit que le vent glacé parvenait à s'infiltrer dans son organisme à mesure qu'il chutait de plus en plus vite. Les combinaisons sèches sont plus chaudes que les combinaisons humides, car on porte généralement des sous-vêtements au-dessous de cette tenue. Bond portait en fait une combinaison qui lui fournissait une fine couche d'air entre sa peau et le vêtement, qui empêchait l'humidité de l'atteindre. En plus de cela, la capacité isolante de cette combinaison sèche restait constante, quelle que soit la profondeur. Cette tenue était complétée par de solides bottes et des gants de Néoprène, ainsi que par une cagoule de la même matière. Son équipement comprenait également : un dispositif de lest intégré, qui rendait inutile le port d'une ceinture lestée, grâce à la présence d'une masse de plomb dans le sac à dos ; un gilet de stabilisation SeaQuest Black Diamond en Nylon de 840 deniers ; deux bouteilles cylindriques en aluminium Dacor, contenant chacune 2,7 mètres cubes d'air comprimé à 3 200 kg/cm^3 ; un détendeur Dacor Extreme Plus, faisant appel à un système de demande d'air ; un masque Mares ESA pourvu de vitres sur la face, les côtés et le dessous, ce qui procurait un champ de vision très large ; des palmes Mares Plana Avanti ; un ordinateur de plongée SeaQuest/Sunto EON Lux à intégration d'air, qui évaluait la profondeur et calculait le laps de temps au cours duquel on pouvait rester à une profondeur donnée avant que la décompression soit requise, et indiquait également au plongeur à quelle allure il pouvait effectuer sa remontée. En plus de tout cela, Bond disposait également de l'objet qu'il emportait toujours lorsqu'il plongeait : sa vieille Rolex Submariner cabossée. Elle possédait un bracelet extensible qui permettait de la porter par-dessus les manchettes de latex de la combinaison sèche.

Bond gardait un œil sur l'altimètre qu'il portait au poignet. Il filait rapidement vers le zéro comme une montre qui remonterait à toute vitesse le cours du temps. Il jeta un bref regard au système GPS. Il présentait un viseur à croisée, sur lequel un point rouge clignotait très loin du centre.

007 manœuvra dans l'air, pour obliger son corps à se rapprocher du cœur de la cible. Le point rouge glissa lentement du bord vers l'intersection de deux fines lignes en croix, tandis que Bond franchissait la couche de nuages de l'atmosphère. Les nuages, aussi énormes que des buildings, émirent un souffle étouffé au moment où son corps les traversait.

Brusquement, les nuages s'ouvrirent, découvrant la vue éblouissante de l'océan bleu qui s'étendait tout en bas. Il semblait s'élever vers Bond à une vitesse ahurissante.

Le parachute s'ouvrit dans un grand clac, en flanquant une grande secousse à Bond. Il ralentit la chute, pour une seconde ou deux – puis Bond frappa les flots, les pieds en avant. Un énorme geyser d'eau signala son entrée dans l'océan. Il n'y avait âme qui vive ni navire en vue dans les environs, et nul n'aurait pu être témoin du saut.

L'eau ne semblait pas aussi froide que l'air se trouvant au-dessus. La sensation était franchement douce. Bond se débarrassa aussitôt du harnais de son parachute, tout en continuant de s'enfoncer dans les profondeurs. Son altimètre de poignet était déjà passé sous la barre des moins cent pieds.

Bond se retourna pour plonger tête la première. Puis roula sur le dos, en s'inclinant vers le bas, pour enfiler ses palmes. Se redressant, il poursuivit sa descente. Il régla son gilet de stabilisation, en tenant la valve d'inflation et de purge dans la main gauche au cours de la descente. Il pouvait ainsi à tout moment ajouter ou retirer de l'air dans le gilet. Bond se mit à respirer doucement, en équilibrant ses oreilles tous les soixante centimètres. Il contrôla l'allure de sa plongée vers les profondeurs en se basant sur la masse d'air que contenaient encore ses poumons, et maintint une flottaison neutre en lançant de courtes giclées d'air dans le gilet de stabilisation.

Il avait bu beaucoup d'eau en prévision du saut. La déshydratation est l'un des principaux facteurs liés au mal de la décompression. La plongée sous-marine déshydrate les plongeurs de quatre façons. D'abord, l'air que l'on respire a été débarrassé d'à peu près toute son humidité. La seconde raison tient à la diurèse d'immersion, qui provoque rapidement le remplissage de la vessie par l'urine. La troisième raison est le sel en suspension dans l'eau que l'on absorbe. En dernier lieu, le simple fait de porter une combinaison étanche conduit lui aussi à la déshydratation.

Bond continuait de s'enfoncer, en s'aidant de mouvements des hanches. Il savait qu'il n'était pas très utile d'agiter les bras, parce que ce mode de propulsion ne se révèle jamais très efficace. Cela faisait un bon bout de temps qu'il n'avait pas plongé. Avec les risques du saut HALO derrière lui, il commençait à goûter les plaisirs de la plongée sous-marine.

Les eaux du sud de la mer de Chine sont étonnamment différentes de celles des Caraïbes. Elles sont plus sombres et légèrement plus troubles. La visibilité n'était que d'environ six mètres. La vie marine ne semblait pas très abondante, sans doute en raison de la pollution. Et cependant, le monde sous-marin restait un environnement qui n'avait jamais cessé d'emplir Bond d'émerveillement. Il s'imaginait qu'il éprouverait sans doute la même sensation à se balader dans l'espace. Ces deux milieux étaient des environnements étranges, que les êtres humains n'étaient pas censés traverser, même si l'homme les avait conquis l'un et l'autre.

Le silence de la mer n'était troublé que par les bouillonnements réguliers des bulles qui s'échappaient du clapet du détendeur, à chaque fois qu'il expirait. Il éprouvait une totale solitude, étranger dans un monde étrange. Même si la première règle de cette activité prescrit de ne jamais plonger seul, Bond avait rarement disposé d'un compagnon pour l'assister dans les tâches qu'il avait l'habitude d'accomplir. Lorsqu'il plongeait pour le plaisir, dans les Caraïbes, un jeune Jamaïcain de dix-sept ans, nommé Ramsey, l'accompagnait le plus souvent. Ensemble, ils chassaient la pieuvre et les crabes. Ramsey était un sacré cuisinier. Bond lui avait donné pas mal d'argent pour lui tenir lieu de chef, en plusieurs occasions.

Tout en nageant, Bond se mit soudain à songer à la maison qu'il possédait en Jamaïque. Il l'avait appelée « Shamelady », c'est-à-dire la dame timide, du nom de cette plante de l'île qui se recroquevillait au moindre contact. Les accents du reggae voguant de colline en colline lui manquaient, ainsi que le café de la Montagne Bleue, et l'attitude bienveillante des autochtones…

Reprends-toi un peu, se dit Bond. La Jamaïque se trouvait loin d'ici, et il avait un travail à accomplir.

Bon, où était donc ce fichu navire ? Il fallait bien qu'il se trouve quelque part. Si les soupçons de M et les siens étaient corrects, alors ils allaient pouvoir bientôt jeter la première pierre aux Chinois.

Il jeta un coup d'œil à son altimètre. Il approchait de la barre de deux cents pieds.

Bond nagea encore un peu plus vers le fond, scrutant les ténèbres en quête d'un signe de l'épave. Ce qui ressemblait à un massif de coraux et de rochers s'éclaircit à mesure qu'il s'en approchait. C'était le nez de l'un des deux MiG-21 abattus. D'autres pièces et débris de l'appareil gisaient éparpillés au fond de l'océan. Bond observa les dégâts et reconnut les signes évidents de l'attaque d'un missile. On aurait dit que le nez avait été arraché d'un coup du reste du fuselage et fiché ensuite dans le sol. Les bords de la déchirure étaient noirs et portaient des traces de brûlures. Il n'y avait aucun signe de l'autre moitié de l'avion.

Il se glissa dans l'extrémité sombre du nez, et se fraya un chemin au travers des éclats de métal qui avaient envahi le cockpit. Le pilote, blanc et ballonné, était toujours ceinturé à son siège. Ses bras flottaient de manière sinistre de part et d'autre de son corps, comme s'il essayait de s'envoler. Ses yeux avaient été arrachés par les prédateurs marins. Le pare-brise avait volé en éclats et le panneau de commandes semblait réduit en pièces. Des poissons entraient et sortaient, en passant par les brèches, et se servaient du cockpit comme d'un abri face aux grandes créatures des mers.

La découverte de ce MiG venait confirmer ce que lui et M avaient suspecté. Le *Devonshire* avait coulé à l'endroit précis où les Chinois avaient prétendu qu'il se trouvait. Quelque chose avait abusé les membres d'équipage et leur avait fait croire qu'ils se trouvaient dans une autre position. Si Carver était le responsable, quels étaient donc ses motifs ? Pourquoi aurait-il souhaité faire naître une guerre entre la Chine et la Grande-Bretagne ? Ce qu'on racontait était-il vrai ? Avait-il à ce point le désir fou de tout contrôler ? Bond ne le croyait pas. Il devait s'agir d'autre chose. Pour autant qu'il le connaisse, Bond estimait que tout ce qui l'intéressait, c'était d'amasser de l'argent et d'accroître sa puissance.

Il quitta le cockpit et nagea pour reprendre le chemin par lequel il était arrivé. Il poursuivit ses recherches le long du fond sableux de l'océan, doublant deux raies manta. Un banc d'épinéphèles le dépassa pour nager vers une forme sombre devant eux. Ce qui ressemblait à une énorme montagne s'élevant du fond de la mer prit la silhouette d'un navire, à mesure que Bond s'en approchait.

Il l'avait trouvé. Le H.M.S. *Devonshire* gisait sur le flanc, en équilibre au bord de ce qui avait l'air d'une crevasse sans fond.

11

Le tombeau englouti

James Bond alluma sa torche halogène pourvue de son ampoule au xénon et nagea en direction de l'épave de la frégate. Le flanc tribord gisait vers le haut, et la proue pointait vers la crevasse, dépassant le bord. Il s'avança vers la poupe et remonta en nageant le long de la coque, en l'examinant soigneusement dans l'éclat de sa torche. Il continua sa progression vers l'avant, dépassa le mât principal, et atteignit la zone du gaillard d'avant. Il finit par découvrir la brèche à une trentaine de mètres environ de la proue. Il inspecta précautionneusement les dégâts, et comprit avec certitude, grâce à l'expérience acquise à la Royal Navy, que ce n'était pas une torpille ordinaire qui avait coulé le navire.

Avant de pénétrer dans la frégate, Bond vérifia son ordinateur de plongée. Il ne lui restait plus beaucoup de temps. La descente avait pris trois minutes, et il en avait passé environ cinq autres dans le cockpit du MiG. En comptant large, il lui restait dix minutes avant d'être obligé d'entamer une lente et prudente remontée. Selon les données de l'ordinateur, il lui faudrait compter sur quarante-cinq à soixante minutes d'ascension, y compris les paliers de décompression nécessaires.

Sans perdre davantage de temps, il nagea pour se glisser dans la brèche et pénétra dans le sombre tombeau sous-marin.

Bond avait eu l'occasion de visiter bon nombre de vaisseaux engloutis au cours de sa carrière, mais aucun ne lui avait donné le frisson comme celui-ci. L'énormité du bâtiment était en elle-même impressionnante et, en se déplaçant en son sein, on avait l'air de nager dans un labyrinthe. En raison du fait que le navire était allongé sur le flanc, tout ce qui se trouvait à l'intérieur penchait d'étrange manière. Tables et chaises avaient valsé jusqu'aux parois, des rangements dans les plafonds s'étaient ouverts, et des objets en tout genre parsemaient ce qui était à présent le sol. Tout cela était passablement déroutant. Il lui fallait absolument se souvenir que tourner à gauche signifiait en fait descendre, et que tourner à droite voulait dire monter.

Tout en continuant de nager, il examina les couloirs, évitant les débris qui flottaient aux environs, en quête d'un signe pouvant expliquer ce qui avait bien pu se passer.

Les dommages subis par le *Devonshire* n'avaient en tout état de cause pas été causés par une torpille. Les torpilles n'empruntent pas des virages, ne grimpent pas des escaliers et ne les descendent pas davantage. Les couloirs donnaient l'impression qu'un gigantesque monstre des mers s'y était frayé un passage à coups de dents. Des déchirures dentelées entaillaient les parois, tout au long de la progression de Bond dans les couloirs. La seule manière dont il pouvait décrire le spectacle, c'était qu'une chose s'était foré un passage au sein du navire. Et non seulement ça, mais cette chose avait foré son chemin en sachant où elle allait.

Au fil de sa progression, Bond sentait la pression s'accroître dans ses oreilles – effet normal de la plongée. Il équilibra la pression en se servant de ce qu'on appelait la méthode Toynbee, qui consistait à ouvrir les trompes d'Eustache en bloquant les narines, en fermant la bouche et en avalant. Si cela ne marchait pas, on pouvait alors faire appel à la manœuvre Vasalva, mais cette dernière devait être exécutée avec précaution. Elle consistait à dégager les trompes en bloquant les narines, en fermant la bouche et en essayant délicatement d'expirer. Les plongeurs expérimentés savaient qu'il fallait fréquemment équilibrer les espaces de l'oreille moyenne, pour s'éviter le douloureux effet de clapet fermé, lorsque les trompes d'Eustache se bloquent sous l'effet de la pression.

Bond suivit en nageant une échelle qui s'enfonçait dans l'obscurité. Sa torche émettait un faisceau de lumière jaune dans les ténèbres, donnant naissance à des ombres étranges. Il était heureux qu'il connaisse la façon de se déplacer à bord d'une frégate. Il était fort possible de se perdre ou de se trouver coincé dans la coque, en raison de l'inclinaison déroutante du bâtiment.

Les seuls bruits qu'il percevait étaient sa propre respiration, le sifflement du détendeur et le bouillonnement des bulles d'air s'échappant du clapet. De temps à autre, on entendait également des craquements métalliques, au gré des légers balancements du navire au bord de la crevasse. Bond savait qu'il devait faire preuve de prudence, en ne remuant aucun objet de poids. Tout déplacement d'importance pouvait entraîner un déséquilibre qui enverrait la frégate au fond de l'abîme.

Il emprunta le couloir principal du pont inférieur, se rapprochant de l'endroit où il voulait se rendre – la salle des munitions. Pour traverser ce long corridor, il dut repousser une grosse caisse de métal qui obstruait l'entrée, après avoir fracassé la porte. Ce faisant, une main surgit juste devant son masque. Surpris, Bond attrapa le poignet et donna un coup en direction de l'agresseur – avant de réaliser qu'il s'attaquait à un marin mort, au corps boursouflé et grotesque. Bond repoussa le cadavre de côté, avec un sentiment de répulsion.

Il suivit ensuite la piste tracée par les marques de « dents » jusque dans le mess, où il fit la découverte d'autres corps sans vie. Ils flottaient dans l'eau, bras et jambes déployés dans une posture rappelant celle de la chute libre. Un poisson prédateur avait réussi à se glisser jusque-là et se repaissait des cadavres. Bond agita sa torche pour l'obliger à s'enfuir. Après quoi, il fit demi-tour, pour quitter ce sépulcre sous-marin.

Il atteignit finalement la chambre des missiles et des autres munitions, où se terminait la trace provoquée par cet étrange travail de forage. Il braqua sa torche sur la rangée de missiles de croisière, en compta six, fixés au sol sur des berceaux numérotés, disposés sous les tuyaux de transport qui conduisaient au pont du navire. Le berceau le plus proche, portant le chiffre sept, était vide. Bond s'approcha des fixations de ce berceau pour y jeter un coup d'œil. Elles portaient des traces évidentes de rupture, causées par un chalumeau. Les responsables de cet acte, quels qu'ils soient, se trouvaient donc pour l'heure en possession d'un missile de croisière.

Bond avait trouvé ce qu'il était venu chercher là. Il détenait la preuve que le Devonshire croisait bien dans des eaux territoriales lorsqu'il avait été coulé. Il existait également des preuves que le navire n'avait pas fait feu de ses missiles en direction des MiG chinois. Bond détourna sa torche et se remit à nager pour s'éloigner, mais se retrouva avec la pointe d'un fusil à harpon au CO_2, pointé droit sur sa poitrine. Un mystérieux plongeur se trouvait de l'autre côté ! L'étranger tenait son arme d'une main, et une torche dans l'autre.

Bond présenta ses deux mains pour indiquer qu'il n'était pas armé et entama une retraite prudente. L'autre plongeur continua de braquer son fusil dans sa direction. Bond plongea soudain dans un couloir obscur. À toute vitesse, il arracha un lance-fusées d'une armoire accrochée à la paroi. Il envoya un projectile sur le plongeur. La fusée fila sur le côté, aveuglant pour un temps l'agresseur. Bond nagea rapidement vers lui et fit tomber le fusil à harpon des mains de l'autre plongeur, avant de donner un coup sur son masque pour l'arracher du visage de l'inconnu.

Une épaisse chevelure noire vola autour de la tête du plongeur. C'était Wai Lin ! Elle ouvrit les yeux, tira un couteau de sa ceinture et nagea vers Bond. Il attrapa son bras et se battit un moment avec elle, en essayant de lui faire comprendre qu'il était un ami. Elle le reconnut enfin, et se figea. Elle semblait aussi surprise que lui. Il l'aida à remettre son masque en place, puis indiqua la surface. Plus vite ils quitteraient les profondeurs, et mieux ce serait. Elle hocha la tête. Ils avaient atteint le temps limite conseillé par leur ordinateur de plongée.

En raison de leurs déplacements ou simplement à cause du temps que le navire avait passé au fond des eaux, une rangée de torpilles se libérèrent alors brusquement de leurs attaches. Leur poids considérable avait forcé sur les fixations les retenant au support, et avait fini par en venir à bout. Les torpilles tombèrent, en s'entrechoquant dans un vacarme de cloches d'église, avant de rouler dans la pièce, en raison de l'inclinaison du vaisseau. Bond et Wai Lin perçurent une secousse soudaine, tandis que le *Devonshire* basculait sous l'effet de ce déplacement de poids. Le navire était en train de pencher plus avant en direction de la crevasse au bord de laquelle il était resté dangereusement perché. Bond essaya de faire comprendre à sa compagne qu'il leur fallait quitter le vaisseau immédiatement. Les yeux de Wai Lin s'écarquillèrent... Elle avait saisi le message.

Ils se ruèrent vers la sortie, mais l'une des torpilles avait heurté une armoire à munitions en arrachant le cadenas qui la fermait. Le compartiment s'ouvrit d'un coup et de lourdes caisses de munitions se répandirent dans la pièce, du sol au plafond. Ce poids était suffisant pour amener le navire à s'incliner lentement en direction des abysses. Les parois grincèrent dans un rugissement énorme, tandis que le *Devonshire* tombait et dévalait le long de la paroi de rocaille. Une caisse de munitions glissa par-dessus Wai Lin, et alla cogner la porte en la refermant, les prenant au piège. Bond et Wai Lin se figèrent tandis que le navire s'inclinait de plus en plus, dans un hurlement terrible de métal crissant sur la pierre.

Bond prit quelques secondes à essayer de déplacer la

caisse de munitions obstruant la sortie, mais elle se révéla trop lourde. Il abandonna la partie et se dirigea vers une grille recouvrant l'hélice d'un ventilateur, seule autre issue possible dans cette pièce. Il tira dessus, et Wai Lin s'approcha pour lui venir en aide. Elle était fixée fermement, bien entendu. Ensemble, ils mirent toute la force dont ils étaient capables et réussirent finalement à l'arracher. Bond fit un geste pour inviter Wai Lin à passer la première. Elle nagea dans l'ouverture et il la suivit aussitôt.

Ils progressèrent ainsi dans le tuyau de ventilation, lorsque la chute du navire s'arrêta. Il n'irait sans doute pas plus loin à présent, du moins l'espéraient-ils.

Ils se remirent à nager pendant une trentaine de secondes, puis parvinrent à une section du tuyau qui s'était tordue. Quelque chose, à l'extérieur du tuyau, s'était sans doute détaché pour venir s'incruster dans le métal comme pour former un moulage. Cela constituait un obstacle au sein du tuyau, si volumineux qu'ils ne réussiraient jamais à passer dans l'espace encore disponible. Bond essaya de se glisser dans l'interstice, mais tout ce qu'il parvint à faire, ce fut de s'y coincer. D'un effort surhumain, il poussa des deux bras sur la paroi dans une tentative d'élargir le tuyau. L'objet qui avait écrasé la ventilation, quoi que ce fût, devait être d'un poids énorme. Une vie entière de matinées consacrées à soulever de la fonte finit par se révéler payante, et Bond réussit à repousser, millimètre par millimètre, la paroi vers l'extérieur. Les bouteilles qu'il portait sur le dos firent office de coussins. En fin de compte, il parvint à faire plier la paroi dans l'autre sens, suffisamment pour qu'ils puissent se glisser dans l'ouverture.

Les plongeurs se remirent à nager à toute allure, car ils venaient de percevoir un nouveau mouvement, signe que le *Devonshire* pouvait à tout moment se remettre à chuter vers le fond du précipice. Ils arrivèrent bientôt à un embranchement du tuyau de ventilation. Mais les deux voies se révélèrent trop étroites pour que Bond et Wai Lin puissent les emprunter pourvus de leur équipement de plongée.

Bond se débarrassa de ses bouteilles et les propulsa dans l'un des deux tuyaux, puis se remit à nager en les poussant devant lui. Wai Lin fit de même, ôtant de son dos les deux bouteilles Sherwood, mais elle choisit pour sa part de les introduire dans l'autre tube de ventilation. Elle s'était lancée en avant, les bouteilles devant elle, quand l'une d'elles arracha une fine conduite fixée au tuyau. La valve du détendeur se brisa et l'air comprimé de la bouteille fusa dans une explosion de bulles. Les bouteilles étaient devenues inutilisables. Wai Lin s'en débarrassa rapidement et fit demi-tour. Elle sortit du tuyau qu'elle avait décidé de suivre, et passa dans celui qu'avait emprunté Bond. Mais il se trouvait déjà à plusieurs mètres devant elle.

Le navire s'inclina davantage, cette fois avec une force considérable. Le tuyau de ventilation fut agité de mouvements, car le vaisseau était en train de dévaler la pente du précipice. Bond nageait pour avoir la vie sauve, sans s'être rendu compte de la présence de Wai Lin derrière lui, bataillant pour réduire l'écart avant de ne plus pouvoir retenir son souffle.

Bond parvint à l'extrémité du tube et donna un coup pour libérer l'ouverture. Il ne savait pas avec certitude sur lequel des ponts il avait abouti, mais ce qui était sûr, c'est que la pièce bougeait. Il n'y avait plus une seconde à perdre. Il attrapa son détendeur et aspira un peu d'air. Wai Lin émergea mollement du tube, et il se rendit alors compte qu'elle n'était plus en possession de ses bouteilles. Il l'attira vers lui et posa son propre embout sur la bouche de la jeune femme. Il la serra fermement tandis qu'elle emplissait ses poumons d'air. Il prit ensuite le temps de remettre les bouteilles en place sur son dos.

Cette fois, le navire émit un bruit terrible, en passant finalement par-dessus le bord du gouffre et en entamant une spirale plongeante en direction de l'abîme apparemment sans fond. Bond saisit Wai Lin et nagea vers la surface, repoussant éclats de parois et autres débris, en se fiant à son instinct pour se déplacer au milieu du dédale. Il aperçut enfin l'écoutille qui menait au pont supérieur et fonça dans cette direction.

Tandis que cette frégate de cauchemar continuait de chuter en tremblant de toutes parts, les deux minuscules silhouettes finirent par émerger de ses entrailles, avant d'entamer une lente remontée vers la surface. Ils se tenaient serrés l'un contre l'autre, et respiraient alternativement grâce au même détendeur. Il était heureux que Bond ait choisi d'emporter également une bouteille poney, sorte de petit cylindre contenant une réserve d'air supplémentaire, fixée sur un support entre les deux bouteilles normales. Ce supplément d'air allait se révéler bien utile à présent qu'ils étaient deux à utiliser le même oxygène. En prenant garde à ne pas remonter trop rapidement, ils appréciaient le fait d'être obligés de se tenir aussi près et de partager le même air. La panique causée par l'idée de subir une mort certaine finit par se dissiper et ils se détendirent quelque peu. Ils firent un bref arrêt à quarante pieds, puis un autre à trente. Ils passèrent plus de temps, près d'une trentaine de minutes, à vingt pieds. C'était nécessaire si l'on voulait éviter la maladie des caissons.

En fin de compte, ils allèrent crever la surface ensemble et firent un peu de surplace dans l'eau. Le soleil était écrasant.

Bond déclara, d'un air dégagé : « Ce que je préfère, dans ce métier de banquier, c'est la chance qu'on a de voyager. »

Elle eut un sourire, avant d'ajouter : « Sans parler des notes de frais. Un peu trop frais, d'ailleurs, pour l'instant. » Elle tourna la tête aux alentours. « Heureusement qu'il y a un comité d'accueil. »

Elle indiquait une jonque chinoise flottant à proximité. L'embarcation s'approchait pour la repêcher. Cette jonque était un navire traditionnel chinois, à l'arrière carré, poupe relevée et proue surplombant les eaux, sans quille, pourvu de hauts mâts et d'un grand gouvernail. Un Chinois apparut au bastingage et adressa un signe à la jeune femme. Bond se dit qu'il était bon pour lui d'avoir rencontré Wai

Lin. Jack Wade avait pris des dispositions pour que Bond soit repêché par un pêcheur vietnamien travaillant pour la CIA, mais ce bateau ne se trouvait visiblement pas dans les environs. Peut-être les avertissements de Wade n'étaient-ils pas si mal fondés qu'on aurait pu le croire.

La jonque se rapprocha, en dansant sur les flots. Le Chinois lança une corde et entreprit de hisser à bord Wai Lin et son compagnon. Il se mit à parler à la jeune femme en chinois, après quoi, sans le moindre avertissement, la poitrine de l'homme explosa dans une bouillie de sang et de chair. Un harpon venait de le frapper par l'arrière et sortait à présent de sa poitrine selon un angle bizarre. L'air étonné du Chinois se mua en une expression éberluée, alors que le corps de l'homme s'affalait et tombait par-dessus bord.

Derrière lui se trouvait Stamper, le fusil à harpon dans les mains.

C'était le milieu de la nuit à Londres.

Bill Tanner observait les évolutions de la flotte britannique sur un écran spécial, dans son bureau, au quartier général du MI6. Six navires avaient pris position dans le sud de la mer de Chine. La flotte chinoise, quant à elle, s'était rassemblée au large des côtes vietnamiennes, en attendant que l'autre côté fasse le premier geste. Ils avaient fait savoir que si la flotte britannique ne s'était pas retirée d'ici minuit la nuit suivante, ce serait eux qui feraient ce premier geste. Le jour était déjà levé dans cette partie du sud-est asiatique. Pour l'heure, la situation se trouvait dans une impasse.

Il n'y avait toujours aucun message en provenance de 007. Après avoir reçu son rapport de Hambourg, M avait ordonné à Bond de s'embarquer pour Okinawa, dans le but d'y rencontrer la CIA. Sa mission consistait à retrouver le *Devonshire*. Le seul espoir de M de résoudre la crise était de réussir à convaincre les hommes de la salle de décision que la frégate avait effectivement été déroutée et envoyée par le fond à l'endroit où les Chinois affirmaient qu'elle se trouvait. Il était presque sûr que Bond avait pour l'heure réussi à rejoindre le lieu du naufrage.

Le téléphone bourdonna.

« Ici, Tanner », dit-il en décrochant.

« Des nouvelles ? » C'était M. Elle était chez elle, sans doute incapable de trouver le sommeil.

« Encore rien. »

« J'arrive. »

« Nous sommes en pleine nuit, madame. Vous devriez prendre un peu de repos. »

« J'ai pu dormir quelques heures », dit-elle d'un ton las. « Je vais venir vous remplacer. Vous avez besoin de repos, vous aussi. »

« Je vais bien, il ne faut pas vous… »

« Je *tiens* à venir », reprit-elle. « Je serai là dans une heure. »

Tanner reposa le téléphone et poussa un soupir. Les situations d'urgence avaient tendance à pousser les gens dans leurs dernières limites. Tout comme Bond, il était passé d'appréhensions infondées à l'égard de leur nouveau patron à un respect indéniable envers elle. Depuis le début de cette affaire, elle était restée sur ses positions et avait dû affronter des hommes qui étaient ses supérieurs, dans la salle de décision. Le ministre de la Défense était quelqu'un de sensé, mais les autres – en particulier l'amiral Roebuck – n'étaient que de fieffés imbéciles. Tanner se demandait parfois comment des hommes tels que lui en arrivaient à la position qu'ils occupaient. Si Sir Miles Messervy avait encore occupé le fauteuil de direction du MI6, Roebuck n'aurait plus rien eu sur quoi s'appuyer.

Le téléphone se remit à bourdonner.

« Ici Tanner. »

« C'est Wade, de la CIA », déclara une voix d'une chaleur impétueuse.

« Ah, oui, monsieur Wade », dit Tanner. « La ligne est protégée. Vous pouvez parler. »

« Est-ce que M est là ? »

« Elle est en chemin. Je suis son chef d'état-major. »

« Oh, bon sang, vous êtes en pleine nuit, là-bas, non ?.... J'ai perdu toute notion du temps ces derniers jours. Faut m'excuser. »

« Ce n'est rien. Je suis éveillé, comme vous pouvez le constater. Est-ce que 007 va bien ? »

« Ouais, ouais. Il va falloir que je me fasse examiner le cerveau pour l'avoir laissé faire ça. Ouais, on l'a lâché au-dessus du territoire vietnamien. On a pu déterminer l'endroit où le *Devonshire* croyait se trouver, et celui où il a bel et bien coulé. Il se pourrait que vous ayez eu raison, avec votre pressentiment. En fait, d'après nos experts en GPS et en navigation satellite, vous *avez* raison. Mais, vous savez, le Vietnamien qui devait le repêcher n'a pas réussi à le retrouver jusqu'ici. »

« Ne vous inquiétez pas pour ça », fit Tanner. « 007 est l'individu le plus ingénieux que je connaisse. Il ne se serait pas embarqué dans cette affaire sans plan de rechange. »

« Si vous le dites. De toute manière, on n'a pas reçu la moindre nouvelle de sa part. On ne peut tout de même pas prendre un avion pour aller le rechercher. Tout le personnel des États-Unis a reçu l'ordre de se tenir à l'écart de la zone, parce qu'il paraît que vos navires sont sur le point d'essuyer le feu des Chinois. »

« Je comprends. Vous avez fait ce que vous pouviez. Merci à vous. »

« Dites – vous voulez me faire une faveur ? » demanda Wade.

« Bien sûr ? »

« Quand vous aurez reçu de ses nouvelles, passez-moi un coup de fil. Je voudrais savoir s'il va bien. »

« Je n'y manquerai pas. »

« Ça peut être un bel emmerdeur, quand il s'y met, mais c'est un sacrément bon agent de terrain. »

« Nous le savons. Merci encore. »

« En plus de ça, il me doit un service, maintenant. Je compte bien reprendre contact avec lui, pour passer une nuit dans le Londres qui swingue. »

« Je pense que vous allez vous rendre compte que Londres ne swingue plus très fort, monsieur Wade, mais je suis également sûr que nous pourrons y trouver de quoi vous divertir. »

« Voilà qui me paraît chouette, chef. »

« Mon nom est Tanner. »

« Merci, Tanner. »

« Tout le plaisir était pour moi. C'est moi qui vous remercie. »

Tanner raccrocha et se dirigea vers la fenêtre. Il jeta un regard au-dehors, par-delà la Tamise, en direction des lumières scintillantes qui éclairaient la nuit londonienne. Il songea à son ami, avec l'espoir que tout se passait effectivement bien pour lui. Il connaissait Bond depuis de longues années. Malgré les changements et les réorganisations sans nombre qu'avait connus le MI6, lui et Bond étaient restés parmi les quelques rares vétérans au service. Ils avaient vu les administrations aller et venir. Tanner se demanda ce qu'il ferait si jamais quelque chose de sérieux arrivait à Bond. Il estima qu'il n'aurait alors plus beaucoup de raisons de poursuivre sa tâche. On lui avait offert de démissionner lorsque Sir Miles Messervy avait quitté le service, mais il avait décidé de rester, pour travailler sous les ordres du nouveau M. Il ne regrettait pas son choix.

Mais sans Bond au MI6, cependant, Tanner pourrait sérieusement reconsidérer sa position. Un MI6 sans 007, ce serait comme une barque sans rame. Bien évidemment, s'il s'en allait, il lui resterait le problème de savoir où aller – si la guerre contre la Chine éclatait, qu'adviendrait-il de la Grande-Bretagne ? S'agirait-il encore du pays où il aurait le plaisir de construire la maison de campagne dont il avait toujours rêvé, pour y passer une retraite paisible ? Était-il pensable que la guerre atteigne les rivages d'Europe ? Si cela survenait, d'autres nations se verraient impliquées sans aucun doute dans le conflit. Il redoutait l'idée que la Grande-Bretagne puisse jouer le rôle d'instigateur de la Troisième Guerre mondiale. Ce ne serait assurément pas correct de sa part.

Allez, James, songea Tanner. *Sers-toi de ta magie. Sers-toi de ta bonne vieille touche à la 007. Je sais que tu peux y arriver. Il le faut.*

On autorisa Bond et Wai Lin à passer des vêtements secs, après quoi on leur enfila une paire de menottes aux poignets, pour les lier l'un à l'autre. Les vêtements de Wai Lin se trouvaient à bord de la jonque – pantalons noirs, t-shirt blanc, veste Prada rouge, et tennis. Bond dut se débrouiller avec les frusques d'un marin mort, chemise de coton bleue, pantalons noirs et chaussures de tennis, le tout un peu trop petit pour sa taille.

« On va faire une petite balade », annonça Stamper.

« Où allons-nous ? » demanda Bond.

« Monsieur Carver veut vous parler. Nous allons au quartier général de Saigon. »

« Nous allons faire toute la traversée jusqu'à Saigon sur ce bateau ? »

« La ferme, tu veux. Asseyez-vous, tous les deux », commanda Stamper. Il braqua le fusil à harpon vers Bond. Tandis que les deux prisonniers s'installaient sur le sol de la jonque, l'Allemand ajouta : « Un hélicoptère va venir nous chercher. »

L'homme se détourna pour s'avancer vers deux de ses hommes armés de pistolets automatiques. Apparemment, ils avaient assassiné tout l'équipage de Chinois et balancé les cadavres à la mer. Les trois hommes se mirent à parler en allemand, et éclatèrent de rire.

Bond et Wai Lin échangèrent un regard. D'une certaine manière, ils étaient capables de lire les pensées de l'autre. Allaient-ils tenter quelque chose tout de suite ? Il n'y avait que trois hommes en face d'eux. Non, mieux valait attendre et voir ce que Carver avait en tête...

Sans dire un mot, ils choisirent de se détendre et éprouvèrent un inexplicable sentiment de réconfort, à l'idée que leur sort était lié à celui de la personne avec qui ils partageaient la paire de menottes. Ils savaient l'un et l'autre qu'ils pouvaient se faire entière confiance et que tous deux affronteraient les risques à prendre sans rechigner.

« Les épaves sont des lieux étonnants à visiter en plongée, n'est-ce pas ? » murmura-t-elle au bout d'un moment.

« Remarqué quelque chose d'anormal à bord de celle-ci ? » demanda-t-il.

« À part le missile manquant et les trous de torpilles dans la coque ? »

« Intéressante torpille, en effet, qui se fore un passage, tourne aux coins et tout ça sans exploser. »

Le front de Wai Lin se plissa à mesure qu'elle réalisait qu'il avait raison.

« Arrêtez les bavardages », déclara Stamper.

La jonque poursuivit tranquillement sa route. Très bientôt, ce serait le crépuscule. L'ultimatum des Chinois concernant le retrait de la flotte britannique expirait dans moins de douze heures.

12

Les rues de Saigon

Lorsque le Viêt Nam du Sud tomba aux mains des autorités communistes de Hanoi, en 1975, la ville de Saigon fut rebaptisée Ho Chi Minh-Ville. Mais les habitants de la cité ne s'habituèrent jamais au nouveau nom de leur ville et continuèrent de l'appeler Saigon. Constatant qu'il était impossible de faire disparaître complètement cette dénomination, les autorités décidèrent d'un compromis, conservant le nom de Saigon pour ce qui était le centre de Ho Chi Minh-Ville. Et c'est pourquoi, la ville dans son ensemble s'appelle Ho Chi Minh-Ville, et son centre Saigon.

Une des explications historiques affirme que le nom de Saigon fut pour la première fois attribué à cette cité aux environs de 1698, lorsque Lord Nguyen Phuc Chu envoya Nguyen Huu Canh dans les régions sud du Viêt Nam pour créer des districts et fonder un gouvernement. La position stratégique de l'endroit fournissait nombre d'opportunités pour le commerce, les affaires et les opérations militaires. Saigon commença à se développer, lorsqu'en 1772, les nombreux canaux furent comblés pour servir de chaussées. Au milieu du dix-neuvième siècle, les Français et les Espagnols envahirent la cité portuaire, événement qui fut le détonateur d'une série d'interminables guerres entre la population du Viêt Nam et la France. Ce pays subit la défaite finale en 1954, mais le Viêt Nam se trouva alors scindé en deux, entre le Nord et le Sud. Saigon devint le centre d'une nouvelle implantation pour bon nombre d'habitants du nord. Après trois décennies tumultueuses, Saigon et Ho Chi Minh-Ville restaient le principal foyer culturel du pays. De nos jours, la cité grouille d'activités commerciales et financières, et la presse lui attribue d'ordinaire le nom de perle de l'Orient. Saigon brasse une population de plus de cinq millions d'habitants et constitue l'un des centres urbains à plus forte densité du globe. Il n'est pas rare d'y trouver des maisons dont le rez-de-chaussée a été transformé en commerce, tandis que plusieurs familles se partagent les étages en tant que foyers d'habitation.

Elliot Carver avait transféré son quartier général asiatique de Hong Kong au Viêt Nam peu de temps avant la reprise en main de l'île par les Chinois, le 1er juillet 1997. Ses affaires s'étaient considérablement accrues et il avait besoin d'espace. Il avait déménagé l'ensemble de ses activités dans un bâtiment de cinq étages, situé dans le centre de Ho Chi Minh-Ville, zone qui s'était récemment transformée en un coûteux piège à touristes. Le quartier général de CMGN était toujours en construction, et l'on voyait encore de part et d'autre du bâtiment les échafaudages de bambou et les treillis verts servant à la finition. Un énorme drapeau de vinyle arborant le visage d'Elliot Carver pendait à l'un des flancs du bâtiment.

Bond et Wai Lin furent emmenés jusqu'au building de CMGN par un hélicoptère A109 Agusta, aménagé pour un usage civil. Le groupe de Carver était l'une des rares compagnies d'importance ayant accepté d'emménager au Viêt Nam depuis la fin de la guerre, et le gouvernement lui en était reconnaissant. Les Vietnamiens étaient fiers de voir ce prestigieux réseau d'information implanté sur leur sol, et jusqu'ici n'avaient rien fait pour influencer les informations.

L'hélicoptère atterrit sur le toit et, sous la garde de Stamper et de ses hommes, le couple de prisonniers fut emmené, menottes aux poignets, vers un ascenseur. Les deux gardes-chiourmes avaient trouvé des mitraillettes Mac-10 dans l'hélicoptère et les pointaient dans le dos de Bond et de Wai Lin.

Tandis qu'ils traversaient un hall, un Chinois, vêtu d'un uniforme sans signe distinctif, les dépassa, suivi par deux gardes du corps. Wai Lin sentit l'adrénaline se déverser dans ses veines et elle cligna des yeux à deux reprises en reconnaissant cet homme. C'était le général Chang ! Il se cachait donc à Saigon ! Quel dommage qu'elle ne puisse rien faire pour le moment. Le général Chang n'accorda aucune attention au couple de prisonniers et quitta le hall en direction d'une autre pièce.

Bond et Wai Lin tournèrent à un coin et croisèrent alors un individu sensiblement plus étrange. Un jeune Chinois, qui ressemblait à un imitateur de Michael Jackson, s'avançait vers eux, suivi par un aréopage d'Asiatiques ayant l'air de transsexuels. Bond se dit que le spectacle était des plus incongrus, considérant la situation dans laquelle il se trouvait. Wai Lin, quant à elle, fronça les sourcils à la vue de cet individu. Après le choc causé par la rencontre fortuite avec le général Chang, elle ne semblait pas le moins du monde surprise de croiser rien moins que le Prince héritier Hung et sa bande de courtisans. La petite troupe disparut dans le hall à la suite du général Chang.

Face au bureau de Carver, Stamper dit à ses hommes, en allemand : « Surveillez-les, je reviens. » Après quoi il ouvrit la porte et pénétra dans la pièce.

« On dirait que vous avez reconnu ces deux personnages », dit tranquillement Bond.

« Oui », murmura-t-elle. « Très mauvaise réputation. Crédit refusé. »

Stamper reparut, ouvrant la porte, et les poussa dans ce qui ressemblait pour une large part à une version réduite de la salle de presse de Hambourg. Il s'agissait d'un studio de rédaction, aménagé au sein d'un bureau d'un luxe opulent. Sur une énorme table de conférence s'étalait une carte de l'Asie du Sud-Est, sur laquelle apparaissaient des petites figurines représentant les positions des flottes chinoise et britannique. Elliot Carver se tenait à l'autre bout de la salle, le regard braqué sur des écrans. Henry Gupta était installé à un bureau, travaillant sur un ordinateur.

Stamper s'avança vers Carver, pour lui murmurer quelques mots à l'oreille.

« Vraiment ? » fit Carver. « Nous verrons plus tard. »

Stamper s'écarta et baissa les yeux vers le sol tandis que Carver se retournait pour observer ses deux prisonniers.

« Alors, monsieur Bond », dit-il. « La mort de ma femme dans votre lit ne remonte qu'à hier seulement. Et voilà que vous traversez la moitié du globe pour venir mourir dans mon bureau. Voilà qui tombe bien. Si j'avais su qui vous étiez, je me serais occupé de vous de manière toute différente. »

Wai Lin jeta un coup d'œil à Bond. Elle savait que le bel Anglais possédait certains côtés spéciaux, mais elle n'était pas au courant de tout ce que connaissait Carver.

Ce dernier saisit le regard de Wai Lin et ajouta : « Est-il possible que personne n'ait songé à vous présenter l'un à l'autre ? Voici James Bond, autrement dit 007, membre des services secrets britanniques. Et quant à cette demoiselle, elle s'appelle Wai Lin, des Forces de sécurité extérieures de la République populaire de Chine. Avez-vous jeté un coup d'œil aux journaux ? Vos deux pays sont sur le point de se déclarer la guerre. »

« Bien sûr que nous nous connaissons », fit Bond. « Nous travaillons ensemble. Nous avons également connaissance de vos plans, dans leurs moindres détails. Nous avons fait rapport à nos supérieurs. Pour une fois, vous n'allez pas rédiger les gros titres de la presse de demain matin. C'est vous qui en serez le sujet. »

Carver simula la douleur en portant la main à sa poitrine. « Oh, mon Dieu ! » fit-il d'un ton moqueur. « Ils savent tout ! Nous sommes faits ! Il faut nous rendre ! » Il leva ensuite les mains en l'air. Stamper, qui n'avait pas saisi le sarcasme, l'imita en levant lui aussi les bras, mais d'une manière hésitante.

Gupta renifla. « Ne fais pas l'imbécile », lança-t-il à Stamper. « Le patron se moque. »

Stamper, gêné, se tourna vers Gupta.

« Allons, allons, Stamper est quelqu'un de très brillant, à sa manière », déclara Carver, pour calmer son homme de main. Il se tourna vers Bond et Wai Lin pour ajouter : « Je crois que cela pourrait vous intéresser. »

Il s'empara d'un coupe-papier acéré et le tendit à Stamper.

« Enfonce-toi ça dans la jambe », ordonna Carver d'un ton dégagé.

Stamper saisit l'objet et le plongea dans la chair de sa cuisse, sans manifester d'effort ou d'hésitation.

« Comme ça ? » demanda-t-il, comme s'il était question d'écarter une mouche.

« Vous voyez ? » dit Carver. « Stamper est quelqu'un de plutôt singulier – ses centres de plaisir et de douleur sont inversés. C'est ce qui lui a permis de devenir une parfaite machine à tuer. »

Il demanda ensuite à Stamper : « Tu préférerais t'enlever ça, ou le garder dans ta jambe ? »

« Je peux le garder ? » demanda Stamper, sans le moindre soupçon d'ironie. « Un petit bout de temps ? »

« C'est comme une récompense pour Stamper », reprit Carver. « Malheureusement, on ne peut pas le laisser s'enfoncer des couteaux partout sept fois par jour. »

« Il en perdrait la tête », déclara Bond d'un ton moqueur.

« Très drôle. Mais pas aussi drôle pour mademoiselle Lin. Il n'éprouve que rarement des désirs sexuels, mais lorsque c'est le cas – eh bien, j'obtiens une bande vidéo absolument sidérante. »

« Vous feriez bien de vous méfier », reprit Bond. « Ou c'est vous qui allez perdre la tête. »

Carver ignora la remarque. « Normalement, l'étape suivante voudrait que Stamper vous torture pour obtenir de vous des informations. Mais, en toute honnêteté, je me moque de savoir ce que vous avez appris. C'est donc uniquement pour le plaisir qu'il va vous torturer. Et n'allez pas croire que l'opération sera plus agréable pour mademoiselle Lin parce qu'il la trouve attirante. »

« Non », fit Bond. « Cela va la rendre pire. »

« Peut-être. Parce que même s'il aime la douleur qu'il s'inflige, il l'apprécie dix fois plus encore quand il l'inflige à d'autres. »

« Nous savons que vous avez volé un missile à tête nucléaire à bord du *Devonshire*, après avoir obligé le navire à se dérouter », déclara Bond.

« Vraiment? » fit Gupta. « Et de quelle manière? »

« Ce n'est pas à moi qu'il faut vous adresser, monsieur Bond », dit Carver. « Je me moque bien de savoir si vous satisfaites la curiosité de mes amis ou non. » Il s'assit sur une chaise pivotante face aux écrans.

« Vous vous êtes servi d'un de vos satellites pour envoyer le navire dans les eaux chinoises, en utilisant un dispositif ACSES volé... »

Wai Lin poursuivit. «... et vous avez abattu les deux MiG chinois arrivés sur place, dans le but de déclencher une crise entre les deux pays. »

« Et à minuit, ce soir », continua Bond, « lorsque la menace des Chinois d'attaquer notre flotte arrivera à son terme, vous lancerez le missile droit sur Beijing, en sachant pertinemment que les Chinois riposteront en attaquant Londres. »

Wai Lin ajouta : « Après quoi, ce traître de général Chang installera le play-boy suisse plus connu sous le nom de prince Hung, héritier de la dynastie Ming, sur le trône de l'empereur de Chine. »

« Mais rien de tout cela n'arrivera », reprit Bond, « parce que l'ensemble de votre plan a été percé à jour. »

Gupta fut quelque peu ébranlé en entendant cela. Carver s'en rendit compte et déclara : « Ne vous inquiétez pas. »

Il se frotta le menton, l'air songeur, puis fit pivoter sa chaise en direction de Bond et Wai Lin. « C'est parfait. Il n'y a que deux détails qui clochent dans ce que vous venez de dire. Le premier, c'est que cela va marcher, même si vous aviez réussi à transmettre ces informations à vos supérieurs, ce que vous n'avez pas fait, tout simplement parce que vous venez à l'instant même de comprendre toute l'affaire. Ce fut une petite erreur de ma part, bien évidemment, de vous permettre de croiser dans le hall le général Chang et le futur empereur. Mais au moment où vous avez plongé pour visiter l'épave, vous agissiez chacun de votre côté, en parfaite indépendance. Ce qui signifie que, quel que soit ce que vous avez rapporté, vos dirigeants ne vous ont pas crus. J'ai touché juste, n'est-ce pas? La vérité n'est pas le plus important, dans l'histoire. Ce qui compte, c'est ce que racontent les médias. »

« Et le deuxième petit détail? » s'enquit Bond.

« Si vous aviez effectivement compris la manœuvre, vous sauriez que je ne tiens pas à attendre minuit pour agir. J'ai décidé de lancer l'opération une heure après le crépuscule, pour profiter de la disponibilité du plus large public qui soit, dans les fuseaux horaires occidentaux. Si l'on sait que la guerre du Golfe m'a permis d'engranger des bénéfices, qu'est-ce que vous pensez que ce sera, pour la chute de la Chine communiste et le bombardement de la Grande-Bretagne! »

Carver se retourna pour actionner un bouton de commande sur le panneau derrière lui. Les écrans affichèrent des gros titres et des manchettes en provenance du monde entier. Il les lut à voix haute. « La Chine coule la flotte britannique!.... Les Anglais bombardent Beijing! Une bombe H sur Londres! Un nouvel empereur prend le pouvoir! »

« Les nouvelles de demain, dès aujourd'hui », fit Bond.

« En effet, monsieur Bond. Je suis en train de lancer les fondations du plus formidable empire de presse jamais édifié par l'homme, et cela ne pourra fonctionner que grâce à la programmation. J'ai l'intention d'élaborer une programmation comme l'a fait William Randolph Hearst, qui était pour les États-Unis à son époque ce que je suis pour le monde à la mienne, et qui n'a réussi à provoquer qu'une guerre seulement. Quant à moi, j'ai décidé de lancer une guerre tous les deux ans ! »

Il pivota à nouveau sur sa chaise pour actionner de nouvelles commandes. Les écrans se brouillèrent avant d'afficher d'autres gros titres. Carver entreprit de les lire à nouveau. « Guerre en Amazonie ! Les journaux à sensation appelleront ça « Amazone de feu et de combats ». Révolution en Afrique du Sud. La Russie envahit l'Ukraine. Et pour notre dixième anniversaire, Guerre Civile Américaine – deuxième partie ! »

« Je suppose que cela va faire de vous l'homme le plus puissant du monde », dit Bond.

« Le fou le plus puissant du monde », fit Wai Lin.

« Exact », reprit Bond. « Autant pour moi. »

« Fou ou non, monsieur Bond, je suis déjà l'homme le plus puissant du monde. »

« Peut-être. Ce qui ne vous empêche par de rester le fils d'une putain, ainsi qu'un bâtard, élevé dans le ruisseau. Dont tout le monde se moque avec mépris. »

Ces paroles touchèrent Carver au point sensible. Son visage s'empourpra. Il se leva et déclara : « Vous moquerez-vous encore lorsque les bombes feront exploser Buckingham Palace ? Vous moquerez-vous quand l'onde de choc balaiera vos clubs privés, votre Saville Row, vos banques aux airs de grands seigneurs ? Me mépriserez-vous encore quand l'incendie fera griller les gentils petits garçons aux joues rouges de Harrow ? »

« Oui. Peut-être seront-ils morts, mais vous n'en resterez pas moins un gamin des rues, un bon à rien, qui ne vaut pas mieux que cette monstrueuse masse de muscles, psychotique et sans cervelle, cette espèce de mutant imbécile, ce... »

Stamper ne put se retenir plus longtemps. Il fonça droit devant. Bond et Wai Lin entrèrent aussitôt en action. Bond fit tournoyer sa partenaire vers l'avant pour qu'elle puisse, en étendant le bras, attraper le coupe-papier fiché dans la cuisse de Stamper. Elle s'en saisit adroitement puis, se tournant vers Gupta, elle fonça sur lui en entraînant Bond dans son sillage. Alors que Stamper faisait mine de se jeter sur Bond, elle pointa la lame vers la gorge de Gupta.

« Non ! » s'écria Carver.

Stamper s'immobilisa, mais pas Bond. Il entoura des deux bras le gardien le plus proche et se posta dans son dos. La mitrailleuse se mit à tirer, envoyant des projectiles dans toute la pièce. Stamper plongea devant Carver, pour le protéger de son propre corps, tandis que d'autres gardes se ruaient dans la salle. Ils firent aussitôt feu sur Bond.

« Ne tirez pas sur Gupta ! » s'écria Carver.

L'homme dont Bond se servait en tant que bouclier fut aussitôt tué par les coups de feu. Derrière lui, la large baie vitrée donnant sur les autres gratte-ciel vola en éclats. Dès cet instant, la fusillade cessa. Bond se recula lentement vers l'ouverture, en compagnie de Wai Lin, qui tenait toujours Gupta devant eux, la lame du coupe-papier posée sur sa gorge.

« Ne restez pas plantés là », ordonna Carver à ses hommes. « Rattrapez-les ! »

Quatre gardes se ruèrent en avant, mais Bond et Wai Lin projetèrent Gupta dans leur direction, ce qui les fit trébucher. Au même moment, le couple, toujours attaché par les menottes, fit volte-face pour sauter par la fenêtre.

Ce geste aurait pu se conclure par une chute brutale de cinquante étages, mais le couple fut arrêté par le filet vert de construction entourant le bâtiment en finition. Ils se retrouvèrent empêtrés dans un réseau de mailles de plastique, fines mais solides.

« Comment est-ce qu'on descend, maintenant ? » demanda Wai Lin.

Bond aperçut à proximité l'énorme bannière fixée au flanc du bâtiment. Ils se trouvaient juste au niveau du front géant de Carver.

« Donne-moi le coupe-papier », dit-il. Wai Lin lui tendit

l'objet. Il coupa le câble de fixation qui retenait la bannière, puis plongea la lame au beau milieu du front de Carver. Il attrapa Wai Lin en passant un bras autour de sa taille.

« Tiens bon ! » s'exclama-t-il. Elle s'accrocha à lui, en entourant son torse de ses jambes. Bond tenait le coupe-papier dans l'autre main, et ensemble, ils dévalèrent du haut en bas de la bannière, en la découpant au passage. La matière dont elle était faite retint leur chute en se déchirant peu à peu. Le visage de Carver se trouvait fendu en deux lorsqu'ils atteignirent enfin le bas de la bannière. Bond attrapa une des moitiés de l'énorme drapeau qui tombait le long du bâtiment, avant d'aller se suspendre au sommet d'un échafaudage de bambou. Bond lâcha finalement la bannière pour reprendre l'équilibre sur l'échafaudage en compagnie de Wai Lin.

Tout en haut, dans le bureau, par la baie éclatée, les autres observaient la scène d'un air ébahi. Stamper poussa un grognement, puis quitta précipitamment le bureau avec plusieurs gardes sur les talons.

« Les salauds ! » murmura Carver.

Bond et Wai Lin dévalaient à toute vitesse les échelles de l'échafaudage, mais s'aperçurent alors que des gardes montaient déjà à leur rencontre. Le couple passa sur une autre échelle, mais d'autres gardes se trouvaient au bas de celle-là également, occupés à grimper vers eux. Bond jeta un coup d'œil à la ronde et réalisa qu'ils étaient encerclés. À proximité, il aperçut un grand mât de soutien, en bambou lui aussi. Il avait été quelque peu plié vers l'arrière et installé sous l'échafaudage lui-même. Bond jeta un regard derrière lui pour quêter l'approbation de Wai Lin, qui lui rendit son coup d'œil d'un air hésitant.

« À ton commandement », fit Bond.

Ils sautèrent de la plate-forme et s'agrippèrent au mât de soutien vertical. Celui-ci bascula aussitôt et les envoya valser par-dessus l'intense trafic régnant dans la rue. Ils atterrirent dans une benne emplie d'ordures, tandis que l'échafaudage s'effondrait derrière eux dans la rue comme un château de cartes. Un motard fonça droit sur le support de bambou qui obstruait à présent la rue. Le conducteur s'affala sur la chaussée, tandis que sa BMW R1200 Cruiser glissait sur le flanc.

Bond et Wai Lin sautèrent de la benne, étonnés de se retrouver l'un et l'autre en un seul morceau. Des balles se mirent à ricocher sur la benne qu'ils venaient de quitter – des gardes approchaient de l'autre côté de la rue. Bond et Wai Lin se ruèrent vers la moto et la redressèrent.

Wai Lin expliqua en chinois à son propriétaire qu'ils avaient l'intention de lui emprunter son véhicule. Avant que l'homme ait pu protester, Bond avait pris place aux commandes, et empoigné de sa main libre la manette des gaz. Wai Lin sauta à l'arrière, et tendit sa propre main libre de menottes pour attraper la manette d'embrayage. Bond actionna le démarreur... mais le moteur refusa de prendre.

« Embraie ! » s'écria Bond.

Wai Lin tourna la poignée. Au milieu des projectiles qui venaient rebondir sur la chaussée tout autour des pneus de la moto, ils finirent par démarrer sur les chapeaux de roues et foncèrent à toute allure vers le fond de la rue.

Tout au sommet de l'immeuble, Carver observait cette fuite avec rage. Il s'écria, dans un talkie-walkie : « Ils s'en vont ! Prenez une voiture ! Servez-vous de ce foutu hélicoptère ! »

Des limousines noires, semblables à celles utilisées à Hambourg, fusèrent des installations de garage souterraines, pour se lancer aux trousses de la moto.

La BMW R1200C est une sacrée machine, considérée comme la réponse européenne aux Harley-Davidson. Sa vitesse maximale frôle les deux cent soixante-dix kilomètres à l'heure, et l'engin est bien plus approprié aux pistes de course qu'aux rues de Saigon. Cette BMW était passablement impressionnante, avec sa couleur ivoire, teinte extravagante et chaude, véritablement avant-gardiste, parcourue de fines lignes bleu marine.

La moto filait le long de l'artère encombrée, les limousines noires toujours à sa poursuite, même lorsque l'engin emprunta un rond-point dans le sens interdit. Des coups de klaxon retentirent et des conducteurs poussèrent des cris. Bond et Wai Lin laissèrent dans leur sillage carnage et limousines, en virant sèchement pour emprunter une allée. Ils foncèrent à toute vitesse, avant de réaliser que cette rue était un cul-de-sac, se terminant par une imposante demeure.

« Et maintenant ? » demanda Wai Lin.

« Une petite visite à domicile », fit Bond.

Emballant le moteur, il fit grimper l'engin sur les marches du porche d'entrée de la demeure, et se préparait à foncer sur la porte close juste au moment où un domestique l'ouvrait sur leur passage. La BMW passa la porte en rugissant, abandonnant derrière elle le domestique éberlué et tremblant. L'engin fila sur le parquet poli, faisant tomber des meubles et brisant de la porcelaine. Après quoi, la moto escalada une volée d'escaliers.

Ils atteignirent le palier du premier étage, et suivirent un couloir au bout duquel une porte ouverte menait à un toit en terrasse. Bond lança la moto à toute allure, pour la faire sauter de cette terrasse jusqu'au toit plat du bâtiment voisin. Il passa ainsi de toit en toit, circulant entre les cheminées et passant sous le linge mis à sécher. Des gardes, postés dans la rue au-dessous d'eux, leur tirèrent dessus dès qu'ils les aperçurent.

Les toits plats se terminaient par un immeuble à appartements, se dressant vers le ciel. La moto ne fit pourtant pas mine de s'arrêter, et se glissa dans un vaste appartement, par une porte arrière ouverte. Sur leur passage, livres et papiers s'éparpillèrent dans la pièce, tandis que l'engin fonçait vers une large baie vitrée, à l'autre bout du logis. Avant qu'ils aient atteint cette énorme fenêtre, les rotors d'un hélicoptère Agusta À 109 transportant deux gardes apparurent soudain dans le cadre de la baie vitrée.

Bond effectua un dérapage contrôlé avant de repartir en direction des toits. L'hélicoptère disparut, ayant manifestement décidé d'attendre l'apparition de la moto au niveau du sol. Mais Bond ne comptait pas leur donner ce plaisir.

« Tiens-toi bien », dit-il à Wai Lin.

Il emballa une fois de plus le moteur de la moto, pour rentrer une fois encore à toute allure dans le vaste appartement. Il lança l'engin à la vitesse maximale et fonça dans la baie vitrée. La BMW vola par-dessus les pales de l'Agusta pour aller se poser sur l'enfilade de toits plats de l'autre côté de la chaussée. Bond reprit ses sauts de grenouille pour passer de toit en toit, dans le but de semer ses poursuivants. L'hélicoptère apparut au-dessus des fuyards, et entreprit de fondre sur eux. Un garde se pencha au-dehors pour leur tirer dessus. À l'instant précis où l'hélicoptère allait les rattraper et les balles atteindre leurs cibles, un des toits s'effondra sous la moto. Bond et Wai Lin tombèrent dans l'appartement situé juste au-dessous.

Le couple de Chinois dénudés, occupés à faire frénétiquement l'amour dans leur lit, faillit subir une attaque cardiaque lorsque la moto creva le plafond pour dégringoler dans la chambre. L'engin ne perdit pas de temps pour foncer vers le balcon commun aux autres logis.

Ce balcon courait sur toute la longueur du bâtiment, partagé par des rideaux de bambou faisant office d'écran. La moto l'emprunta à toute allure, envoyant valser ces fines cloisons légères.

« Tu as vu quelque chose qui te plaisait? » demanda Bond en criant.

Les gardes à bord d'une limousine circulant dans la rue les avaient déjà repérés. Le chauffeur eut une idée brillante en allant faire rouler son véhicule juste sous le balcon. Il se mit à foncer sur le trottoir, en envoyant valser les piliers de bois qui soutenaient le balcon, et le faisant ainsi s'effondrer dans son sillage. La BMW filait juste devant cette structure défaillante, mais la limousine comblait rapidement son retard. Des gardes penchés aux vitres de la voiture leur tiraient dessus.

L'extrémité du balcon apparut. Bond atteignit la

rambarde de bois au moment même où la limousine heurtait le dernier pilier de soutien – qui était en béton ! La voiture s'y écrasa, et son pare-brise se brisa en une toile d'araignée sous l'impact des têtes qui venaient le frapper. Bond et Wai Lin avaient fait éclater la rambarde et volaient à nouveau dans le vide. La moto atterrit cette fois en bordure d'un marché de plein air.

Fonçant à travers tout, ils renversèrent les étals, répandirent les légumes, et manquèrent de peu piétons et animaux. L'hélicoptère se trouvait toujours à leur poursuite et piquait à présent sur eux. Le souffle de ses pales envoyait valser étalages et marchandises juste derrière la moto. Des poulets s'égosillaient en s'envolant à la ronde. Des gens criaient en s'enfuyant. Des fruits écrasés roulaient sur le sol. L'Agusta À 109 se rapprochait à toute vitesse de sa proie. Cet appareil aux caractéristiques variées avait à l'origine été prévu pour un usage policier, et adapté ensuite pour remplir bon nombre de missions militaires. Des modèles civils étaient disponibles pour usage privé, mais Carver avait visiblement réussi à faire l'acquisition d'un exemplaire pourvu d'une mitrailleuse.

Bond et Wai Lin quittèrent le marché et foncèrent dans une rue qui semblait envahie par un bon millier de bicyclettes. L'hélicoptère fonça sur eux, tandis que la moto fendait le trafic en trombe. La foule de vélos s'écarta brusquement. Deux limousines noires, emplies de gardes, arrivaient à toute allure en sens inverse, fonçant sur la moto. À la dernière seconde, Bond et Wai Lin firent basculer la moto en un virage en épingle à cheveux et se lancèrent dans une longue allée latérale. Les limousines les avaient suivis et se rapprochaient dangereusement. Le bout de l'allée apparut, qui s'ouvrait sur une rivière chargée de bateaux. La moto bondit pour retomber sur le pont de l'embarcation amarrée au quai. De là, l'engin sauta vers le bateau voisin, puis sur le suivant. Les limousines firent crisser leurs pneus en s'arrêtant sèchement au bord du quai.

La BMW traversa la rivière sur toute la largeur, sautant

de bateau en bateau, pour finir par rejoindre le quai d'en face. La moto s'élança sur une placette, dépassa à une allure folle une fontaine boueuse, passa sous un fil où pendait du linge mis à sécher et s'arrêta brusquement en dérapant. La voie était sans issue. Un mur énorme s'élevait devant eux. Ils tournèrent la moto dans l'autre sens pour repartir. Au moment où ils passaient à nouveau la corde à linge, ils virent l'Agusta qui fondait sur l'entrée de la ruelle. Il fit basculer ses rotors pour se glisser dans l'étroite ouverture, se posa sur le sol et se lança en avant, ses pales occupant presque toute la largeur de la petite place.

« Coincés », dit Wai Lin.

« Jamais », rétorqua Bond.

Il observa l'espace d'un mètre à peine entre les pales et le sol. Les vêtements mis à sécher fouettaient l'air à mesure que l'hélicoptère s'approchait. Wai Lin examina le fil sur lequel ces habits étaient accrochés.

« Une seconde ! » s'écria-t-elle.

Elle saisit la corde à linge et ramassa ensuite une grosse pierre qui traînait sur le sol.

« O.K. Vas-y ! » cria-t-elle alors.

Bond fonça sur l'hélicoptère et, à la dernière fraction de seconde, mit la moto sur le flanc, l'obligeant à glisser sous les pales de l'hélicoptère ! Bond et Wai Lin furent éjectés de l'engin alors que l'hélicoptère semblait leur passer au-dessus de la tête. Wai Lin se remit prestement debout et attacha la pierre à l'extrémité de la corde à linge. Elle la fit ensuite tournoyer dans l'air comme une fronde et l'envoya en direction du rotor de queue de l'hélicoptère. Le fil et les vêtements encore accrochés s'enroulèrent autour des pales tournoyantes comme une boule de ficelle. Le rotor eut un sursaut, dans un grincement aigu, tandis que l'hélicoptère, déstabilisé, sautillait sur place. Les larges pales du rotor principal se brisèrent sur les murs de la place et l'hélicoptère explosa aussitôt de façon spectaculaire. Bond attrapa Wai Lin et plongea en sa compagnie dans la fontaine d'eau croupie, tandis que des éclats cisaillants volaient au-dessus de leurs têtes.

Après un moment, ils émergèrent de la fontaine, couverts de fange. Bond observa l'épave de l'hélicoptère avant de se tourner vers la jeune femme. Il était impressionné.

Ils trouvèrent une douche de plein air dans une allée animée, emplie de piles de vêtements fraîchement blanchis, d'enfants criards et d'animaux divers. Wai Lin tourna son visage vers l'eau jaillissante, goûtant manifestement la sensation. Elle s'inclina, pour rincer ses cheveux, adressa un sourire à Bond, qui l'observait d'un air admiratif.

« Voudrais-tu me passer le savon ? » demanda-t-elle.

Bond prit un pain de savon rangé dans un récipient de fer attaché au tuyau de la douche et le lui tendit.

« Tu as fait du joli travail avec cette pierre », dit-il.

« Ça vient du fait que j'ai grandi dans les bas quartiers. Mais toi, tu as fait du joli travail avec la moto. »

« Ça vient du fait que je n'ai jamais grandi. »

Elle se mit à rire, tout en savonnant ses longs cheveux. Bond se tenait tout près d'elle, sa main droite toujours entravée par un des bracelets de la paire de menottes, tandis qu'elle se shampouinait.

« Laisse-moi faire », dit-il.

Il entreprit de lui frotter les cheveux et le bas de la nuque. Elle émit un gémissement de bien-être, avant de se tourner vers lui. Ses deux mains étaient libres ! Elle avait réussi, sans qu'il s'en aperçoive, à crocheter la serrure des menottes, en se servant de sa longue chevelure pour dissimuler ses gestes.

« À ton tour », fit-elle.

Elle approcha du montant de la douche le bracelet de menottes dont elle venait de se débarrasser, et le referma d'un coup sec autour du tuyau, attachant de la sorte Bond.

« Je suis désolée », reprit-elle, « mais c'est une affaire à régler entre Chinois. Merci de m'avoir lavé les cheveux.

C'était très agréable. »

Elle se saisit d'une pile de vêtements propres, de couleur blanche, et s'éclipsa sans plus attendre.

Bond eut la stupéfaction de la voir lui adresser un petit signe de la main, avant de quitter l'allée. Il demeura figé un moment, l'air stupide, puis se mit à tirer avec force sur le montant de la douche, faisant gicler l'eau aux alentours. La paire de menottes bringuebalant à son poignet, il se lança à sa poursuite.

La rue qu'elle venait d'emprunter était emplie de centaines de Vietnamiens – tous habillés de blanc ! Laquelle de ces personnes était Wai Lin ?

Il se fraya un chemin dans la foule et entreprit de la chercher.

13

À NOUVEAU RÉUNIS

James Bond se glissa dans la foule, jetant des regards à la ronde. Les menottes pendaient à l'un de ses poignets, cliquetant lorsqu'il se mettait à courir.

Qu'avait-elle voulu dire, en parlant d'une « affaire à régler entre Chinois » ? Il s'agissait également d'un problème britannique ! Il n'accepterait jamais de la laisser s'en aller ainsi en l'abandonnant sur place. Pour qui se prenait-elle donc ? Le fait d'être l'un des agents de terrain les plus efficaces qu'il ait rencontrés – masculin ou féminin – ne lui donnait pas le droit de prendre seule l'ensemble de cette affaire en charge. Ordinairement, Bond préférait travailler en solitaire, mais il lui fallait bien admettre que cette femme était tout bonnement incroyable. Quelle agilité elle possédait, et quel courage ! Il ne pouvait pas se permettre de la laisser filer ainsi. Une voix intérieure lui soufflait qu'il avait intérêt à faire rapport à Londres aussitôt que possible, pour les prévenir de ce qui était en train de se passer. Mais une voix plus puissante l'obligeait à poursuivre ses recherches dans le but de retrouver Wai Lin.

À part lors de rares occasions, les relations que Bond avait nouées avec des femmes s'étaient toujours avérées fortuites et sans conséquences. Il estimait avoir éprouvé ce que d'autres qualifiaient d'amour à trois ou quatre reprises peut-être au cours de son existence. Le reste du temps, il n'était question que de pur désir sexuel, et dans quelques cas extrêmes, d'une toquade insensée. Il n'avait jamais eu le moindre mal à admettre que son attitude envers le sexe opposé restait très vieux genre et, par certains côtés, passablement chauviniste. M l'avait en une occasion traité de « phallocrate », mais ce terme n'était pas approprié. Il adorait toutes les femmes. Si ce faisant, il commettait une faute, cela tenait simplement à son inclination à placer les femmes qu'il aimait sur un piédestal.

Au fil des années, il lui avait été donné de fréquenter nombre de femmes différentes – dans sa vie privée aussi bien que dans l'exercice de ses fonctions. Il avait eu l'occasion de collaborer avec des agents féminins d'autres pays, et il avait toujours goûté les brèves aventures partagées avec elles, qui semblaient inévitablement se terminer à la fin de chacune de ces missions respectives. Lorsque les rendez-vous galants prenaient fin, il s'en retournait invariablement vers Londres, reprenait son existence de vieux garçon, et se mettait à la recherche de la prochaine conquête. Pour quelle raison cela était-il différent avec Wai Lin ? Pourquoi mettait-il la mission en danger dans le seul but de la retrouver ?

Bond se maudit, mais n'en continua pas moins de chercher. Il réussit à se convaincre que la meilleure manière de mener à bien la tâche qu'on lui avait confiée consistait à joindre ses forces à celles de cette jeune Chinoise. Leurs gouvernements respectifs ne pourraient manquer de les écouter s'ils étaient deux à faire part des intentions de Carver. Si ce qui le poussait par ailleurs, dans son désir de retrouver la jeune femme, c'était l'envie de plonger à nouveau son regard dans ses yeux taillés en amande, sans doute de lui baiser les lèvres, et peut-être aussi de caresser sa peau douce et cuivrée – eh bien, qu'il en soit ainsi.

Du coin d'un œil, il aperçut une silhouette vêtue de blanc qui sortait de la foule pour emprunter une rue latérale. Se pouvait-il que ce soit elle ?

Wai Lin remit sa boucle d'oreille en place tout en

fendant la foule qui inondait la rue, dans le but de parvenir à destination avant que le *gweilo* ne la rattrape. Elle détestait avoir été forcée d'agir de la sorte envers lui – il ne le méritait aucunement – mais elle avait des instructions et une mission à remplir. Elle ne pouvait en aucun cas permettre à ce bel agent occidental de venir influencer ses actes. Il lui fallait se débarrasser de lui et conclure par elle-même sa mission.

Sans parler du fait que, si elle était restée plus longtemps attachée à lui par cette paire de menottes, elle n'aurait plus été capable de réfréner le désir qu'elle éprouvait pour lui.

Elle se retourna et l'aperçut dans la foule, à quelque distance – il émergeait de la population vietnamienne toute vêtue de blanc, comme un pouce dressé. Elle eut un léger sourire, car le spectacle avait un petit côté amusant. De son côté, il ne pouvait cependant pas la voir. Elle tourna à un coin, et s'élança dans une ruelle étroite. Il lui fallut une minute pour la traverser et se glisser dans une rue animée faisant face à un petit parc. Des bicyclettes était rangées en file sur un râtelier, installé sur le trottoir.

La bicyclette qu'elle cherchait se trouvait à l'emplacement prévu. Elle était fixée au râtelier, mais elle put en disposer, en se servant à nouveau de sa boucle d'oreille pour déverrouiller la serrure. Elle sauta sur la selle et prit la direction du refuge.

Qu'y avait-il donc dans la personne de cet Occidental qui l'intriguait tant? Ce n'était après tout qu'un *gweilo* – se dit-elle en se servant du terme d'argot dont les Asiatiques qualifient d'ordinaire les Occidentaux. Et pourtant, à de nombreux égards, il était différent. Cet homme nommé Bond était bourré de ressources et de bravoure, et elle savait qu'il aurait tué quelqu'un sans la moindre hésitation. Dans le même temps, il y avait quelque chose de tendre en lui qui attirait Wai Lin. Au plus profond de cette carapace extérieure se cachait un homme pourvu de sentiments. Elle devinait qu'il pouvait se montrer doux et généreux – en particulier au lit.

Tandis qu'elle filait vers sa destination, Wai Lin repensait à ce qu'elle avait vu au quartier général de Carver. Le général Chang et le soi-disant prince héritier se trouvaient présents, dans l'attente de cette guerre qui devait éclater de manière imminente et se terminer tout aussi vite. Ils devaient estimer qu'installer Hung sur le trône impérial chinois serait chose facile, ce qui n'était pas l'avis de Wai Lin. Elle ne croyait pas que la population accepterait de cette manière un nouveau monarque. Cette partie du plan de Carver n'était pas la plus judicieuse. La guerre, pourtant, semblait près d'éclater et il fallait à tout prix l'empêcher. Elle appuya avec plus de force sur ses pédales pour faire filer sa bicyclette plus rapidement dans les rues de Saigon.

Dix minutes plus tard, elle parvenait à un atelier de réparation de vélos près du quartier de Ben Thanh Market. Ce marché est de longue date un haut lieu du commerce en ville, et son existence remonte à l'époque de l'occupation française. Situé sur un terrain occupé autrefois par un marais, le marché Ben Thanh est un centre d'activité majeur du cœur de la cité.

Wai Lin pénétra dans l'atelier de vélos, en sous-estimant la redoutable efficacité de l'intelligence de Carver. Stamper avait percé depuis des mois la couverture du quartier général saigonnais des Forces de sécurité de la République populaire. Même s'il existait un bâtiment officiel à Hanoi, pour l'équivalent chinois de la CIA ou du MI6, les services secrets n'en avaient pas moins gardé ce bâtiment clandestin en tant que refuge secret. Malheureusement pour Wai Lin, le bâtiment n'avait plus rien de secret.

Un Vietnamien, posté de l'autre côté de la chaussée, surveillait la bâtisse depuis une heure. Il travaillait pour les agents de sécurité de CMGN, mais n'en portait pas l'uniforme. Il se tenait discrètement dans une ruelle, en se demandant si c'était la fille qui allait se montrer en premier, ou bien le type. Car il était sûr que l'un d'eux viendrait. La

Chinoise apparut alors sur sa bicyclette, s'avança vers l'entrée de l'atelier et y pénétra. Tandis qu'elle disparaissait à l'intérieur, l'homme sortit un téléphone cellulaire et composa un numéro.

Il ne réussit pas à former tous les chiffres, car une main vint frapper sa nuque par l'arrière. La tête de l'homme vacilla avant qu'il ne s'affale sur le sol. James Bond attrapa le téléphone et l'éteignit, puis entreprit de fouiller l'homme en quête d'une arme. Il trouva un Browning 9 mm automatique, qu'il glissa dans sa poche.

Bond avait parié sur le fait que la silhouette qu'il avait aperçue quittant la foule un peu plus tôt était celle de Wai Lin. Il avait emprunté la ruelle au pas de course, et avait fini par repérer la jeune Chinoise. En se servant des techniques de filature discrète apprises de longues années auparavant, dans un camp d'entraînement du Canada, il l'avait suivie jusqu'au parc. Lorsqu'elle avait sauté sur une bicyclette pour filer à toute allure, Bond avait de son côté emprunté un des vélos pour se lancer à sa poursuite. Au moment où il dépassait la ruelle face à l'atelier, il avait surpris la présence du guetteur qui l'épiait.

Bond se recula dans une entrée tandis qu'une limousine noire passait devant l'atelier de réparation. Six hommes de main sortirent du véhicule, cinq d'entre eux se précipitèrent dans la bâtisse, tandis que le sixième faisait le guet. Bond remonta la rue, avant de traverser la chaussée, pour avoir ainsi la possibilité d'emprunter le trottoir du même côté que l'entrée de l'atelier. Le guetteur avait un pistolet à la ceinture et une cigarette éteinte entre les lèvres. Il entreprit de se fouiller les poches, à la recherche d'un briquet. Bond s'avança et fit mine lui aussi de fouiller ses poches en quête d'allumettes, mais en ressortit les mains vides. Il haussa les épaules, en manière d'excuse, puis balança son poing dans la mâchoire de l'homme. Le type s'effondra sur le trottoir. C'est alors que Bond entendit quelque chose s'écraser à l'intérieur de l'atelier.

Il pénétra dans la boutique juste à temps pour éviter l'un

des gardes qui volait dans l'air en direction d'un des murs. Un de ses collègues était allongé sur le sol, et gémissait.

Wai Lin était occupée à affronter les trois derniers assaillants. Elle se débrouillait si bien que Bond fut forcé de s'arrêter pour admirer sa technique. Elle s'était littéralement transformée en dynamo vivante. Les hommes semblaient pour leur part des experts en arts martiaux, mais ils ne faisaient pas le poids en face d'elle. Wai Lin saisit l'un d'eux par le bras et l'envoya valser par-dessus l'épaule en direction du comptoir, puis s'attaqua aux deux autres en lançant des coups à la vitesse de l'éclair, jusqu'à les mettre hors de combat. Celui qui était tombé le premier au sol reprit alors conscience, se releva, et sortit son pistolet. Il s'approcha d'elle par l'arrière et posa son arme dans sa nuque. Wai Lin fit volte-face, mais l'homme fit sauter la sécurité de son arme avant de la pointer droit sur le front de la jeune femme. Il lui adressa un sourire en se préparant à appuyer sur la détente. Elle ferma les yeux.

À la place d'un coup de feu, ce fut un craquement sourd qu'elle entendit. Elle leva les paupières pour voir les yeux de l'homme qui roulaient. Il tomba dans un soubresaut, découvrant Bond qui se tenait derrière lui, le bras tendu, la main à plat. Avant que Wai Lin ait pu réagir, il referma d'un coup sec un des bracelets de la paire de menottes sur le poignet de la jeune femme. Ils étaient à nouveau attachés l'un à l'autre.

« Je voudrais te faire un aveu », dit-il. « Carver avait raison. Je ne travaille pas vraiment dans la banque. Je suis agent des services secrets britanniques. »

« Je dois avouer que Carver avait également raison à mon sujet », dit-elle.

« On dirait que nous allons retravailler ensemble, en fin de compte. »

« Tu tiens vraiment à ce qu'on soit partenaires ? »

« Pourquoi pas ? On a vu des couples plus mal assortis. »

Wai Lin sourit. « Parfait dans ce cas. »

« J'imagine que tu disposes d'un mode de communica-

tion protégé. J'aimerais en profiter pour faire rapport à mes supérieurs. »

« Si je possédais ce genre de chose, je m'en serais déjà servie. Je serais en train de faire rapport à mes propres supérieurs. »

« Pourquoi n'enverrions-nous pas un rapport conjoint ? »

« Et pourquoi n'irais-tu pas à ton ambassade pour y envoyer le tien ? »

« Pour deux raisons. La première, le fait d'envoyer un rapport conjoint va obliger nos supérieurs à se parler les uns aux autres, ce qui sera peut-être la meilleure façon d'empêcher la guerre. »

« Et la seconde ? »

« Que sais-tu des technologies furtives ? »

Wai Lin retira une boucle d'oreille d'un de ses lobes et s'en servit pour ouvrir les deux bracelets des menottes. Elle les jeta derrière elle, avant de remettre sa boucle à l'oreille.

« J'en ai appris pas mal ces derniers temps », fit-elle. « Pourquoi cette question ? »

« Les MiG ont bien été abattus, mais pas par le *Devonshire*. Tu l'as vu. Le grand missile de croisière n'était plus là, mais aucun des missiles plus petits n'a été tiré. »

« Mais les MiG n'ont rien aperçu sur leur radar, à part votre navire. »

« Et notre navire n'a rien vu sur son radar, à part les MiG. Mais ce ne sont pas les MiG qui l'ont coulé, à moins que vous ayez inventé un nouveau genre de torpille qui n'explose pas. »

« Ce n'est pas le but, de toute façon », fit-elle, avant de s'autoriser un sourire. « Certainement pas une torpille qui tourne aux coins et qui évite soigneusement de frapper la salle des missiles. »

« Cela ne peut donc qu'être le fait d'un genre de navire furtif. »

« La Russie a mis au point des radars à basse fréquence grâce auxquels les avions furtifs peuvent se servir de radars sans se faire repérer par la même occasion. Nous avions

réussi à mettre la main sur l'un d'eux. Mais il a été dérobé – sur l'une des bases dirigées par le général Chang. J'ai suivi sa trace jusqu'à Hambourg. C'est d'ailleurs grâce à cela que nous nous sommes rencontrés. »

« Je mettrais ma main au feu qu'Elliot Carver possède un bateau furtif de ce type. »

« Je mettrais la mienne au feu qu'il est en chemin pour monter à bord de ce navire à l'instant même. »

« Tu sais ce que je pense? Je pense qu'il nous restera encore une heure après le coucher du soleil pour retrouver ce navire et le couler. »

« Je pense que tu as raison. »

Wai Lin se détourna pour appuyer sur un bouton dissimulé sous le comptoir. Un râtelier de bicyclettes glissa lentement pour découvrir la salle de haute technologie qu'il cachait. Il y avait là ordinateurs, écrans, téléphones et caméras vidéo. Il y avait aussi une table et une armoire pleine d'armes et de fournitures en tous genres. Bond s'absorba dans la contemplation de ce spectacle, pendant que Wai Lin s'installait face à un terminal d'ordinateur.

« Rassemble quelques objets qui pourraient nous être utiles, mais essaie de ne pas faire trop de bruit », dit-elle. « Je dois me concentrer là-dessus. »

La plupart des équipements était tout ce qu'il y a de plus normal, mais certains de ces objets étaient au contraire les équivalents chinois de gadgets qui auraient pu sortir de la branche Q. Bond choisit un canot Zodiac dégonflé, un équipement de plongée, deux pistolets automatiques Daewoo.380, des munitions et un lot de mines à ventouse magnétique, rondes et de couleur verte. Il entreprit de constituer deux belles piles – l'une pour lui et l'autre pour Wai Lin.

« Très bien », fit-elle, observant l'écran. « Des ports et des voies d'accès contrôlés par le général Chang, vingt-deux se trouvent dans des zones fortement peuplées. Ce qui laisse quatorze entrées. »

« Mais un navire furtif ne se déplace que la nuit. Il n'est

pas invisible, il est tout simplement indiscernable sur les radars. Imaginons une vitesse limite de trente nœuds. Huit heures d'obscurité, quatre heures aller, quatre heures retour – ils devraient se trouver dans une zone d'un peu moins de deux cents kilomètres autour de l'endroit où nous avons déniché l'épave. »

Wai Lin inséra cette information dans ses données. Bond s'empara d'un éventail chinois et l'ouvrit. Tout aussitôt, de petits couteaux volèrent dans les airs avant d'aller se planter dans le plafond – flap, flap, flap !

Wai Lin se détourna un instant de l'écran. « Ce que tu casses, tu le paies. »

« Désolé », fit-il.

Elle se remit au travail. La curiosité de Bond l'emporta. Il se mit à examiner les objets un par un. Il y avait une intéressante ombrelle, capable de détourner les flèches. Un sac de riz sur lequel était inscrit, en caractères chinois, le mot « poison ». Une paire de baguettes d'aluminium qui étaient en réalité deux couteaux parfaitement équilibrés. Il essaya de lancer l'un d'eux dans la pièce. L'engin vola dans l'air avant d'aller se planter dans la tête d'un mannequin. Une sorte de substance explosive contenue dans la baguette explosa deux secondes plus tard, dans un grand bruit, faisant voler la tête en éclats.

« Je croyais t'avoir demandé de ne pas faire de bruit », dit Wai Lin. Ses doigts tambourinaient furieusement sur le clavier.

Bond prit ensuite une petite boîte à musique décorée. Wai Lin se recula alors, en déclarant : « Parfait. Cela ne nous laisse que quatre endroits à vérifier – *n'ouvre pas cette boîte !* »

Il se figea. « Qu'est-ce qui se passerait ? »

« On entendrait la musique des *Aventuriers de l'Arche perdue*. Après ça, je l'ai en tête pour la journée. »

Bond hocha la tête en signe d'accord et remit précautionneusement la boîte en place. « Vérifie donc si des choses bizarres se sont passées à l'un de ces endroits. Noyades. Accidents de pêche. »

« Très bien, mais ne touche plus à rien. »

« J'ai compris la leçon », fit-il.

Elle entreprit d'examiner les documents, mais n'obtint d'abord que de très brèves réponses. Après un moment, cependant, une longue liste de caractères chinois emplit l'écran.

« Regarde ça. Quatre bateaux disparus, trois noyades inexpliquées – ce doit être là. La baie d'Along. »

Ils passèrent ensuite les quelques minutes suivantes à exécuter une chose sans précédent dans l'histoire des relations sino-britanniques. James Bond et Wai Lin rédigèrent et transmirent un rapport conjoint, destiné à leurs supérieurs respectifs. Ils avaient l'un et l'autre signé le document de leurs noms de code.

« Pourquoi nos deux pays n'ont-ils pas entrepris ce genre de coopération au cours du siècle passé ? » demanda Bond.

« Tout le monde était trop occupé à fumer de l'opium », répliqua-t-elle.

Bond rassembla son équipement et indiqua la pile destinée à Wai Lin. Il s'agissait des ustensiles ordinaires – combinaisons Mares, bouteilles jumelles Dacor 100s, détendeurs, palmes et masques. « Tu crois que nous aurions besoin d'autre chose encore ? »

« Moyen de transport », dit-elle. « Je vais appeler l'Orient Express. »

Bill Tanner s'était endormi sur son siège dans les bureaux du MI6. M étudiait tranquillement les derniers messages en provenance du *Devonshire* dans son propre bureau. La plus grande partie des effectifs étaient rentrés chez eux, et devaient être en train de dormir. L'aube ne se lèverait que dans quelques heures.

Le doux bourdonnement émis par le système de transmission sortit Tanner de son rêve, dans lequel il réussissait un par trois au quatorzième trou du Royal St. George's. Il allait maudire la sonnerie du réveil quand il réalisa ce qui produisait ce bruit. Il bondit sur ses pieds lorsqu'il aperçut

le signal porteur du nom de code « Predator ». Tanner s'écria : « C'est Bond ! »

La porte du bureau de M s'ouvrit brusquement et elle en sortit précipitamment. Ensemble, ils suivirent des yeux le signal pendant le processus de décodage.

« Seigneur, il a rédigé ça conjointement avec un agent chinois », dit M d'une voix douce.

Tanner eut un rictus. « À quoi vous attendiez-vous ? Il s'agit d'un agent chinois de sexe *féminin*. »

Ils parcoururent l'un et l'autre le rapport.

« Eh bien, nous avions touché juste », dit M. « À présent, si j'arrive à convaincre les bouffons de la salle de décision que nous avions raison, nous devrions être capables d'arrêter cette affaire. Venez avec moi. » Elle se dirigea vers la machine à café et emplit deux gobelets. Elle fit claquer les couvercles de plastique au sommet des récipients et tendit l'un d'eux à Tanner. Elle eut ensuite un mouvement de la tête en direction de la porte.

Il faisait toujours sombre au-dehors, tandis que M et son chef d'état-major quittaient les bâtiments du MI6 pour monter dans la Rolls. Tanner voulut s'offrir comme chauffeur, mais M s'installa sans attendre derrière le volant. Il eut un petit haussement d'épaules et prit place sur le siège du passager.

Alors qu'ils s'engageaient sur l'allée et prenait le chemin de Whitehall, elle déclara : « Voilà où nous en sommes, Tanner. Si nous ne remportons pas cette bataille, nous allons perdre la guerre. »

Elliot Carver, Henry Gupta et Stamper se tenaient sur le quai et inspectaient le *Sea Dolphin II*, gracieux bateau furtif que les ingénieurs de Carver avaient mis deux ans à mettre au point en secret. Le capitaine effectuait les derniers préparatifs en vue de quitter la base secrète aménagée sous un promontoire rocheux de la baie d'Along.

Ils étaient arrivés sur place à bord de l'hydravion de Carver, quelques minutes plus tôt. Après la fuite de Bond

et Wai Lin du quartier général de Saigon, le magnat de la presse avait compris qu'il n'avait plus de temps à perdre. Il avait vu de quoi étaient capables les deux agents, et il était impossible de savoir où et quand ils pouvaient reparaître inopinément. Ils en savaient trop. Mais Carver n'était pas vraiment inquiet. Il était sûr que lui et ses hommes réussiraient à lancer les opérations ainsi qu'elles avaient été planifiées. Et cependant, l'incertitude concernant l'éventuelle interposition des deux agents secrets faisait qu'il ne pouvait se débarrasser d'une certaine tension. Il se massa les muscles des mâchoires, avant d'avaler trois comprimés d'ibuprofen. Sa douleur s'était faite plus tenaillante ces deux derniers jours. Il mit ça sur le compte de la tension et essaya de se concentrer sur la tâche à accomplir.

« Henry », dit-il, « d'ici quelques heures nous saurons à quel point vous êtes effectivement un génie. »

Gupta émit un gloussement. « Allons, patron, vous le savez déjà. Ils vont mettre mon cerveau dans un foutu musée, un de ces jours. »

« N'espérez pas vous retrouver dans un musée britannique, Henry. » Carver jeta un coup d'œil impatient à sa montre. Il appela ensuite le capitaine. « Dépêchez-vous, il ne reste plus qu'une poignée d'heures avant le coucher du soleil. »

« Nous serons prêts », répliqua le capitaine.

Stamper se tenait posté sur le quai, une mitrailleuse dans les mains. Carver se tourna vers lui. « Qu'est-ce que tu fais à rester planté là ? Qu'as-tu donc appris au sujet de ce Bond ? Rien ? »

« Non, patron. Il est sans doute toujours à Saigon, d'après ce qu'on sait. Excusez. Vous voulez que je les rappelle ? Je viens de leur parler, ça fait dix minutes de ça. »

« Tu me déçois, Stamper », fit Carver. « J'avais pensé te donner cette Chinoise lorsque tu les aurais attrapés, mais maintenant, je ne sais plus... »

« Oh, s'il vous plaît, monsieur Carver. Ça me ferait tellement plaisir », dit Stamper. Il en salivait. « Vous me donnez une autre chance, d'accord ? »

« Eh bien, j'espère que nous n'aurons plus à revoir ces deux-là. Mais si jamais cela arrive, et si tu réussis à écraser cet espion britannique et ce voleur de femme, peut-être accepterai-je de te laisser la fille, en guise de petite récompense… »

« Oh, vous pouvez être sûr que je ne le raterai pas la prochaine fois. Vous aurez qu'à regarder. »

« Stamper, tu étais un bon garçon lorsque j'ai fait ta connaissance, et tu es resté un bon garçon. » Il accorda un sourire affectueux à son homme de main, puis aboya soudain : *« Ne viens plus tout foutre en l'air! »*

Stamper regarda Carver avec admiration. Il ne s'inquiétait pas quand le patron lui criait dessus. Il y était habitué. Il travaillait pour l'homme le plus puissant de la terre. Ce qui faisait de lui l'agent de sécurité le plus puissant de la terre. Il aimait la façon dont ce titre sonnait.

Cette nuit, il y aurait quantité de morts et de destructions. Ils allaient fixer tout ça sur bande vidéo pour diffuser les images de par le monde. Des hommes allaient mourir et des navires seraient mis en pièces. Il allait contribuer à la naissance d'une guerre des plus importantes. Il était sur le point d'entrer dans l'histoire.

Stamper aimait également la façon dont cette phrase sonnait.

14

La baie du dragon descendant

Les Vietnamiens ont coutume de l'appeler « la huitième merveille du monde ».

La baie d'Along est située dans le nord-est du Viêt Nam, à 165 kilomètres de Hanoi. Son nom signifie « baie du dragon descendant », et évoque une ancienne légende transmise de génération en génération. Il y a très longtemps de cela, les dieux envoyèrent une famille de dragons sur la terre pour aider les gens à se défendre face aux agresseurs étrangers. Les dragons se posèrent dans ce qui est à présent appelé la baie d'Along, en crachant jades et diamants. Lorsque ces énormes pierres tombèrent dans l'eau, elles formèrent l'ensemble des îles et des îlots qui parsèment le rivage et constituèrent ainsi un formidable rempart face aux envahisseurs. Les habitants réussirent à organiser leur défense et à repousser leurs ennemis. C'est de la sorte qu'ils fondèrent le pays du Viêt Nam. La famille de dragons avait à ce point apprécié la région qu'ils décidèrent de rester sur la terre. La mère dragon s'installa sur ce qui était à présent Along, et ses enfants s'éparpillèrent autour de Bai Tu Long. La queue du dragon donna naissance à l'endroit connu sous le nom de Bach Long Vi, réputé pour ses plages de sable blanc de la péninsule de Tra Co.

Selon la légende, la baie d'Along est célèbre pour ses eaux calmes, couleur émeraude, et pour ses quelque 1600

rochers, îles et îlots. Connue pour être le plus bel endroit de tout le Viêt Nam, cette région n'est que tout récemment devenu accessible aux Occidentaux, grâce à l'instauration du *Doi Moi*, la politique nationale d'ouverture économique au marché mondial. Beaucoup de ces îles sont passablement vastes et contiennent nombre de criques de sable fin où l'on peut se baigner en toute sécurité. Il existe également des grottes et des cavernes creusant le sous-sol de quelques-unes de ces îles. Hang Dau Go, sans doute la plus impressionnante de toutes, est une énorme caverne constituée de trois chambres. Quelques-unes des îles possèdent également des configurations étonnantes. Les plus remarquables sont Dinh Huong qui ressemble à un trépied qui servirait à brûler de l'encens ; Hon Dua, dont la silhouette rappelle une paire de baguettes ; et Ga Choi, ou « le coq de combat ».

Quant à Along City, la ville proprement dite, elle est scindée en deux – une partie sur le continent et l'autre sur l'île voisine. Traverser la baie requiert de faire appel à l'une des nombreuses jonques pour touristes amarrées à quai, que l'on peut louer après un marchandage avec leurs propriétaires.

Bond et Wai Lin se tenaient en un point de la côte accidentée surplombant cette baie fascinante. Wai Lin discutait avec un pêcheur chinois tandis que Bond scrutait l'horizon. Il y avait bon nombre de bateaux en mer, mais aucun d'eux ne sortait de l'ordinaire.

Wai Lin en termina avec le pêcheur et se tourna vers Bond. « Tu vois cette île ? La plus éloignée, là-bas ? »

Elle indiquait un endroit dans le lointain.

« Il prétend que tout le monde évite ces parages, parce qu'il est dangereux pour un bateau de se trouver là lorsque le soleil se couche. Il veut bien nous y emmener, mais il réclame cinq mille dollars américains. »

Bond fronça les sourcils. « Il accepte les chèques ? »

Ils réussirent à trouver un bureau de l'American Express encore ouvert à cette heure tardive, dans Along City. Bond

se servit de la carte de crédit de la compagnie, certain que M ne trouverait rien à redire à cette dépense imprévue, lorsqu'il lui en aurait expliqué les raisons.

« On ferait bien de manger, tu ne trouves pas ? Je meurs de faim », dit Wai Lin.

« Il nous reste environ deux heures avant le coucher du soleil », estima Bond. « Entendu, mangeons quelque chose. Il va nous falloir des forces. »

Ils pénétrèrent dans un petit restaurant de la ville et commandèrent un repas traditionnel vietnamien. La cuisine locale n'est d'ordinaire pas aussi riche et lourde que les currys au lait de coco d'Inde ou de Thaïlande. La mer fournit la majeure partie du régime, bien entendu, car le Viêt Nam n'est en fait qu'un long rivage continu. Les parfums différents sont fournis par une variété d'herbes et d'épices, feuilles de menthe, coriandre, lemon-grass, gingembre, poivre noir, ail, basilic, oignons verts, sucre et vinaigre de riz, ainsi que par une sauce de poisson appelée *nuoc mâm*, et une autre très relevée du nom de *nuoc cham*. Une repas vietnamien est rarement divisé en plats bien distincts. L'ensemble de la nourriture est servi en une fois et comprend habituellement un potage, des légumes et de la viande sautés, en plus d'un autre plat principal.

Bond et Wai Lin partagèrent un *pho bo*, un riche bouillon de bœuf contenant des lanières de viande et des nouilles *banh pho*. Plat typique du Viêt Nam, le *banh pho* est fait de nouilles larges et plates, en pâte de riz, plongées un court instant dans un bain d'eau bouillante et salée. Ils prirent également du *ga xoi mo*, un plat de poulet grillé plongé dans une marinade et assaisonné d'épices en abondance. Le plat principal était un *bo nhung dam*, constitué de fines lanières de bœuf cru et d'oignons plongés dans un bouillon de viande frémissant. Une fois cuite, la viande est enroulée dans un baluchon de papier de riz, avec du basilic frais, de la menthe, des carottes, des pousses de haricots, du concombre et du citron vert. Les rouleaux sont plongés dans le *nuoc mâm* et le *nuoc cham*, pour développer leurs

parfums. Il n'y avait pas de boissons alcoolisées disponibles, et ils burent donc des sodas tout au long du repas. Comme ils n'avaient rien avalé de la journée, ils apprécièrent grandement ce qu'ils mangèrent.

Le repas terminé, ils retournèrent voir le pêcheur, lui réglèrent son dû et grimpèrent à bord de sa jonque. Bon nombre de ces jonques possèdent de nos jours un moteur, pour profiter au maximum de l'expansion touristique que connaît la région.

Ils traversèrent la baie qui étalait sa splendeur dans le soleil couchant. La lumière rouge et or scintillait sur les eaux, lançant des reflets magiques aux environs. Bond et Wai Lin se tenaient assis à la proue de l'embarcation, tandis que le pêcheur s'était posté à l'arrière pour manœuvrer son gouvernail. La journée avait été anormalement longue. Bond ne parvenait qu'à peine à croire qu'il l'avait commencée au Japon, pour passer la majeure partie de la journée à Saigon, et se retrouver finalement dans le crépuscule de la baie d'Along.

Ils demeurèrent silencieux un long moment, appréciant le spectacle. Bond demanda finalement : « Comment une fille comme toi s'est-elle retrouvée dans les services secrets ? »

Elle haussa les épaules. « La plupart du temps, c'est juste un travail de routine. Mais l'une des deux raisons pour lesquelles je me suis engagée, c'est pour que ça se passe plus souvent comme aujourd'hui – voguer lors d'un beau début de soirée, avec une mission dangereuse en vue, et l'obligation de collaborer avec un agent décadent mais beau, au service d'une puissance occidentale corrompue. »

Bond se mit à rire. « Et dire qu'on prétend que les communistes ne savent pas s'amuser. »

« Oui, je déteste ce cliché. Les sérieux communistes chinois avec leurs uniformes et leurs grosses lunettes. Regarde-moi, je ne possède même pas de petit livre rouge. »

« Et la seconde raison ? »

Elle hésita, puis lui lança un coup d'œil. « Eh bien, je

souhaitais trouver un travail où j'aurais une chance de rencontrer des hommes qui ne se sentent pas menacés par les femmes fortes ou sexuellement actives. »

Elle fit une grimace.

Wai Lin avait mis l'idée sur la table – à lui de voir à présent. Bond dit : « Eh bien, je crois que tu as trouvé le travail adéquat. Et si je puis me permettre, je crois que tu as trouvé l'agent adéquat, occidental, décadent et corrompu, pour en faire ton partenaire. »

Sur ce, il se pencha sur elle et l'embrassa. Elle l'entoura de ses bras et ils échangèrent un baiser plus long et plus intime. Puis, ils se mirent à glisser lentement pour s'allonger sur une épaisse voile de rechange pliée à leurs pieds. Elle fit passer ses jambes autour de la taille de Bond et ils se blottirent l'un contre l'autre pendant les quelques précieuses minutes qu'il leur restait avant d'affronter la périlleuse mission qui les attendait. Ils déplièrent la toile et la jetèrent par-dessus eux pour disposer d'un semblant d'intimité.

Sans doute estimaient-ils qu'il s'agissait de la dernière nuit qu'ils auraient l'occasion de passer ensemble, ou peut-être de la dernière nuit où ils seraient en vie. Ils firent l'amour avec une intensité et une passion qui consumaient leurs reins et faisaient battre leurs cœurs. Pendant une demi-heure, ils oublièrent jusqu'à l'existence du reste du monde, pour se perdre dans le désir de l'autre. Lorsque leurs corps se fondirent, ils éprouvèrent un formidable sentiment de libération tant espéré. Elle lui griffa le dos en parvenant rapidement à l'orgasme, étouffant ses cris contre les épaules nues de Bond.

Le dénouement de leur rapport coïncida avec la venue de la pénombre. Ils sortirent de sous la voile et reprirent contenance. Le pêcheur ne leur accordait pas la moindre attention. Il jetait des regards fébriles à la ronde, visiblement effrayé de ce qui se trouvait là, quelque part, quoi que cela puisse être. Bond et Wai Lin enfilèrent leurs combinaisons de plongée et préparèrent le reste de leur attirail.

Bond gonfla le canot Zodiac et le lança ensuite dans l'eau. Lui et Wai Lin se servirent d'une échelle de corde pour monter à bord du canot, avant d'adresser de la main un salut d'adieu au pêcheur. La jonque reprit le chemin du quai, et Bond fit se tourner le Zodiac en direction de l'île mystérieuse dont leur avait parlé cet homme.

Ils attendirent une autre demi-heure, jusqu'à ce que le soleil ait complètement disparu. Les étoiles brillaient déjà, et l'île n'était plus qu'une silhouette émergeant des flots, dans le clair de lune.

« Regarde », dit Wai Lin, pointant le doigt.

Des faisceaux de lumières artificielles venaient brusquement d'apparaître dans une région proche de la base de l'île.

« On dirait une sorte de caverne naturelle », dit Bond.

Il mit le Zodiac en marche et le lança dans cette direction.

« Il y a quelque chose qui bouge juste devant », reprit Wai Lin.

Bond aperçut une forme imposante, de couleur sombre, qui glissait devant les lumières, en les dissimulant. À mesure qu'ils se rapprochaient, ils purent voir qu'il s'agissait en réalité d'une espèce de vaisseau. Le *Sea Dolphin II* venait de sortir de son antre et filait droit vers la haute mer.

Bond fit virer le Zodiac pour le placer exactement sur la route du vaisseau furtif. Quelques instants plus tard, le navire fondait sur eux. Bond se dit qu'il ressemblait à l'une de ces machines sorties d'un film de science-fiction – sa silhouette était élancée, futuriste et menaçante. Les deux occupants du Zodiac restèrent silencieux alors que le vaisseau les enveloppait sans un bruit. Leur petite embarcation s'avança directement vers la plate-forme installée entre les deux flotteurs, minuscule canot face au géant des mers qu'Elliot Carver et ses hommes avaient créé.

Bond lança un grappin en direction du flotteur tribord. Lorsque le crochet se fut fixé, Wai Lin attacha l'autre bout au canot. Bond libéra le grappin à l'instant où le vaisseau furtif commençait à prendre de la vitesse.

« Nous l'avons attrapé juste à temps », dit Wai Lin. Elle rassembla les mines ventouses qu'ils avaient emportées et les distribua. Ils n'auraient en fin de compte pas besoin de leur équipement de plongée.

« Les détonateurs sont réglés pour exploser dans vingt minutes, » dit Bond, « mais nous devrions être partis d'ici dans cinq minutes seulement. Je m'occupe de l'autre flotteur. »

Levant les yeux, il s'aperçut qu'elle lui souriait.

« Quelque chose de drôle ? » demanda-t-il.

« Tu te montres bien protecteur, tout à coup. J'ai fait exploser des navires bien plus gros que celui-ci, et sans l'aide de quiconque. »

« Réfléchis un peu », dit-il d'un ton moqueur. « Il n'y a que quelques années de ça, on mettait en prison les femmes qui essayaient de faire exploser des navires sans l'aide de quiconque. »

Les mines solidement accrochées autour de la taille, Wai Lin sauta pour attraper un montant de la structure. « Je m'occupe de l'autre flotteur », fit-elle. Elle entreprit de franchir le vide au-dessus de l'eau en avançant une main après l'autre. Elle faisait penser à un acrobate de cirque. Lorsqu'elle eut atteint le flotteur opposé, Bond lui lança un baiser.

Au sein du pont intérieur du vaisseau furtif, Elliot Carver scrutait nerveusement les écrans radars, aux côtés du capitaine. Stamper se tenait derrière eux, prêt à bondir au moindre souhait de son maître.

Le capitaine déclara : « Les escadres chinoises restent agressivement postées à proximité des six frégates britanniques, qui de leur côté, continuent de chercher au mauvais endroit l'épave de leur bâtiment coulé. »

« Emmenez-nous juste entre les deux flottes », ordonna Carver. « Vitesse maximale. »

Un officier de la sécurité surveillait les moniteurs où s'affichaient les images captées par les caméras vidéo disposées autour du vaisseau. Il était debout depuis plus de vingt-quatre heures – comme l'ensemble de ses collègues – en vue de cette mission. Il se frottait les yeux au moment où la silhouette de Bond traversa l'un des écrans, et ne s'aperçut donc de rien. Par chance, les caméras n'avaient pas saisi l'arrivée du Zodiac.

En l'espace de quelques minutes, le vaisseau furtif s'était mis en position.

Carver jeta un coup d'œil à sa montre. Il était temps. Le moment était arrivé. Tout ce pour quoi il avait œuvré parvenait finalement à exécution.

« Parfait, nous allons commencer », dit Carver. « Tirez un missile en direction du vaisseau amiral de chacune des deux flottes. Faites en sorte de les manquer, mais de peu. »

Bond était occupé à placer les mines ventouses sur un des flotteurs. Dans le même temps, il se demandait de quelle manière ils allaient bien pouvoir s'échapper avant que les détonateurs ne fassent exploser les charges. Le Zodiac n'était pas très rapide. Si l'équipage du vaisseau furtif repérait leur présence, ou s'il les apercevait occupés à s'enfuir avant que les mines n'explosent, lui et Wai Lin constitueraient des cibles des plus faciles. Il ne pouvait qu'espérer agir en toute discrétion et s'éloigner hors de portée de vue pour se fondre dans l'obscurité.

Un bruit assourdissant le fit sursauter et il sentit un souffle chaud qui passait à un mètre de lui environ. Le premier missile fusa dans l'air et disparut dans les ténèbres de la nuit. Il se tourna vers Wai Lin. Le second missile partit depuis le flotteur où elle se trouvait, et il la vit sursauter à son tour. Les yeux de la jeune Chinoise croisèrent le regard de Bond, et une fois de plus, ils purent déchiffrer les pensées l'un de l'autre – cela venait de commencer. Elle s'empara de ses dernières mines et se précipita vers la proue du vaisseau.

Le navire amiral de la flotte britannique, le H.M.S. *Bedford*, était lui aussi une frégate de type 23, classe Duke, armée de missiles SAS et de missiles SAM. L'amiral Kelly se tenait en compagnie du commandant de bord dans le poste de commandement, surveillant les différentes consoles. Jusqu'ici, la flotte chinoise n'avait émis aucun message comminatoire, mais ses navires se trouvaient un peu trop près pour que la situation soit confortable.

Kelly était un homme raisonnable, mais c'était également un patriote d'une loyauté sans faille. Il ferait ce qui s'avérerait nécessaire pour défendre ses bâtiments et affronter les Chinois, pour l'honneur de la Grande-Bretagne. Le commandant partageait l'enthousiasme de l'amiral, mais ne possédait pas ses longues années d'expérience. Cependant, la Royal Navy ne pouvait pas disposer d'homme plus valable que le capitaine James McMahon à la barre de son navire amiral.

Brusquement, les écrans du chef d'équipe s'allumèrent.

« Missile en approche », déclara l'homme. « Cap au deux cent quarante. Distance quinze miles. »

Le commandant se tourna aussitôt vers son PWO, Principal Warfare Officer, officier responsable des opérations de combat.

« Pee-woe, poussez la vitesse au maximum, virez à gauche, trente degrés », ordonna-t-il. « Pee-woe » était le terme d'argot pour PWO.

L'amiral Kelly se tourna vers un autre marin et ajouta : « Dites à tous les navires d'adopter la position de défense antimissile. » À l'officier responsable des opérations, il déclara : « Envoyez un message à l'amirauté : « Groupe expéditionnaire sous le feu de missiles. » »

Le chef d'équipe ajouta : « Distance dix miles. Cap deux cent quarante. »

Le commandant se tourna vers l'amiral. Kelly lui adressa un signe de la tête rassurant, avant de déclarer : « Ils ont jeté le gant. Si c'est la bagarre qu'ils cherchent, par Dieu, nous n'allons pas nous défiler. »

Le *Bedford* exécuta la manœuvre de diversion et se mit à zigzaguer à très grande vitesse. Le missile se rapprocha, encore et encore… avant de filer à toute allure par-dessus le navire et d'aller exploser dans les eaux juste devant lui. Dans le poste de commandement, chacun laissa échapper un soupir de soulagement.

Le commandement dit alors : « Leur flotte est en train de se tourner vers nous, sir. »

L'amiral Kelly jeta un coup d'œil aux écrans avant d'arrêter sa décision.

« Ils s'attendent à ce que nous reculions », fit-il. « Mais ils vont être déçus. Faites tourner le groupe expéditionnaire dans leur direction. Tirez le premier Harpoon. Coup de semonce. Mais que leurs cheveux volent sur ce coup-là. »

Le commandant transmit ces ordres, qui furent également relayés vers les cinq autres navires de la flotte.

Bond travaillait aussi vite que possible, sachant que le missile pouvait atteindre sa cible d'une minute à l'autre. Il espérait que la frégate réussirait à manœuvrer pour l'éviter, car ce navire en était parfaitement capable, à une distance comme celle-là. Il passa par-dessus l'un des supports du flotteur tribord et planta une mine à un endroit où elle pourrait facilement être aperçue. Ce support jouait un peu le rôle d'arc-boutant. Il fit ensuite le tour de ce montant et disposa une seconde mine derrière la première. Bond se dit qu'un garde effectuant un examen très précis se satisferait de retrouver la première mine, et négligerait la seconde. Il se remit ensuite à la tâche, pour placer les autres mines le long du flotteur, et faillit entrer dans le champ de vision d'une caméra vidéo pivotante. Il se pencha juste à temps pour l'éviter. Il jeta un coup d'œil vers l'autre flotteur dans l'idée de prévenir Wai Lin de la présence de ces caméras, mais ne l'aperçut pas.

Il ne devait pas s'inquiéter à son sujet. Elle savait ce qu'il fallait faire. Il décida de se concentrer sur sa tâche.

Le capitaine du *Sea Dolphin II* avait suivi la réaction de la Royal Navy et des Chinois, avant d'annoncer : « Chacune des deux flottes a répondu à nos missiles en tirant l'un des siens. »

Carver demanda : « Seulement un ? Sobriété admirable. Sans jeu de mots. »

Le capitaine et Stamper lui lancèrent un regard interdit.

« Admirable ? » reprit Carver pour s'expliquer. « Amiral, admirable ? Oh, oubliez ça. Bon, nous échauffons les esprits, dirait-on, et... – *Nom de Dieu ! mais est-ce que vous êtes tous aveugles ! !* »

Chacune des personnes présentes se figea. Nul n'avait la moindre idée de ce qui avait causé cet éclat soudain.

« Mais pourquoi est-ce que je vous paie, bon sang ? »

Sur ce, Carver bondit en direction de la console de surveillance. Il empoigna par les cheveux le membre d'équipage qui somnolait devant les écrans et approcha son visage de l'un des moniteurs. La caméra couvrait la zone centrale du flotteur bâbord. Pour l'instant, l'écran n'affichait rien de particulier, si bien que le membre d'équipage apeuré se tourna vers son patron, une question muette sur les traits.

« La caméra est en train de pivoter, espèce de crétin bon à rien, misérable imbécile ! » s'exclama Carver. « Mets-la sur manuel. Fais-la se retourner ! »

Maladroitement, parce que Carver le tenait toujours par les cheveux, l'homme fit pivoter la caméra jusqu'à ce que l'écran affiche le profil de Wai Lin. Elle n'avait visiblement pas conscience d'être filmée.

Carver observa l'image, puis déclara à Stamper : « Frappe-le. »

Stamper réagit dans la seconde à cet ordre, et s'avança pour assener à l'infortuné membre d'équipage un coup de poing à lui briser les os. Carver se retrouva avec une poignée de cheveux de l'homme entre les doigts, cheveux qui venaient d'être arrachés à son cuir chevelu. Carver agita la main pour s'en débarrasser.

« Si elle est là, alors Bond est là également. Retrouve-les et tue-les », fit-il ensuite.

Stamper se rua hors de la pièce pour obéir à cet ordre. Carver jeta un coup d'œil à l'homme gémissant affalé à ses pieds, puis se tourna vers un autre membre d'équipage, pour déclarer : « Jetez ce type par-dessus bord. »

Sur ce, Carver fit volte-face et passa en trombe les doubles portes menant à ses quartiers privés. Les gardes s'emparèrent aussitôt de l'homme sur le sol et le relevèrent pour l'emmener au-dehors. « Non ! Non ! » s'écria-t-il, mais il comprit vite que pour prix de son erreur, il allait écoper davantage que d'une mauvaise note sur le rapport d'activités annuel.

Wai Lin posa sa dernière mine sur le flotteur tribord. Voilà qui était fait. Maintenant, il lui fallait retrouver James et déguerpir de ce vaisseau aussi vite que possible. Elle se redressa et, vive comme une grenouille qui attraperait une mouche du bout de la langue, la main de Stamper fut sur elle pour l'attirer vers lui et la flanquer dans une écoutille donnant accès aux profondeurs du vaisseau.

Ils se retrouvèrent dans une voie d'accès portant le chiffre 4, petite pièce ne contenant rien de plus qu'une échelle et des écoutilles communiquant avec l'extérieur et le reste du navire. Stamper maintenait fermement Wai Lin par la taille. Elle se débattait comme un chat sauvage, mais cela n'inquiétait guère l'Allemand. Il donna des ordres à quatre de ses hommes, porteurs de mitrailleuses MP5K.

« Sortez et tuez-le. Faites attention, c'est un malin. Je vais envoyer d'autres hommes en renfort d'ici quelques minutes. »

Ils lui adressèrent un salut, avant de franchir l'un après l'autre l'écoutille donnant sur l'extérieur. Stamper n'avait jamais encore été gratifié de saluts. Il trouva cela plaisant.

« Allons-y, bébé », fit-il à Wai Lin, avant de lui faire quitter la voie d'accès en direction des profondeurs du navire. Il avait l'espoir que Carver tiendrait sa promesse et lui permettrait de disposer de la fille. Son esprit avait commencé à jouer avec les nombreuses possibilités qui s'offraient à lui...

Au-dehors, James Bond était en train de contourner l'un des supports du flotteur tribord, lorsqu'il faillit entrer en collision avec l'un des gardes, qui se trouva tout aussi étonné que Bond de leur rencontre. L'homme braqua sa mitrailleuse, mais 007 fut le plus prompt. Il prit l'homme à revers avec son pistolet à silencieux et l'envoya valser dans les eaux tumultueuses.

Il réussit à s'abriter derrière le montant, tandis qu'une salve de mitrailleuse arrosait les alentours. Il y avait un second garde, derrière celui que Bond venait de faire tomber à la mer. Du coin de l'œil, Bond aperçut deux autres hommes postés sur le flotteur bâbord, qui braquaient leurs armes vers lui. Il pointa d'un geste coulé son pistolet et tira deux coups silencieux, les frappant avant qu'ils aient pu faire feu. Ils tombèrent à l'eau, touchés mortellement.

Sans perdre une seconde, Bond fit valser son bras dans l'air derrière lui et tira un coup de feu qui atteignit le deuxième garde à la gorge. L'homme étouffa en émettant des gargouillis, pendant un bref instant, puis tomba à son tour dans la mer et y disparut aussitôt. Bond plongea dans l'espace suivant, mais à l'instant où il s'y réfugiait, une écoutille commença à se soulever juste devant lui. Il bondit aussitôt par-dessus, pour se retrouver de l'autre côté lorsqu'elle s'ouvrirait tout à fait.

Les gardiens apparurent dans l'ouverture. Deux d'entre eux se lancèrent à la recherche de Bond, tandis qu'un troisième demeurait sur place. Une fois seul, cet homme sentit soudain le museau du pistolet de Bond se poser sur sa nuque. De son autre main, Bond se débarrassa du sac accroché à son épaule, et le plaça sur le garde. Il repoussa ensuite brutalement l'homme pour le mettre en vue de ses collègues. Les deux autres gardes aperçurent une ombre noire portant le sac en question, et ouvrirent le feu sans attendre. Le corps du garde tomba dans la mer et disparut avant que quiconque ait pu réaliser qu'il ne s'agissait pas de celui de l'agent secret britannique.

Bond se glissa dans l'écoutille, qui communiquait avec la voie d'accès numéro 2. Il referma la porte, puis dévala l'échelle. Il savait qu'ils s'étaient plus que probablement emparés de Wai Lin.

Elliot Carver se tenait à son bureau, dans ses quartiers réservés. Un escalier en colimaçon conduisait de cette pièce jusqu'au pont. Il faisait face à un mur d'écrans vidéo qui relayaient les images des moniteurs de la salle de commande du vaisseau furtif. Il y avait également d'autres écrans, qui affichaient les nouvelles et les informations transmises par son empire de presse. Henry Gupta se tenait à ses côtés, se triturant nerveusement la barbe. Carver se massait la mâchoire. La douleur était pire que jamais.

L'interphone bourdonna. Carver décrocha et prit connaissance du fait que Bond avait été abattu avant que son corps sans vie ne tombe à la mer.

« Vous en êtes sûr? Bien. Trouvez les mines à présent. Où est Stamper? »

Au même instant, Stamper apparut dans la pièce, dévalant l'escalier en colimaçon, et maîtrisant Wai Lin qui se débattait toujours en gesticulant.

« Quand on parle du loup », fit Gupta.

« Oubliez ma question », reprit Carver dans l'interphone, avant de raccrocher.

Stamper s'avança vers son patron, l'air d'un adolescent sur le point de demander à son père les clés de sa nouvelle voiture.

« Je sais que vous m'avez demandé de la tuer, mais avant ça, vous aviez dit que je pourrais m'en occuper », dit-il à voix basse. « Je vous promets qu'elle ne nous fera plus d'ennui... »

« Tu vas voir, tes ennuis, espèce de... » cracha Wai Lin

en envoyant son genoux dans l'entrejambe de Stamper. Carver et Gupta grimacèrent, mais Stamper, quant à lui, ne frémit même pas.

« Ça chatouille ! » dit-il avec un sourire.

Après quoi, il flanqua à Wai Lin un coup sur le côté du visage, qui lui fit perdre connaissance. Elle s'affala sur le sol comme une poupée de chiffon.

« Monsieur ? » reprit-il. « S'il vous plaît ? Je vais tout enregistrer sur bande vidéo, bien sûr. »

« Très bien », fit Carver. « Tu peux en disposer. »

Sur un signe de sa part, trois gardes se présentèrent à la porte. « Mettez-la aux fers », dit-il. « Après quoi, vous l'emmènerez jusqu'à la cabine de Stamper. »

« Oh, merci ! Merci ! » dit Stamper avec exubérance.

« Mais avant tout, les mines », ajouta gravement Carver, sur le ton d'un père ordonnant à son jeune fils de terminer ses devoirs avant de regarder la télévision.

« Oui, monsieur ! »

Stamper tendit le corps de Wai Lin aux gardes et escalada ensuite à toute allure l'escalier en colimaçon. Wai Lin reprenait connaissance, si bien que les gardes pointèrent leurs mitrailleuses dans sa direction.

« Pourquoi en arrivez-vous toujours à faire des cadeaux à ce cinglé de Teuton ? » demanda Gupta, qui se disait qu'il aurait également pu lui aussi recevoir de temps à autre un des os lancés sous la table.

« Celui-ci, ton cœur ne l'aurait pas supporté », fit Carver, en parlant de la jeune Chinoise.

« Je me serais bien occupé d'elle, je vous assure. »

Gupta accorda un clin d'œil à la jeune femme et lui envoya un baiser.

Wai Lin lui renvoya son regard, les yeux emplis de haine, mais ne répondit pas.

Dans le poste de commandement du H.M.S. *Bedford*, l'officier responsable des combats ôta son casque et s'écria : « Sir ! Un rapport de l'AWACS confirme deux vagues de

MiG-21 en approche. Le premier groupe va apparaître sur nos écrans d'ici deux minutes ! »

L'amiral Kelly s'adressa au radio : « À tous les navires : « Menace aérienne, alerte rouge. » »

S'il devait jamais éclater une guerre, l'instant était imminent.

15
PÉRIODE DE CRISE

Toutes les personnes présentes dans la salle de décision du ministère de la Défense, à Londres, étaient demeurées en service actif depuis que M et ses collaborateurs étaient sortis en trombe de la pièce, deux jours plus tôt. Une crise amène le pire et le meilleur de la part des gens, et il arrive que la situation devienne explosive, à cause d'incompréhensions, d'egos froissés ou d'entêtement caractérisé. Garder calme, sang-froid et raison au cours de périodes comme celle-là était un trait de caractère admirable, et Bill Tanner lui-même était étonné de voir que M y parvenait. Elle avait essuyé une somme considérable de vexations de la part des membres masculins du groupe de décision, ce qui ne l'avait pas empêchée de camper sur ses positions et de continuer à affirmer que les choses n'étaient pas ce dont elles avaient l'air.

Le jour suivant, elle s'était présentée dès le matin au ministère de la Défense, où le ministre en personne lui avait demandé une entrevue privée. On lui avait alors interdit l'entrée de la salle de décision et elle avait reçu l'ordre de demeurer dans son bureau du MI6 jusqu'à ce qu'on ait « besoin d'elle ». M sortit de là offusquée et humiliée, mais ayant néanmoins saisi que le ministre avait agi contre sa volonté propre et s'était vu contraint d'agir de la sorte par d'autres hauts dignitaires. M et Tanner s'en étaient donc retournés dans leurs quartiers, tandis que les gens de la salle de décision continuaient d'attendre la suite des événements en scrutant les moniteurs.

Aux environs du moment où Wai Lin et Bond avaient décidé de poser des mines ventouses sur le vaisseau furtif d'Elliot Carver, à plusieurs fuseaux horaires de là, le crépuscule était tombé sur une salle de décision muette et lugubre. Pas de nouvelles équivalait à de mauvaises nouvelles.

Ils étaient censés être des hommes d'action, mais au cours des seize dernières heures, ils n'avaient fait qu'observer les écrans d'un œil vide, en totale impuissance, sans proposer la plus petite des actions pour résoudre le conflit. Le ministre éprouvait craintes et frustrations. Il savait qu'en l'absence de M dans la vaste salle, il fallait être vraiment perspicace pour se rendre compte qu'il manquait une certaine dynamique dans l'équation d'ensemble. Lui-même l'avait senti, mais ne savait pas avec certitude si l'amiral-chef d'état-major, assis à ses côtés face aux écrans, avait pris conscience du fait. Une douzaine d'autres hauts gradés de la Royal Navy, y compris l'amiral Roebuck, se tenaient derrière eux. Le ministre était sans doute le seul qui regrettait l'absence de M dans ces lieux.

C'est à ce moment que tombèrent les premiers rapports en provenance du H.M.S. *Bedford.* Attaques de missiles, vol de MiG,... La salle de décision se remit en branle et les hommes se massèrent davantage encore face aux écrans. Tous se sentaient parfaitement impuissants, et la seule chose à faire était d'écouter en priant.

Un officier d'état-major annonça : « Les MiG sont à huit minutes de se trouver à portée de tir de missile. »

La tension fut brutalement rompue par des bruits de coups assenés à la porte. Les officiers se retournèrent pour voir M débouler dans la salle, suivie de Tanner, ainsi que de deux policiers militaires qui avaient sortis leurs armes. Ils répugnaient manifestement à en faire usage sur un officiel du gouvernement... vêtu d'un ensemble Sonya Rykiel.

Le ministre de la Défense fit une grimace et déclara : « Je vous assure, M, vous ne pouvez pas... »

« Écoutez-moi », dit-elle, en le coupant sèchement. « Notre agent 007 vient de nous envoyer un rapport conjointement avec un agent chinois, destiné aux services secrets chinois ainsi qu'à moi-même. »

Tanner entreprit de distribuer des copies du document à la ronde.

« Dites à vos navires », reprit M, « de se mettre en quête d'un vaisseau invisible, ou presque invisible, aux radars... »

« Un rapport conjoint ? » s'exclama l'amiral Roebuck. « Votre agent a fourni de l'aide à l'ennemi ? »

« Les Chinois ne sont pas nos ennemis », dit M. « C'est exactement cette façon de penser qui nous amène à deux doigts de la guerre. Je peux vous affirmer, messieurs, que comme vos pairs chinois, on s'est joué de vous comme de violons ! »

Des expressions perplexes sur les traits, les hommes se mirent à lire les feuilles de papier qu'ils tenaient dans les mains.

Les gardes de Stamper se déplaçaient précautionneusement le long des flotteurs, des deux côtés du vaisseau furtif, à la recherche des mines ventouses placées par Bond et Wai Lin. L'un après l'autre, les engins explosifs étaient délicatement recueillis avant d'être jetés à la mer.

Stamper lui-même s'était joint aux recherches. Sans doute n'était-il pas l'homme le plus intelligent du monde, mais il possédait des instincts fiables. Il pouvait percevoir les problèmes, et disposait parfois d'un sixième sens à cet égard.

Il était pour l'instant occupé à vérifier un montant où il soupçonnait Bond d'avoir installé l'une des mines. Comme prévu, l'engin s'y trouvait. Stamper l'arracha doucement et le balança à l'eau, puis se remit à la tâche. Son sixième sens venait apparemment de fonctionner, car il décida de faire lentement le tour du montant. Il leva la main pour chercher aux alentours, mettant finalement les doigts sur la seconde mine que Bond avait placée en renfort de la première. Passablement fier de lui, Stamper décolla cette seconde mine et la jeta à la mer. Le patron serait content de lui.

Il aurait voulu avoir trouvé lui-même l'Anglais. Être simplement abattu et jeté à l'eau n'était pas suffisant pour ce type. Il aurait dû être tué de la *bonne* manière, songea Stamper. Cet espion avait essayé de faire échouer les plans du patron. Faire échouer les plans du patron signifiait faire échouer les plans de Stamper. Et Stamper n'aimait pas beaucoup ça.

Mais il restait la fille. Le patron avait promis de la lui confier. C'était une espèce de consolation. Il comptait lui faire ce qu'il aurait fait avec Bond, mais cela promettait d'être bien plus amusant encore avec une fille. Il était plus qu'impatient d'en finir avec ces satanées mines.

Le sixième sens en éveil, Stamper poursuivit sa tâche le long du flotteur.

Elliot Carver faisait les cent pas dans son bureau privé, tandis que Henry Gupta travaillait furieusement sur les commandes de l'ordinateur.

« C'est encore long? » demanda Carver. « L'une des parties ou l'autre peut parfaitement faire éclater la guerre d'ici cinq minutes. »

« Nous sommes en train d'entrer les coordonnées de cibles », déclara Gupta. « Ce sera fini dans quelques secondes. »

« Parfait. » Il appuya sur l'un des boutons de l'interphone. « Capitaine, placez-nous en position de tir et mettez-nous ensuite à l'arrêt. »

Carver se frotta la mâchoire, mais pour la première fois depuis bien longtemps, il était trop excité pour ressentir la douleur. Tous les articles annonçant la guerre avaient déjà été rédigés et introduits dans les programmes informatiques. Ils avaient été prévus pour comporter plusieurs variations factuelles, liées aux détails de la situation qui allait effectivement avoir lieu, et chacune de ces versions pouvait être transmise grâce à un simple bouton. Quelle que soit la manière dont évoluerait la bataille, Carver se tenait prêt, avec la version « correcte » des événements encore à venir. D'ici peu, le Carver Media Group Network entrerait dans l'histoire en tant qu'unique organisation médiatique capable de transmettre en temps réel l'évolution de la guerre.

Voilà des années que Carver n'avait pas éprouvé un tel sentiment de puissance. Il se sentait aussi haut qu'un faucon, et tout autant dépourvu de raison.

Dans les profondeurs du vaisseau, Bond progressait le long d'une passerelle fixée à la cloison. Il se recroquevilla davantage encore contre la paroi pour ne pas être repéré par les trois gardes qui venaient d'emprunter une autre passerelle plus en hauteur. Il vérifia le chargeur de son pistolet à silencieux. Bon sang, il ne lui restait plus que deux balles ! Il sortit un couteau de combat de l'étui qu'il portait au tibia et se prépara à l'action.

Les trois gardes échangeaient quelques mots, tout à leur satisfaction de n'avoir pas été obligés de sortir à la recherche de ces mines ventouses. Ils s'attendaient à recevoir une belle prime plus tard dans la nuit, si le plan du patron se déroulait parfaitement. C'était tout ce qui leur importait.

« Moi », dit l'un d'eux, « je vais prendre mon fric et me tirer dans une île quelque part. »

« Moi, je vais aller rendre visite à mon bordel préféré », dit un autre.

« Pourquoi jeter l'argent par les fenêtres ? » reprit le premier, à l'esprit plus pratique. « Un franc épargné est un franc… AAAHHH ! »

Bond venait de changer brutalement leur sujet de conversation en plongeant d'une main la lame de son couteau dans le plexus solaire du garde, tout en abattant de l'autre main ses deux collègues, d'une balle au beau milieu du front. Entendant du bruit derrière lui, Bond fit volte-face et enfonça le couteau ensanglanté dans la poitrine d'un quatrième homme qui venait de se ruer sur la passerelle. Toute l'opération fut terminée en deux secondes silencieuses. Bond récupéra son couteau et essuya le sang sur la chemise de l'homme.

Un rouleau de bande adhésive traînait sur la passerelle. En l'apercevant, Bond eut une idée. Il s'empara du rouleau et le fourra dans une de ses poches.

Il s'arrêta un instant pour décider de la suite. Qu'était-il arrivé à Wai Lin ? L'avaient-ils attrapée ?

Il reprit sa progression vers l'avant du vaisseau, en échafaudant un nouveau plan pour mettre un terme au projet insensé de Carver, sans avoir à tuer l'un après l'autre ses hommes de main jusqu'à en arriver finalement au fou qui dirigeait tout cela et l'arrêter en dernier lieu. S'il trouvait Wai Lin sur sa route, eh bien, ce serait tant mieux.

Dans le poste de commandement du H.M.S. *Bedford*, l'officier responsable des combats déclara : « Sir, les MiG se trouvent encore à une minute de portée de tir de missile, mais ils viennent à l'instant d'allumer leurs radars de feu. » Le capitaine McMahon hocha la tête pour indiquer qu'il avait saisi.

L'amiral Kelly fit part de son avis sur la question. « Commandant, nous ne pourrons sans doute pas affronter autant d'avions d'un coup, mais que je sois damné si nous sommes les seuls à rejoindre le fond. Dites à tous les navires que, dès l'instant où le premier MiG tirera, ils pourront faire feu sur n'importe quel élément de la flotte chinoise. »

« Bien, sir », dit le capitaine.

L'homme des transmissions se leva alors en déclarant : « Message urgent de la part de l'amirauté, sir ! » Il arracha une longue feuille de papier de son imprimante et la tendit à l'amiral. Celui-ci la lut, puis la relut une seconde fois, pour s'assurer qu'il ne s'était pas trompé. Il transmit ensuite le long message au capitaine. « Jetez un coup d'œil là-dessus », fit-il. « Je crois qu'ils sont devenus fous. »

Il s'avança alors vers l'officier de combat, une expression troublée sur le visage. « Recevez-vous quelque chose sur vos radars qui soit de petite taille? Comme un canot de sauvetage, un périscope, une chose du genre? »

L'officier vérifia. « Non, sir. »

Le capitaine leva les yeux par-dessus le message. Il semblait étonné. « Un vaisseau furtif, sir? Il sont devenus fous, c'est sûr. »

Perplexes, les hommes réunis autour du moniteur se remirent à examiner l'écran, en quête de la plus faible des émissions suspectes.

Pas très loin de là, le *Sea Dolphin II* venait d'atteindre la position de tir et ralentissait pour s'arrêter au milieu des eaux. Le vaisseau finit par s'immobiliser dans le clair de lune, ombre dansant sur la mer. On aurait pu croire qu'il s'agissait d'une baleine paisiblement endormie à la surface.

Un garde solitaire surveillait la plate-forme de travail à la poupe. C'était une sorte de vestiaire où étaient rangés outils et pièces détachées. Quelques bombes de peinture roulaient devant une armoire. Soupçonneux, le garde dressa son MP5K et s'avança à pas de loup vers l'armoire. Il compta jusqu'à trois, avant d'ouvrir la porte d'un coup sec. Il eut alors la surprise d'y trouver deux de ses collègues attachés et bâillonnés.

L'homme eut à peine le temps d'enregistrer cette information avant d'être frappé à la nuque, du plat d'une main droite entraînée à briser des planches d'un seul coup. Il s'affala sur les genoux, et James Bond arracha la mitrailleuse Heckler & Koch des mains molles du garde, avant de lui administrer un nouveau coup bien placé dans la nuque. Le garde s'effondra sans connaissance, en travers des genoux de ses deux collègues. Bond referma l'armoire sur les trois, avant de s'emparer des bombes de peinture. Il avait déjà amassé une belle quantité de choses.

Se remettant en marche, il atteignit en peu de temps le niveau supérieur du navire. Bond grimpa silencieusement sur la plate-forme de poupe et se pencha pour observer une imposante pièce de machinerie. Il avait trouvé ce qu'il cherchait.

S'il s'était penché par-dessus la rambarde de la plate-forme pour jeter un coup d'œil en bas, vers la zone à ciel ouvert occupant l'arrière du vaisseau, il aurait pu apercevoir sans problème le missile de croisière. L'engin était enchâssé dans son tube de lancement en acier épais, rangé parallèlement aux flancs du navire. Il n'y avait aucun garde en vue.

Bond s'assit pour disposer devant lui les différentes choses qu'il avait emportées – le rouleau de bande adhésive, les bombes de peinture, un récipient métallique contenant de l'essence. Il entreprit de découper des bandes de ruban adhésif, aussi silencieusement que possible. Après quoi, il se mit à attacher les bombes de peinture au bidon d'essence.

Il jeta un coup d'œil aux environs pour vérifier si quelqu'un avait fait son apparition. Un membre d'équipage était occupé à suivre la passerelle en direction du missile. L'homme n'était pas armé.

Bond saisit la mitrailleuse et la régla en position de tir au coup par coup. Il visa la passerelle, à quelques centimètres devant le pied droit de l'homme. Le coup de feu partit, et la balle alla ricocher sur le métal de la passerelle. L'homme d'équipage n'était pas sûr de ce qui venait de se passer. Il jeta un regard à la ronde, puis risqua un autre pas. Bond tira un second coup de feu, cette fois à moins d'un centimètre du pied gauche de l'homme.

La tactique se révéla payante. L'homme se retourna et disparut rapidement.

Bond se remit alors à la tâche sans être interrompu, pendant les deux minutes qui suivirent.

De l'autre côté du monde, les hommes de la salle de décision attendaient anxieusement les nouvelles en provenance de la flotte. Tanner ne quittait pas M du regard. Il pouvait voir qu'elle était nerveuse, mais il était le seul à s'en rendre compte. Aux yeux des autres, elle demeurait si sûre d'elle que cela les effrayait. Ce n'est que parce qu'il avait réussi à la connaître si bien, au cours des deux années qui venaient de passer, que Tanner était ainsi capable de percer la cuirasse dont elle se protégeait. Il ne la blâmait pas de se montrer nerveuse. C'était sa carrière qui était en jeu.

L'officier d'état-major annonça : « Sir, l'amiral Kelly indique qu'il n'y a pas trace de vaisseau furtif et qu'il... »

« Mais bien sûr! » le coupa M. « S'il est furtif! »

«... qu'il ne peut pas poursuivre les recherches. Il s'attend à être la cible de tirs dans moins d'une minute. »

« Il faut lui ordonner de ne pas riposter par d'autres tirs », dit alors M.

« Je ne puis en aucun cas ordonner à la flotte britannique de refuser de se défendre », déclara le ministre d'un ton résolu.

« Alors, que Dieu nous vienne en aide », fut tout ce que M pu ajouter.

Dans le bureau de Carver, Gupta laissa fuser un énorme soupir de triomphe. Il se recula au fond de son siège, croisa les bras sur la poitrine, et sourit. Carver serra les mâchoires et fit grincer ses dents.

« Alors? » demanda-t-il.

« C'est fait », dit Gupta, comme si la tâche n'avait rien eu d'exceptionnel.

« Bon. Tenez-vous prêts. »

L'interphone bourdonna. La présence de Stamper était requise d'urgence sur la plate-forme du missile. Carver voulut savoir ce qui se passait.

« Que voulez-vous dire, avec votre « tireur embusqué »? » cria-t-il dans l'interphone. « Oh, ne vous fatiguez pas. Je viens voir par moi-même. »

Grommelant, il se précipita sur les lieux en compagnie de Gupta et trouva l'endroit bondé de gardes.

« Mais que se passe-t-il, au nom du ciel? » demanda Carver.

« Nous avons essuyé des coups de feu lorsqu'on s'est approchés », déclara un des membres d'équipage. « Je n'ai pas réussi à atteindre les serrures. » Il indiqua la plate-forme où était rangé le missile.

« Quelles serrures? » fit Carver.

Ce fut Gupta qui lui expliqua. « Lorsqu'on se trouve en mer, le tube de lancement est verrouillé. On ne pourra pas tirer le missile tant que quelqu'un ne descend pas jusque-là pour déverrouiller le système de mise à feu. »

Les paupières de Carver se plissèrent. Il s'empara d'un téléphone fixé au mur et se mit aussitôt à crier dans l'appareil. « Stamper! Viens immédiatement ici, et amène la fille! Bond est toujours en vie. »

Il raccrocha sèchement le téléphone et se tourna vers ceux qui l'entouraient. Puis il se fraya un chemin au travers de ses hommes et s'avança sans hésiter sur la plate-forme.

On n'apercevait pour l'instant rien d'anormal.

« Bond? » cria-t-il. Sa voix résonna en écho sur les parois.

James Bond sortit la tête de sa cachette et pointa son arme sur Carver.

« Vous n'allez pas me tirer dessus, Bond. J'ai la fille en ma possession, si vous voulez le savoir. Stamper lui fera ce qu'il fait de mieux dans le genre, si jamais vous me tuez. Alors, il va falloir vous rendre. Les bulletins d'information sont déjà rédigés. Les articles sont déjà sous presse. Il n'y aura pas d'édition supplémentaire cette nuit. Si vous vous rendez et que vous abandonnez votre arme, je ferai en sorte que Stamper ne vous torture pas, ni vous, ni la fille. Je veillerai à ce que vous trouviez une mort rapide et sans souffrance. »

Bond lui répondit en arrosant la passerelle de plusieurs projectiles, obligeant Carver à reculer de peur d'être atteint.

Le H.M.S. *Bedford* fonçait droit sur la flotte chinoise. Une alarme automatique retentit à partir de l'une des consoles du poste de commandement. Il s'agissait de l'avertisseur sonore que tout le personnel de la marine redoutait un jour d'entendre.

« Sir ! » s'exclama l'officier responsable. « Les MiG sont à portée de tir. Nous avons capté leurs radars de feu. »

L'amiral se tourna vers le commandant. Ils s'adressèrent un signe de compréhension mutuelle.

« Tous les navires sont prêts à tirer, sir », déclara le commandant. « Ils feront feu à l'instant même où l'ennemi attaquera. »

Ils scrutèrent les moniteurs, dans l'attente de l'événement. Les paumes de leurs mains étaient moites.

L'amiral Kelly jeta un nouveau coup d'œil en direction du radar, pour essayer de repérer ce dont avait bien pu parler l'amirauté.

Bond grimpa au sommet de la pièce de machinerie derrière laquelle il s'était abrité. De là, il réussit à atteindre le point le plus élevé du vaisseau furtif. Il se servit de la bande adhésive pour fixer le dispositif qu'il avait imaginé sur la surface interne de la coque. Il vérifia que le tout était bien attaché, avant d'entreprendre l'escalade. Un bruit en provenance de la passerelle au-dessous de lui le fit se figer – de lourds bruits de pas. Il sauta d'un bond pour s'abriter à nouveau derrière la machinerie, et braqua son arme pour se remettre à tirer.

C'était Wai Lin ! Les menottes qui entravaient ses poignets étaient rattachées à une autre paire de menottes, encerclant ses chevilles. Stamper se tenait derrière elle, et se servait de la Chinoise comme d'un bouclier humain.

« Tire ! Tire ! » cria Wai Lin. « De toute manière, ils vont me tuer ! »

Bond jaugea rapidement la situation. Il jeta un regard au dispositif qu'il avait fixé au plafond. Puis il estima en toute hâte la distance qui l'en séparait. Après quoi, il compara cela à la distance située entre ce dispositif et Wai Lin, et décida qu'il était suffisamment proche.

Il cria quelques mots en danois à Wai Lin, de façon à ce qu'elle le comprenne.

Plus bas, sur la plate-forme avant, Carver entendit Bond crier et serra les dents. « Stamper ! Attention ! Il va tenter quelque chose ! »

Bond leva son arme et la pointa vers le haut. Puis il compta, toujours en danois : « Trois... Deux... Un ! »

Il tira sur la bombe artisanale qu'il venait de fabriquer de ses mains. L'engin explosa dans un vacarme assourdissant, arrachant un bout de la coque extérieure. Au même moment, Bond effectua un parfait plongeon en direction des eaux situées entre les deux flotteurs. Wai Lin s'élança simultanément pour bondir par-dessus la rambarde de la passerelle, en comptant sur le fait que Stamper était momentanément distrait par l'explosion. Stamper, cependant, était trop prompt à la détente. Il réagit dans l'instant et attrapa la chaîne des menottes entravant les chevilles de Wai Lin, avant qu'elle ait réussi à disparaître de l'autre côté de la rambarde. Il la ramena lentement vers le haut et la fit ensuite retomber sur la passerelle.

Les gardes avaient ouvert le feu sur Bond. Il plongea et nagea pour s'enfoncer de plus en plus profondément, tandis que les projectiles venaient frapper la surface aux alentours. Il lui fallait rejoindre l'extérieur du vaisseau à présent. Il ne pouvait se permettre d'attendre que Wai Lin le rattrape. Elle devait s'en sortir seule.

Bond nagea avec vigueur pour passer sous toute la longueur du vaisseau. Il creva la surface des eaux en prenant une grande aspiration. Il leva les yeux et découvrit qu'il se trouvait à cinq mètres environ de la proue du vaisseau furtif. Wai Lin ne se trouvait pas dans les parages, et n'apparut pas davantage à ses côtés au milieu des eaux.

Elle n'avait pas réussi à s'échapper. Alors quoi ? se dit-il. Il ne pouvait évidemment pas l'abandonner de cette manière.

Il sentit monter en lui un brusque accès de rage, puis se remit à nager en direction du navire. Il réussit à s'assurer une prise des plus ténues, sur la coque lisse de la poupe, et grimpa aussitôt à bord.

L'officier de combat du *Bedford* leva les yeux de son écran radar et s'exclama, d'un air étonné : « Sir ! Nous captons une nouvelle cible sur le scope, cap 112 degrés. Signal très faible, on ne parvient pas à définir la distance, mais je jurerais que ça n'était pas là il y a une seconde de ça, sir. »

Kelly se pencha pour observer de ses yeux le radar. Il était évident qu'on y apercevait un léger signal. Il devait s'agir d'un genre de vaisseau.

« Radio ! » s'écria l'amiral. « À tous les navires. « Ne tirez pas, je répète, ne tirez pas, quoi qu'il arrive. À tous les navires, éteignez les systèmes radars de combat et ralentissez à dix nœuds. » »

« Mais que se passe-t-il, bon sang ? » demanda le commandant.

« Je ne sais pas – mais je ne crois plus qu'ils soient devenus fous, à Londres. Radio, avertissez l'amirauté que j'ai repéré quelque chose. Après quoi, envoyez un message, en clair, à l'adresse du chef de la flotte chinoise. « Ai repéré vaisseau inconnu, cap 110 degrés à partir de notre position. Nous préférerions tirer sur lui plutôt que sur vous. » Fin du message. »

Le *Bedford* ralentit pour adopter l'allure de dix nœuds, tandis que les MiG le survolaient en grondant.

Carver et Gupta dévalèrent la passerelle et levèrent ensuite les yeux pour examiner la partie supérieure de leur vaisseau. Ils pouvaient apercevoir les étoiles au travers de la brèche béante qui trouait le plafond.

« La coque a été percée. On peut être repérés par les radars ennemis », déclara Gupta.

L'énormité de ce que venait d'annoncer Gupta fit tressaillir le cœur de Carver. Il s'empara de l'interphone pour lancer : « Il faut déguerpir d'ici immédiatement ! »

Il était furieux. Il se posta sur la plate-forme avant et aboya d'autres ordres. « Stamper ! Prends autant d'hommes que nécessaire, mais il faut que ce trou soit bouché. » Aux gardes qui surveillaient Wai Lin, il dit : « Balancez-la à la mer. Ne prenons pas de risque. Abattez-la d'abord. »

Un des hommes leva son arme pour la poser sur le crâne de Wai Lin.

« Pas ici, espèce d'idiot », fit Carver. « Emmène-la au niveau inférieur. »

Les gardes s'emparèrent sans ménagement de la jeune Chinoise et la poussèrent en direction des marches.

Carver se tourna vers Gupta. « Venez », déclara-t-il en quittant la zone.

Le silence tendu qui régnait dans la salle de décision de Londres s'était dissipé.

Les nouvelles en provenance de l'amiral Kelly avaient changé l'atmosphère. Il y avait effectivement quelque chose dans les eaux, entre les flottes chinoise et britannique. Le ministre de la Défense jeta un coup d'œil à M. Il était à présent convaincu qu'elle avait raison et il espérait bien qu'ils finiraient par en avoir la preuve.

« Sir », annonça l'officier d'état-major, « les MiG viennent d'éteindre leurs radars de combat. Ils remontent vers une altitude de croisière normale et se sont placés sur le cap de leur base. »

Les Chinois rentraient chez eux !

« L'amiral Kelly voudrait faire exploser ce vaisseau inconnu et se demande si nous y voyons des objections », reprit l'officier d'état-major.

De manière passablement singulière, l'ensemble des personnes présentes dans la salle se tourna vers M pour guetter sa réponse. M se tourna vers l'amiral Roebuck, pour lui faire comprendre que cette réponse relevait de sa compétence.

Il examina les visages de ceux qui l'entouraient, sans assurance sur l'attitude à adopter, jusqu'à ce que son regard s'arrête sur M. Elle lui accorda un léger signe de la tête.

« Envoyez ce message au *Bedford* », fit-il enfin. « « Faites voler ce vaisseau en mille morceaux. » »

Le ministre de la Défense s'affala avec soulagement sur un siège. Il s'empara d'un téléphone et demanda à être mis en communication avec le Premier ministre.

L'amiral Roebuck s'approcha obséquieusement de M pour lui tendre la main. Elle s'en saisit, mais elle fut ensuite quelque peu surprise par le geste vieux jeu qu'il eut alors : il fit une courbette et lui accorda un baisemain.

Dans le poste de commandement du *Bedford*, les alarmes automatiques de combat cessèrent de hurler, et officiers et hommes d'équipage respirèrent aussitôt un peu mieux. Quelques-uns d'entre eux échangèrent même des poignées de main.

« Amiral, sir, un message en provenance du chef de la flotte chinoise », annonça le radio.

Le commandant s'en empara et fit mine de le tendre à Kelly, quand l'amiral lui indiqua d'un geste que le commandant pouvait en prendre connaissance le premier.

« Au chef du groupe expéditionnaire britannique : Nous captons également le vaisseau inconnu sur nos écrans. Nous ne tirerons pas tant qu'il ne constitue pas une menace pour la Chine. D'ici là, le navire est à vous. Bonne chasse. »

L'amiral répondit : « Radio, répondez au commandant chinois : « Merci, sir. » Capitaine, quoi que ce soit, il ne vous reste plus qu'à le couler. »

« Bien, sir. »

Le commandant s'adressa à son officier de combat. « Le signal n'est-il pas trop faible pour verrouiller un missile? »

« Si, sir. »

« Accélérez jusqu'à la puissance maximale, et chargez un

4,5 avec fusée éclairante et explosif. Nous allons faire ça à la bonne vieille manière. »

Un moment plus tard, le canon de 4 pouces et demi, installé à la proue du *Bedford*, tira un premier coup, tandis que des flammes sortaient de sa gueule.

Carver et Gupta arrivèrent sur le pont juste à temps pour entendre le capitaine déclarer : « Les Britanniques viennent de mettre le cap sur nous. Leur navire amiral ne se trouve plus qu'à une quinzaine de kilomètres. »

« Mais il faut compter sur les avantages de la discrétion », dit Gupta. « Dès que nous aurons bouché la brèche, ils ne seront à nouveau plus capables de nous repérer. »

La fusée de 4 pouces et demi explosa au-dessus du navire furtif. Ce fut comme un coup de pistolet éclairant, mais des milliers de fois plus puissant.

Carver, apercevant cette lumière illuminant le ciel, se tourna aussitôt vers Gupta. « Vous avez vu ? » Puis, se tournant vers le capitaine, il ajouta : « Tirez-leur dessus ! »

« Sur la Navy britannique, monsieur ? » demanda le capitaine.

« Vous m'avez entendu ! »

Une formidable détonation ébranla le vaisseau. À présent qu'ils étaient visibles sous la voûte éclairée, le canon de 4 pouces cinquante du Bedford venait de commencer une rapide rafale de charges hautement explosives en direction du vaisseau furtif.

L'éclat de luminosité éblouissante révélait sans plus aucun doute la présence du *Sea Dolphin II*. Bond lui-même fut étonné de constater à quel point le vaisseau furtif semblait énorme et sans défense, sous cette lumière. À présent qu'il y voyait mieux, il put reprendre son escalade un peu plus rapidement.

Bond était resté un bon bout de temps accroché au vaisseau, qui s'était mis à prendre de la vitesse pour s'éloigner en zigzaguant. Après quoi, Bond avait entrepris de grimper pour atteindre le sommet du navire. Il se guidait sur la lumière en provenance du trou qu'il avait lui-même causé dans le plafond. C'est alors qu'un projectile avait explosé dans l'eau juste derrière le vaisseau, donnant naissance à une vague qui était venue l'arroser. Une minute plus tard, deux éclairs jaillissaient des canons disposés sur les flotteurs, alors que le vaisseau faisait feu de deux de ses missiles antinavires. Bond courba instinctivement l'échine tandis que le navire envoyait une seconde salve de missiles juste au-dessus de sa tête.

Cette fois, il était certain que Carver était dément. Il s'attaquait à la Royal Navy.

16

DES NOUVELLES DE DEMAIN

Wai Lin suivait lentement la passerelle, avec deux de ses gardes-chiourmes sur les talons. Le petit groupe avait presque rejoint le niveau où les gardes comptaient en finir une fois pour toutes avec elle, avant de balancer son cadavre à la mer. Gênée par les menottes qui entravaient ses chevilles, elle trébucha au bas des marches métalliques et s'affala sur la plate-forme inférieure.

Elle demeura allongée au bas de l'escalier, en gémissant. Ses gardiens échangèrent un coup d'œil. S'était-elle blessée? L'un des deux hommes se pencha pour lui venir en aide, mais son collègue, plus prudent, lui fit signe de se reculer. Il fit feu de son arme, en tirant à proximité de la tête de la Chinoise.

« Lève-toi ! » cria-t-il.

Wai Lin s'efforça de se remettre debout, mais la diversion avait réussi. Elle avait fait en sorte de prendre la boucle d'oreille faisant office de passe-partout, accrochée à son lobe droit.

Il s'agissait d'un petit ustensile malin, réalisé tout spécialement pour elle par l'armurier des Forces de sécurité extérieure chinoises. La paire de boucles était en argent et arborait les symboles du Yin et du Yang, représentant le couple de forces opposées mais complémentaires. Une large part de la pensée philosophique chinoise est fondée sur ces vénérables emblèmes, et nombreux étaient ceux qui leur attribuaient des pouvoirs magiques. Wai Lin les portait pour mettre le sort de son côté, et jusqu'à présent, cela lui avait réussi.

Stamper et plusieurs membres d'équipage se tenaient au sommet de la grande machinerie, à proximité de la brèche que Bond avait ouverte dans le plafond avec sa bombe artisanale. Du matériel de réparation était amené là-haut à partir de la plate-forme. Stamper leva les yeux vers le trou et eut la surprise de voir apparaître le visage de James Bond qui jetait un coup d'œil à l'intérieur. Bond fut tout aussi surpris que Stamper, qui s'empara à l'instant même de la mitrailleuse MP5K à ses pieds. Il la braqua aussitôt vers la brèche, mais l'ouverture était vide.

« Refermez ce trou dès que je serai sorti. Dépêchez-vous ! » cria-t-il. Il s'engagea dans la brèche pour se lancer à la poursuite de Bond.

Au-dehors, Bond s'était préparé à la rencontre. Stamper était à moitié sorti du trou perçant la coque du vaisseau quand 007 fit un bond pour atterrir, les deux pieds en avant, au beau milieu de la poitrine de Stamper. L'Allemand fut rejeté en arrière et alla s'écraser sur les dentelures coupantes qui entouraient le trou causé par l'explosion.

Bond reprit son équilibre et se pencha pour observer Stamper. Il faisait trop sombre pour s'assurer des dommages subis par Stamper, et le seul bruit que l'on percevait était celui de l'océan.

C'est alors qu'explosa une des fusées éclairantes du bouquet lancé par le *Bedford*, pour ranimer la lueur faiblissante de la précédente. Stamper se tenait tout à fait immobile, allongé, la tête penchée sur le côté. Bond venait de s'approcher lorsqu'il entendit un faible gémissement monter de l'Allemand. Le son guttural se mua en un mugissement, de douleur et de plaisir mélangés. Bond vit avec étonnement Stamper qui redressait la tête et soulevait les mains, avant de réussir à s'écarter des éclats métalliques qui le perçaient. Le sadomasochiste fit appel aux forces visiblement déclinantes de ses bras pour soulever son corps, tel un gymnaste travaillant aux anneaux. La douleur qui enflammait son dos déchiré par les éclats de métal était telle que Stamper eut un grand rire. Lorsqu'il parvint enfin à se dégager, il sauta sur la surface externe de la coque, sans plus d'effort. Il tâta son dos, puis examina sa main couverte de sang. Il se mit à se lécher les doigts avec délectation.

« Je crois qu'on va avoir du plaisir, toi et moi », dit-il à l'adresse de Bond.

Bond frappa Stamper au visage d'un mouvement de *Mikazuki-geri*. Stamper encaissa le coup sans broncher. Il attrapa le talon de Bond et le fit voler dans les airs, en envoyant valser 007, qui s'écrasa douloureusement sur la coque du vaisseau. Les deux hommes furent soudain aspergés par les éclaboussures dues à l'explosion d'une charge, à proximité.

« Tout le plaisir sera pour vous », réussit à articuler Bond.

Les canons à bord du H.M.S. *Bedford* parvinrent à se débarrasser de la première salve de missiles qui fonçaient sur le navire. Ils ne furent cependant pas aussi chanceux concernant la seconde salve. L'un des missiles passa au travers du filet défensif et atteignit sa cible, frappant le navire aux environs de la poupe. Plusieurs hommes d'équipage se ruèrent dans cette direction, porteurs d'extincteurs, pour éteindre l'incendie. Deux marins furent envoyés à l'infirmerie pour cause d'inhalation de fumée, mais il n'y eut heureusement pas de blessés.

Dans le poste de commandement, les alarmes rugissaient et la pièce était envahie d'agitation.

Le commandant gardait pourtant son calme. « Ralentissez jusqu'à cinq nœuds ».

Il prit connaissance du rapport fourni par ses hommes, avant de se tourner vers l'amiral. « Le feu n'est pas très grave, sir, mais il va nous falloir ralentir un peu, le temps de le maîtriser. »

Kelly hocha la tête en signe d'acquiescement.

L'officier de combat annonça alors : « Capitaine, ils s'éloignent à la vitesse de trente-deux nœuds. Ils vont se trouver hors de portée visuelle d'ici deux minutes, à cette allure. »

« Nous les captons toujours sur le radar », déclara l'amiral Kelly. « Même si le signal est faible. Continuez à tirer. Il faut que nous les ralentissions. »

Blessé, mais loin d'être battu, le *Bedford* reprit son assaut en direction du vaisseau furtif.

Les deux gardes poussèrent Wai Lin en direction de la rambarde de la plate-forme de travail inférieure. Le bas de la coque était ouvert et donnait sur l'océan faisant rage entre les deux flotteurs. L'un des hommes souleva son arme dans le but de tirer dans le dos de la Chinoise.

Elle s'appuya à la rambarde, avant de faire volte-face vers les gardiens. L'un d'eux avança la main pour la repousser, mais d'un geste précis, elle se glissa entre les deux hommes, attrapa leurs têtes et les fit s'entrechoquer. Elle se servit alors de sa paire de menottes, à présent déverrouillée, pour lier l'un à l'autre ses deux gardes-chiourmes hébétés. Avant qu'ils aient compris ce qui leur arrivait, Wai Lin avait soulevé les deux hommes pour les balancer pardessus la rambarde.

Un de leurs collègues, posté sur la passerelle supérieure, avait suivi toute la scène. Il braqua son arme et fit aussitôt feu, mais Wai Lin avait eu le temps de ramasser les deux armes tombées à ses pieds et de plonger à l'abri, une fraction de seconde avant que les balles ne viennent ricocher sur la plate-forme derrière elle.

Wai Lin suivit à toute allure un couloir qui s'enfonçait dans les profondeurs du vaisseau. Sans prendre le temps de viser, elle tira une volée de balles par-dessus son épaule. Elle tourna à un coin, disparaissant à la vue des huit hommes qui s'étaient lancés à sa poursuite. Elle attendit calmement qu'ils la dépassent, ce qu'ils firent sans s'apercevoir de sa présence. Lorsqu'elle fut certaine qu'ils s'étaient éloignés, elle sortit de sa cachette et partit dans la direction opposée. Il lui fallait retrouver le chemin qu'elle venait d'emprunter pour pouvoir ensuite se rendre là où elle comptait aller.

Un garde isolé vira soudain à un angle juste devant elle. Wai Lin fonça sur l'homme, en lui percutant la poitrine de l'épaule. Il tomba sur le dos, et elle lui marcha alors sur le corps, les pieds écrasant son visage.

Sur la plate-forme de travail à la poupe, des membres d'équipage venaient de terminer un cadre de soixante centimètres sur un mètre vingt, supportant un morceau de matériau composite de couleur noire, réfractaire aux ondes radars. Ils soulevèrent le tout pour l'amener à proximité de la brèche et entreprirent de boucher l'ouverture.

Carver suivait les opérations depuis son bureau.

« Assurez-vous qu'il n'y ait plus aucune fente ! » s'écria-t-il dans l'interphone.

En quelques instants, la brèche se retrouva parfaitement scellée. Carver eut un sourire. Ils allaient pouvoir se remettre en action.

Le *Bedford* n'avançait plus qu'à très faible allure, mais le navire continuait de faire feu de son canon de 4 pouces et demi, en comptant sur son radar pour diriger les projectiles. L'équipage s'efforçait de maîtriser l'incendie, pendant que les officiers surveillaient intensément les moniteurs. La fièvre de la chasse les avait saisis.

« Le feu est éteint, sir ! » annonça l'un des marins.

« Reprenez la vitesse maximale », ordonna le commandant en s'adressant à son officier responsable des combats.

« Sir ! » s'écria le radar. « Nous avons perdu la cible. Elle a disparu des écrans. »

L'amiral Kelly vérifia le moniteur. C'était bien vrai : on n'y apercevait plus le signal correspondant.

« Nom de Dieu », murmura-t-il. « Il doit bien se trouver quelque part. Gardez le cap dans cette direction. »

L'affrontement avec Stamper faisait rage. L'Allemand venait de projeter Bond sur la coque, avec une brutalité qui lui avait coupé le souffle. Tout ce qu'il put faire pour éviter le pied de Stamper qui s'écrasait dans sa direction, ce fut de rouler sur lui-même pour s'éloigner.

Même s'il faisait preuve de prouesses admirables dans ce combat, c'était Bond qui encaissait le plus de coups. L'Allemand n'abandonnerait jamais la lutte. Il ne semblait pas ressentir la moindre fatigue. À un moment, Stamper réussit à administrer sept coups d'affilée, parfaitement ciblés, au visage de Bond. Désorienté, Bond tomba en arrière et faillit perdre complètement l'équilibre. Au lieu de quoi, il tendit la main vers une poignée de métal pour réussir à se redresser, puis il lança la jambe dans l'air pour assener un superbe coup de savate française en direction du menton de Stamper. La brute eut un sourire, sans cesser d'avancer.

007 se jeta sur son adversaire, mais le pied de l'Allemand se tendit vers l'avant pour frapper Bond à l'estomac. Il se plia en deux et Stamper poursuivit son assaut en lui donnant une poussée de toute sa force. Bond s'en alla voler par-dessus le flanc du vaisseau.

Stamper poussa un hurlement à la lune et se frappa la poitrine. C'était si bon ! Il avait réussi ! Il se pencha ensuite pour jeter un coup d'œil par-dessus bord et aperçut Bond accroché au flanc du vaisseau, moins de deux mètres plus bas. Les jambes de Bond dansaient au-dessus des flots rugissants, dans la lumière déclinante de la dernière fusée éclairante.

Wai Lin pénétra dans la chambre aseptisée des turbines du vaisseau furtif, dont la plus large part était occupée par deux énormes turbines à vapeur. Un grand nombre de tuyaux métalliques pénétraient dans ces turbines. La pression au sein de chacun des tuyaux était mesurée par des manomètres vitrés.

Se ruant dans la pièce, elle tira derrière elle de courtes salves, en direction du seuil qu'elle venait de franchir. Les deux hommes d'équipage chargés des turbines s'enfuirent aussitôt, en empruntant une autre sortie, à l'autre bout de la salle. Deux des huit gardes qui étaient aux trousses de Wai Lin s'arrêtèrent sur le seuil, pour répondre à ses coups de feu. Wai Lin fut obligée de s'abriter derrière les turbines, sous les tuyaux alimentant les machines. Elle remarqua les jauges et les valves qui contrôlaient le flux de vapeur, alignées le long de la turbine. De nouveaux coups de feu la forcèrent à bouger. Tandis qu'elle passait sous une rangée de tuyaux, elle actionna l'une des valves. Les aiguilles des manomètres réagirent en grimpant rapidement pour passer dans la zone rouge.

Elle se baissa, avant d'effectuer un roulé-boulé qui la fit passer entre les deux turbines, au milieu d'impacts de balles qui ne la manquèrent que de peu. Lorsqu'elle se retrouva une fois de plus à couvert, elle entreprit d'ouvrir également les valves se trouvant de ce côté-là.

Les huit gardes reprirent leur progression, en se couvrant mutuellement. Ils n'avaient pas remarqué ce qu'elle était en train de faire avec les valves. Dès qu'ils eurent atteint la zone faisant face aux turbines, Wai Lin se recula pour gagner un abri plus sûr. L'une de ses armes cliqueta, signe qu'elle était déchargée, si bien qu'elle s'en débarrassa. Elle vérifia le chargeur de l'autre – il ne lui restait plus que deux balles dans celle-là.

Les gardes s'étaient finalement déployés aux environs de l'endroit où Wai Lin s'était précédemment réfugiée, sous l'alignement de tuyaux. Au-dessus de leurs têtes, les manomètres mesurant la pression avaient à présent atteint le maximum de la zone rouge. Les tuyaux s'étaient mis à vibrer sous ce trop-plein de puissance.

Wai Lin se servit de ses deux dernières balles pour tirer sur les valves. Les appareils volèrent en éclats, provoquant une réaction en chaîne. Les autres valves explosèrent à leur tour, et très vite la salle fut envahie par un nuage de vapeur à très haute température. Il fallut une minute à ce brouillard brûlant pour se dissiper, laps de temps suffisant pour que les huit gardes se retrouvent cuits aussi parfaitement que des poulets dans une casserole à pression.

Wai lin avait quitté la salle et émergeait déjà sur la plate-forme de travail du niveau inférieur, où elle escalada l'échelle avant qui conduisait à l'air libre.

Carver et le capitaine perçurent le ralentissement du vaisseau furtif.

« Nous avons perdu toute la pression dans les deux turbines », déclara le capitaine, en examinant les panneaux de contrôle. « Nous sommes au point mort. »

« Mauvaises nouvelles pour nous, mais pires encore pour la Chine. Essayez de retrouver de la puissance aussi vite que possible », dit Carver, avant de se tourner vers Gupta. « Puisque nous sommes contraints de nous arrêter, autant lancer ce missile tout de suite. »

Gupta ne voulait pas l'admettre, mais il éprouva soudain une véritable crainte.

Bond était toujours accroché au flanc du vaisseau, incapable de retrouver un appui pour remonter au sommet. Il était plus aisé de se retenir, à présent que le vaisseau s'était arrêté, mais il était également plus facile à Stamper de descendre pour rejoindre Bond.

À quatre mètres environ sur la gauche de Bond, les portes du lance-missiles s'ouvrirent en coulissant. Bond s'avança lentement et péniblement vers cette ouverture, avec Stamper qui le suivait, à faible distance.

Bond sauta dans l'ouverture et atterrit à l'intérieur, en tombant à moitié de la passerelle qui courait le long de la paroi interne. Il roula sur lui-même avant de prendre appui sur un genou. Juste au-dessus de lui se trouvait un petit panneau de commande, disposé sous la porte de lancement, comportant un gros bouton vert et un gros bouton rouge. Sous le panneau était inscrite la mention « Ouverture/Fermeture d'urgence ». Bond se dressa pour appuyer sur le bouton rouge, mais Stamper bondit alors dans l'ouverture et lui écrasa le sternum des deux pieds. Bond fut propulsé par-dessus la passerelle.

Il tomba dans le vide, avec l'océan juste au-dessous de

lui. Il réussit à s'agripper au bord de l'ouverture du lance-missiles, qui était pourvu de supports de protection s'étendant vers l'extérieur. Son poids fit que l'engin commença lentement à s'incliner vers le bas, jusqu'à ce que le missile pointe en direction des eaux, avec Bond toujours accroché à l'extrémité du tube.

Gupta se tenait dans l'aire de programmation du missile, avec ses gardes du corps à ses côtés. Il finit de tapoter le clavier, puis leva les yeux vers la caméra.

« C'est prêt », dit-il. « Vous pouvez faire feu quand vous le désirez. »

Carver, observant Gupta sur l'écran de son bureau, pouvait également apercevoir une grande partie de la pièce au sein de laquelle son ingénieur expert était à l'œuvre. Il vit donc la porte s'ouvrir et Wai Lin pénétrer dans la salle, à l'insu de Gupta.

« Désolé, chérie », dit Carver dans son micro. « Tu arrives trop tard. »

Gupta eut l'air déconcerté. « Hein? Chérie? » Il se retourna pour découvrir Wai Lin postée dans son dos. Les trois gardes du corps brandirent leurs armes, mais Wai Lin était déjà entrée en action. Elle sauta dans l'air et exécuta un mouvement de *Tobi-geri*, qui atteignit l'un des hommes au visage. Elle atterrit sur le sol et fit tournoyer sa jambe autour d'elle pour frapper le second garde à la poitrine. Elle attrapa alors le troisième par la tête et l'abaissa pour lui faire cogner son genou avec rudesse. Les trois gardes se retrouvèrent hors de combat en un instant.

Elle se tourna alors vers Gupta et dit : « Vous êtes prêt à vous occuper de moi, maintenant? »

La mâchoire de Gupta tomba lentement, après quoi il leva les mains en l'air en signe de reddition.

Stamper sauta sur la queue du tube lance-missiles. Ce nouveau poids ajouté fit basculer l'engin, avec l'extrémité de Stamper qui baissait et celle de Bond qui se soulevait. Ce mouvement de balancier prit de l'ampleur, et Stamper fit un léger bond, juste au-dessus des eaux. L'inertie fit basculer une fois de plus le missile – quelques secondes plus tard, l'extrémité de Stamper se redressait, et c'était la partie où était installé Bond qui plongeait. Bond attendit le bon moment pour sauter du missile à l'instant où l'engin dépassait la passerelle sous la porte du lanceur. Il atterrit brutalement et durement – la chute lui coupa le souffle et faillit lui casser le bras. Cela faisait un mal de chien. Il s'efforça néanmoins de se remettre debout sans tarder.

L'arrière du lance-missiles était reparti dans son mouvement de balancier vers le bas, mais Stamper réussit à agripper la rambarde de la passerelle au passage, de sa cheville, stoppant ainsi la chute.

La porte de la salle de programmation, située sur la plate-forme avant, s'ouvrit alors brusquement. Wai Lin apparut, poussant Gupta devant elle, qui était pourtant d'un poids trois fois supérieur au sien. Elle l'obligea à s'avancer vers la rambarde.

« C'est bon, c'est bon », s'écria-t-il. « J'ai dit que je me rendais ! »

Wai Lin s'arrêta et parut peser sa requête de pardon. Il la regardait d'un œil apeuré. Puis elle agita la tête, avant de le pousser par-dessus bord. Gupta frappa les eaux comme un boulet de canon.

De son bureau, Carver pouvait se rendre compte sur ses écrans que Stamper se tenait pour l'instant suspendu dans le vide, les mains à l'arrière du lance-missiles, et la cheville coincée dans la structure de la passerelle tribord. Il était allongé entre ses deux points d'ancrage et ne pouvait plus faire un geste.

Par un coup du sort, le corps de Stamper avait disposé le missile en droite ligne vers l'écoutille de lancement. Carver s'empara de l'interphone.

« Stamper ! Ne bouge surtout plus ! Tu vas avoir la plus grande sensation de toute ta vie ! »

Carver appuya ensuite sur le bouton de mise à feu. Au milieu du fracas énorme causé par le départ du missile, il réussit à percevoir le hurlement poussé par Stamper en plein orgasme.

La brute fut aussitôt réduite à l'état de chips calcinée par le missile qui jaillissait de son lanceur. Bond plongea vers le bouton commandant la fermeture de l'écoutille de lancement. Il parvint à l'atteindre, et sauta aussitôt derrière un élément de la structure, en acier épais, pour ne pas risquer d'être lui aussi brûlé par l'échappement.

Les portes glissèrent rapidement pour se refermer, mais le missile était plus rapide encore. Le corps entier de l'engin se trouvait déjà à l'extérieur lorsque les portes se refermèrent enfin, mais leur bord cogna les ailerons du missile. Les portes métalliques se déchirèrent, tandis que le projectile filait vers le ciel. Dépourvu de ses ailerons, il se mit très vite à chuter, avant d'exploser dans une énorme boule de flammes. Des pièces et des débris retombèrent en pluie tout autour du vaisseau.

Bond courut le long de la passerelle pour rejoindre Wai Lin. Le vaisseau tangua, et ils entendirent les détonations des charges qui explosaient à proximité. Ils s'embrassèrent, mais du coin de l'œil, Bond aperçut un garde qui s'approchait.

« Derrière toi, à deux heures », murmura-t-il.

Sans regarder, Wai Lin lança son coude vers l'arrière et cogna au visage l'homme qui s'avançait.

« Ne formons-nous pas une belle équipe? » demanda Bond.

C'est alors qu'une bombe en provenance du *Bedford* tomba juste au milieu du pont du vaisseau furtif. L'éclair causé par l'explosion du missile de croisière avait fait du *Sea Dolphin II* une cible des plus parfaites.

Les Forces de sécurité extérieure chinoises, soutenues par la police vietnamienne, envahirent le quartier général de CMGN à Saigon. Les gardes ne purent réagir en aucune manière face à l'irruption de cet impressionnant bataillon de soldats, arrivés sur les lieux en compagnie de deux chars et de nombreuses Jeeps.

Les hommes se répandirent dans le bâtiment, obligeant les employés à se rassembler dans l'aire centrale, tandis que les bureaux étaient fouillés.

Ils découvrirent le général Chang réfugié dans les toilettes pour dames. Il fut arrêté sur-le-champ. Le général Koh avait fait personnellement le déplacement pour diriger les opérations. Lorsqu'il vit Chang emmené par les soldats, Koh lui rappela que s'il était reconnu coupable de trahison, c'est d'une balle dans la nuque qu'il serait puni.

Le prince héritier Hung et son aréopage de transsexuels ne perçurent rien des événements. Ils étaient trop occupés à danser sur des rythmes techno, dans la suite du jeune monarque. Ils se rendirent sans aucune résistance aux soldats qui firent irruption dans la pièce. Le prince héritier accorda même un clin d'œil mutin à l'officier qui lui passait les menottes, mais ce geste n'eut pas l'heur de plaire énormément à son destinataire.

Dix minutes plus tard, Hung et Chang étaient en route pour Beijing, sous la surveillance de gardes armés.

La dernière explosion avait fait tomber Carver sur le sol de son bureau. La pièce était en flammes. Il se trouvait désorienté. Quelque chose avait heurté sa tête. Il se remit tant bien que mal sur pied et alla se placer devant les écrans. Avant qu'il ait pu lancer une commande informatique ou se rendre compte de la gravité des dégâts, une langue de feu fusa dans la pièce en provenance du passage privé qui menait au pont. Sur le mur d'écrans, les moniteurs qui couvraient l'extérieur du vaisseau s'éteignirent. Pris de panique, Carver cogna le mur de son poing, comme pour obliger les moniteurs à se rallumer.

« Allez, bon sang ! » s'écria-t-il. « Au boulot ! »

Soudain, Carver vit sa propre image s'afficher sur l'ensemble des écrans. C'était le réseau CMGN relayé par satellite et capté par des millions de spectateurs de par le monde. Couvrant son visage, on lisait la mention « Disparu ? »

Il brancha le volume. Tamara Kelly était en train de

déclarer : «... et propriétaire de cette chaîne, est soupçonné d'être responsable de la mort mystérieuse de son épouse, survenue il y a quelques jours, crime qui s'ajouterait à l'annonce par le gouvernement britannique de quatre-vingt-neuf chefs d'accusation pour fraudes et... »

Il coupa le son d'un geste rageur.

« Nom de Dieu ! Ils auront toujours le dernier mot ! »

Puis il se vit apparaître de dos sur les autres écrans. Il se retourna et aperçut, au travers de parois vitrées de son bureau, Bond et Wai Lin postés derrière le Sea-Vac sur son chariot. Ses dents et ses caméras étaient braquées droit sur lui.

« Le ver se rebiffe », dit Bond.

Il lança le Sea-Vac en direction de la fenêtre. La vitre explosa, en envoyant des débris coupants à travers toute la pièce et sur Carver. L'engin serpenta lentement de manière obscène vers le magnat de la presse. Il était de loin plus redoutable qu'un cachalot ou que le plus mortel des requins. Les dents rotatives tournaient en émettant un grincement d'ongles sur un tableau noir.

La seule chose qu'ils pouvaient voir, c'était l'image affichée par le mur d'écrans vidéo. Le visage de Carver prit de plus en plus de place, jusqu'à occuper tout l'espace, et sa bouche s'ouvrit sur un cri. Ses hurlements furent étouffés par le terrible rugissement du Sea-Vac et le bruit d'os éclatés. Elliot Carver fut aspiré par la machine, comme une carotte dans un mixer.

Bond et Wai Lin contemplèrent avec satisfaction le corps de l'engin se gonfler, avant de tourner les talons pour s'enfuir. Ils ne disposaient plus que d'une minute ou deux avant que le vaisseau ne coule ou ne soit touché par d'autres projectiles.

Bond arrêta un membre d'équipage qui détalait en emportant un paquet emballé sous plastique, d'environ la taille d'une mallette, et le débarrassa de son fardeau.

« Par ici », dit-il ensuite à l'adresse de Wai Lin.

Elle eut un sourire et le suivit, non sans avoir elle aussi

arrêté un garde effrayé et l'avoir délesté du paquet qu'il transportait, identique au premier.

Deux nouvelles charges touchèrent le vaisseau, et explosèrent en son sein, en faisant valser des débris enflammés à la ronde.

Bond et Wai Lin parvinrent à l'endroit situé entre les deux flotteurs et plongèrent sans attendre dans la mer. Ils nagèrent sous le vaisseau et s'en éloignèrent à toute allure. Alors qu'ils se trouvaient encore sous la surface, ils perçurent une énorme détonation, signe que le *Bedford* venait de donner le coup de grâce. Ils nagèrent avec toute la vigueur dont ils étaient encore capables, pour venir finalement émerger à bonne distance du vaisseau dévasté.

Bond tira une corde fixée à son paquetage. Une ampoule de CO_2 se mit à siffler et le tas de plastique prit la forme d'un petit canot. Il le déplia et monta à bord.

« Puis-je vous inviter à... » commença-t-il.

En se retournant, il constata que Wai Lin avait gonflé son propre canot de son côté.

Le *Sea Dolphin II* donnait dangereusement de la bande, tandis que de nouvelles charges explosives faisaient voler en éclats les profondeurs du vaisseau. L'un des flotteurs se trouvait déjà presque immergé. Une bombe le frappa alors de plein fouet et le flotteur s'enfonça complètement. Le vaisseau se retourna sur le dos et, dans une dernière énorme explosion, coula par le fond.

Tout devint silencieux, à l'exception du clapotis des vagues et des remous qui bouillonnaient encore à l'endroit où s'était enfoncé le monstre des mers.

Les deux agents secrets s'allongèrent, au fond de leur canot respectif, mais ils réussirent à faire s'aligner les deux embarcations l'une contre l'autre, de manière telle que leurs visages se trouvent intimement rapprochés.

« Tu es sûre que tu ne veux pas me rejoindre ici? » demanda Bond.

« Tu sais, une fille a parfois envie de se réveiller dans son propre canot », fit-elle.

« Je comprends. Tu souhaites tenir la barre ferme, par toi-même. »

« Eh bien, disons qu'on pourrait la tenir ensemble, cette barre ferme. »

« Ce soir, nous tiendrons la barre dans mon canot, et demain, nous la tiendrons dans le tien. »

La sirène d'un navire mugit dans les environs, mais Bond et Wai Lin ne lui prêtèrent pas la moindre attention. Le *Bedford* scrutait les eaux à la recherche de débris flottants et de flaques d'huile, à l'aide d'un projecteur. Il faudrait du temps avant que les deux petits canots soient repérés.

Une voix fusant d'un haut-parleur lança alors : « Commandant Bond ! Est-ce que vous êtes là, sir ? Si vous m'entendez, répondez par un bruit ou par une lumière. Mademoiselle Lin ! M'entendez-vous ? C'est la Royal Navy qui vous parle... »

Le faisceau du projecteur dépassa les deux amants sans les apercevoir, tandis que leurs deux bouches se joignaient.

« Hm, je crois que ce métier de banquier est vraiment fait pour moi », dit Bond à voix basse tout en passant dans l'autre canot, pour s'étendre sur Wai Lin qui l'accueillait de ses bras ouverts.

Elle eut un petit rire et ajouta : « Tu sais, j'ai bien cru que ce jour ne finirait jamais. Mais à présent, je me demande si j'en ai vraiment envie. »

Il posa un nouveau baiser sur ses lèvres. « C'est très bien. Oublions ce qui s'est passé aujourd'hui. Demain nous appartient. »

Wai Lin entoura la taille de Bond de ses jambes et dégrafa le devant de sa combinaison. Puis elle eut un soupir, avant de déclarer : « C'est la meilleure nouvelle que j'ai entendue depuis bien longtemps. »

Tous les secrets du prochain James Bond !
James Bond Magazine
TOMORROW NEVER DIES
Quel James Bond pour demain ?
CUBBY BROCCOLI

James Bond Magazine
Le nouveau James Bond :
Tomorrow Never Dies
Les coulisses du tournage
Les années Roger Moore

James Bond Magazine
Tomorrow Never Dies
Les plus grandes scènes en images !
CUBBY BROCCOLI
Les dernières années

Collection « Attitudes - Best-sellers »

Mayday!
Iceberg
Vortex
Renflouez le Titanic!
&
Vixen 03
de Clive Cussler

Batman : Crépuscule
de Dennis O'Neil

Mort et vie de Superman
de Roger Stern

Arsène Lupin
de Edgar Jepson
et Maurice Leblanc

Lightning, navette en péril
&
Ultimatum
de R.J. Pineiro

Les Outlaws
&
Les Ruffians
de Tim Green

Question d'honneur
Scorpius
Gagner, perdre ou mourir
Brokenclaw
(James Bond)
de John Gardner

Demain ne meurt jamais
de Raymond Benson

Nécroscope I
Nécroscope II
(Vamphyri)
de Brian Lumley

Les agneaux de Satan
de Lynn S. Hightower

L'enfant de Saturne
de Nichelle Nichols

Stephen King
de George Beahm

Alliance maléfique
(Dark Channel)
de Ray Garton

Le treizième juré
de John T. Lescroart

Chasseur fantôme
de Timothy Rizzi

La ruche (The homing)
&
Foudre noire
de John Saul

Cyber-Virus
de Graham Watkins

L'icône sans nom
de Gordon Thomas

Star Trek – Les mémoires
de William Shatner

Star Wars
Les coulisses d'un mythe
de Christophe Corthouts

L'ennemi intérieur
de Larry Bond

La raison du fisc
de Bill Branon

Soif de sang
de Mc Cammon

Disparue !
de Kit Craig

Teddy est revenu
de Gilbert Gallerne

Kronikes de la fédérasion
de Alain Duret

Le King... et moi
de Pierre Efratas

Tigre, Feu et Flamme
de Marion Zimmer Bradley,
Andre Norton
& Mercedes Lackey

Pluie vaudou
de Richard Laymon

Dinotopia
Le royaume perdu
de Alan Dean Foster

Au nom des mers
de Richard P. Henrick

La Guerre du Pacifique
n'aura pas lieu
(Bob Morane)
de Henri Vernes

Copland
de Mike McAlary

Jodie Foster
de Buddy Foster
& Leon Wagener

Achevé d'imprimer sur les presses et rotatives de l'Imprimerie *Europa*
217 Grand'Route, 1428 Lillois-Witterzee Belgique
Tél (02) 384 38 40 - Fax (02) 384 98 78